천사들의 도시

KB110012

천사들의 도시

소설 조해진

오늘의
작가 총서
41

민음사

차례

천사들의 도시

I

저녁 7시쯤, 우리를 비추던 태양이 한발 물러서 천천히 지구 반대편으로 공간 이동을 할 때면 어디선가 종소리가 들린다고 너는 말하곤 했다. 미국 중서부 미네소타주(州)의 작은 마을, 독일계와 스칸디나비아계의 혈통을 이어받은 푸른 눈의 사람들은 저녁 7시, 마을의 하나뿐인 교회에서 종소리가 울려 퍼지면 그것이 제 삶의 유일한 법칙이라도 되는 양 고된 노동에 지친 몸을 이끌고 다시 그들의 집으로 걸어 들어갔다. 너는 다섯 살 때부터 그곳에서 살았다. 옥수수밭이 지평선 끝까지 이어지고 그 마을의 특산물인 칠면조들조차 한없이 게으름을 피우던 곳, 태어나서

죽는 그날까지 마을의 경계를 벗어나 본 적 없는 사람들이 부활절과 독립 기념일, 추수감사절과 크리스마스를 기다리며 생을 소비해 가던 곳, 때때로 그 무료한 기다림을 단축하고 싶은 몇몇 노인들이 관자놀이에 리볼버를 대고 방아쇠를 당기던 그곳, 네가 무려 15년을 살았던 곳.

습관은 때로 인간이 어쩔 수 없는 동물임을 증명하는 바로미터가 된다. 그곳을 떠나온 이후에도 너는 저녁 7시만 되면 짐을 싸 들고 어딘가로 떠나고 싶다는 충동을 가눌 수가 없었다. 사람들이 집으로 돌아가는 그 시간, 그때마다 너에겐, 너의 가슴속엔, 언어 이전의 감정이 스며들었다. 너는 지금도 그 감정이 무엇이었는지 정확하게 규정하지 못한다. 그 당시 너에게 언어는 공포였으므로 너는 불안과 슬픔, 고통과 분노, 외로움과 고독을 구분하지 못했다.

너의 언어 체계는 규칙이 없는 혼란이었다. 그때의 불확실함은 세월과 함께 부지런히 너를 따라왔다. 어쩌다가 목재 테라스에 앉아 한없이 옥수수밭을 바라보기라도 한 날이면, 일생 동안 동양인이라고는 본 적이 없는 마을의 몇몇 노인들은 너를 훔쳐보며 홀린 듯이 말하곤 했다. 동양에서 온 아이는 스무 살 전에 자살하고 말 거야. 하여, 네가 그곳에서 처음 배운 말은 자살, 'suicide', 그토록 우울한 독백이었다.

2

너는 그날 조금 늦었다. 수업 시작 20분 후, 강의실 뒷문을 열고 네가 들어왔을 때 다섯 명의 학생들은 이미 열네 개의 기본적인 자음과 열 개의 단모음을 모두 배운 후였다. 좀 더 정확히 말하자면, 자음과 모음을 연결해야만 비로소 하나의 소리가 되는 한국어의 특수성을 설명하고 있을 때 너는 나타났다. 언제나처럼 강의실엔 다양한 국적의 학생들이 앉아 있었다. 미국에서 온 두 명의 남자와 중국과 아일랜드 국적의 여자들, 그리고 한국에서는 좀처럼 보기 힘든 헝가리 남자도 끼여 있었다. 내가 학원에서 받은 학생 명단에는 동양인 남자가 없었기에 나 역시 네가 누구인지 알지 못했다. 내게서 가장 멀리 떨어져 있는 책상에 앉던 너에게, 그래서 나는 물을 수밖에 없었다. 차이니즈? 재패니즈? 가방에서 주섬주섬 책과 필기도구를 꺼내며 너는 무심히, 그러나 태생적이라고밖에는 표현할 수 없는 예민한 감성을 숨기지 못한 채, 나 역시 나의 국적을 알지 못한다고, 그러니 아무것도 묻지 말라는 듯한 어조로 덤덤히 대답했다. 순간 학생들이 의아하다는 듯한 눈빛으로 너와 나를 번갈아 쳐다봤다.

그날 수업은 다소 무겁게 흘러갔다. 어서 빨리 한국인 여자 친구를 사귀고 싶어 했던 미국인 학생들은 자음이나 모음이 아닌 실용적인 표현을 배우고 싶어 조바심을 냈고 중국과 아일랜드에서 온 여학생들은 내내 부산스러웠으며 헝가리 남학생은 동유럽 사람답게 소심하고 과묵했다. 너는 다른 생각을 하는지 자주 강의실 왼편의 창밖으로 시선을 보냈다. 힘든 수업이었다. 나의 발음은 입안에서 자꾸만 미끄러졌다.

3개월 코스였던 그 수업은 일주일에 세 번씩 두 시간 타임으로 짜여 있었다. 3개월이 지나면 간단한 테스트 후에 2단계로 넘어가게 되어 있었고 대부분의 학생들이 테스트를 통과했다. 3개월 동안, 이국의 학생들에게는 지독하게 낯설기만 한 한국어의 모든 자모음과 철저하게 이루어지는 연음법칙, 시도 때도 없이 경음화 및 격음화를 일으키는 난해한 발음법을 나는 가르쳐야 했다. 상황에 따른 동사의 어말어미 활용, 복잡한 존칭의 표현, 과거형과 미래형의 변용, 기본적인 형용사의 습득, 몇 개의 불규칙동사의 학습, 주격조사·목적격조사·부사격조사·처소격조사 등의 적확한 사용 등이 1단계 수업 내용에 포함되어 있었다.

10분간의 쉬는 시간, 나는 강사실로 들어가 커피 한잔을 마시며 내게 주어진 3개월의 시간을 잠시 심각하게 고민했다. 언어 수업, 특히 문법이 아닌 상황에 따른 표현 학습 위주인 한국어 수업은 학습자의 분위기가 곧 수업의 질이 된다. 할 수만 있다면 그 수업에서 나는 도망가고 싶었다. 모든 것에 의욕이 없던 그 당시의 나에게 새로운 사람들과의 지루한 수업은 견디기 어려운 것이었다. 그래서였을까. 어두워진 유리창에 어리는, 커피의 끝맛이 쓴지 잔뜩 인상을 쓰고 있던 내 모습이 여느 때보다 훨씬 피곤해 보였다.

그때의 나는 아무것도 깨닫지 못한 채 그렇듯 피곤한 자세로 유리창에 기대서 있다. 10분의 쉬는 시간은 무척 짧았다. 결국, 그날 내가 인상을 찌푸리며 건너다봤던 건 유리창에 비친 나 자신이 아니라 덤덤하게 국적을 모른다고 말하던 너의 지친 얼굴이었다는 걸 의식하지 못한 채 기억 속의 나는 나로부터, 아니 너로부터 그렇게 천천히 돌아서고 있다.

3

하지만 그건 나의 기우였다. 한 달이 지나자 학생들은 지나치다 싶을 만큼 비약적으로 가까워진다. 그들의 외로움을 나는 이해하기로 한다. 지금 당장 누구와라도 소통할 수 있는 언어를 나누고 싶다는 현실적이고도 절박한 외로움, 그 무게를 헤아려 보기로 한다. 학생들은 수업 시간에 시도 때도 없이 영어로 이야기한다. 그들이 영어로 대화할 때, 나는 그 강의실에 없는 사람이 된다.

한 달이 지나고 나서야 학생들이 금요일 밤마다 돌아가면서 파티를 열고 있다는 걸 나는 알게 된다. 그들의 여섯 번째 파티에 내가 초대된 건, 그러니까 수업이 시작된 지 한 달하고도 보름이 지난 후였다. 여섯 번째 파티는 미국인 학생 중 한 명인 커트의 집에서 열린다고 했다. 190센티미터에 육박하는 큰 키와 갈색 곱슬머리, 오스트리아계 미국인, 현재는 강남의 한 사립 초등학교에서 원어민 강사로 재직 중. 그 정도가 내가 커트에 대해 알고 있는 전부였다.

그날, 금요일 수업을 마친 밤 9시, 우리는 학원에서 불과 10분 거리에 있는 커트의 집까지 걸어간다. 우리는 너나없이 조금씩 들떠 있다. 학생의 집을 방문하는 건 내게도 처음 있는 일이었다. 헝가리 남자는 보이지 않았다. 독실한 예수교 신자인 그는 파티 자체를 혐오하는 타입이라고 커트 혹은 팀, 어쩌면 중국 여자 팡이 말한다. 귀에 리시버를 꽂고 있던 너는 5미터 정도 간격을 두고 우리를 따라온다. 여전히 지친 얼굴로, 너는 거기에 있다.

파티는 생각보다 지루하고 시끄럽다. 나는 자주 그곳까지 그들을 따라간 것에 깊이 후회한다. 거실에는 처음 들어 보는 전자음악이 컴퓨터 스피커를 통해 쉴 새 없이 쾅쾅 울려 나오고 있다. 음악은 네가 고른 것들이다. 여기저기 인터넷 서핑을 하여 찾아낸 음악을 틀어 주는 데 너는 온정신을 집중한다. 너는 뭐랄까, 마치 너무 일찍 조숙해져 버린 다섯 살 아이 같다. 나이도, 몸도 덜 자랐는데 세상으로부터 현실을 제대로 직시하라는 냉정한 전언을 귀가 닳도록 듣고 또 들어 버린 아이, 자신의 세계에 갇혀 있음으로써 타인으로부터 자신을 보호하는 방식을 가까스로 터득한 아이.

나머지 학생들은 거실 소파와 부엌 식탁을 자유롭게 오가며 맥주와 위스키, 테킬라와 와인을 마셨고 얼음과 콜라, 치즈와 비스킷을 찾아다녔다. 파티가 자정을 넘기고 얼마 후 커트와 팡이 한 달 전부터 연인 사이가 되었다고, 팀이 혹은 아일랜드 여자 노라가 내게 다가와 웃으며 말한다. 작은 방에서 이상한 연기가 피어오르기 시작한 건 새벽 1시가 지날 무렵이었다. 이미 연기에 취해 있던 팀이 비틀비틀 작은 방을 걸어 나와 내게 묻는다. 정, 한국말로 저게 뭐지? 대마초, 관심 없다는 투로 나는 짧게 대답한 후 눈 돌릴 곳을 찾는다.

그 순간 거실에 납작 엎드려 있던 팡이 갑자기 벌떡 일어나더니 깜짝 놀랄 만큼 큰 소리로 대마초, 대마초, 연거푸 외치며 부엌과 거실을 뛰어다니기 시작한다. 잠시 후 커트가 내 앞에 앉는다. 그는 바짝 말라 있던 푸른 잎을 섬세해 보이는 긴 손가락으로 잘게 부수어 하얀 종이에 말아 내게 건넨다. 피워 볼래? 그의 눈빛은 회색이다. 아니, 회색빛이 도는 짙은 녹색이다. 2년 전, 담배를 끊을 때 무척 고생을 했다고 에둘러 말하며 나는 힘겹게 고개를 돌린다. 고개를 돌린 곳에서 너는, 뚫어지도록 나를 건너다 보고 있다. 재빨리 너로부터 시선을 거둔 나는 커트의 손에서 빼앗듯 말아 놓은 종이를 받아 와 한 모금, 두 모금, 깊이 들이마신다.

온몸은 이내 그 연기를 통과시키는 하나의 거대한 관(管)이 된다. 천천히 바닥으로 쓰러지는데 이방인들의 와, 와, 하는 웃음소리가 확성기를 통과한 듯 증폭되어 들린다. 모로 누인 내 몸은 내 의지와 상관없이 덜덜 떨리기 시작한다. 저것 봐, 우리들의 언어 선생(language tutor)이 죽어 가고 있어. 커트, 혹은 팀의 말에 웃음소리는 더더욱 크게 울려 퍼진다. 내가 누운 곳은 축축하다. 소름이 돋을 만큼 차가운 푸른 물결이 두 다리와 허리, 목을 적시고는 서서히 뒤로 물러난다. 어디선가 불확실한 수평선을 향해 슬픈 노래를 부르는 늙은 새의 울음소리가 들리는 듯하다.

내가 깨어난 건 두 시간 후였다. 등허리를 적시고 있던, 방금 전 내게 달콤하고 시원한 파도의 감촉과 늙은 새의 한 생애를 일러 주었던 맥주를 티슈로 닦은 후 벽에 기대앉는다. 그 시간, 너는 여전히 컴퓨터 앞에 앉아 고요히 인터넷 서핑을 하고 있었고 나머지 네 명의 외국인들은 거실 소파와 두 개의 방에 마련된 침대에 누워 하루 동안의 피곤과 하루 동안의 외로움을 위로받고 있었다.

잠시 후, 나는 너와 함께 그 아파트를 빠져나와 새벽 거리를 걷는다. 새벽 거리 곳곳에선 사람들이 벗어 놓은 그림자들이 은밀하게 숨어 우리를 지켜본다. 뜨거운 태양 아래서 바짝 말라 버렸을 그림자들은 주차된 차들의 밑, 맨홀이나 하수구 아래, 혹은 담벼락이나 가로수 뒤에서 하루 동안의 피곤과 하루 동안의 외로움을 위로받고 있었을 터였다. 그 새벽 거리에서, 그리고 나는 처음으로 저녁 7시 무렵이면 너의 귓가에 울리곤 하던 종소리에 대해 듣게 된다. 그럴 때면 어떤 말로도 설명할 수 없는 초조함이 밀려온다고, 가끔은 정말이지 모든 것을 포기하고 싶을 때도 있다고 너는 심상한 말투로 말한다.

한국엔 언제까지 있을 거냐고, 할 말을 찾지 못한 나는 문득 그렇게 묻는다. 너는 여름까지만 이곳에 있을 거라고, 여름이 지나면 "city of angels"로 갈 거라고 대답한다. 천사들의 도시, 분명 너는 그렇게 말했다. 도시의 경계 바깥에서 거인들이 숨을 불어넣으면 음습한 바람이 불고 천상의 구름에는 신들이 주사위 놀이를 하며 태어날 생명과 죽어 가는 운명들을 점치는 도시, 가끔씩 지상의 사람들이 황금빛 화살을 쏘아 올리면 무수한 별들이 거인의 숨소리에 떠밀려 내려와 나무와 풀잎에 이슬로 맺히고 시도 때도 없이 말들과 양들이 날개를 달고 허공을 날아다니는 비현실적인 도시.

너에게서 한발 뒤처진 채 가만히 상상하고 또 상상하고

있을 때 나를 향해 뒤돌아선 너는 그곳에서 여생을 보낼 생각이라고 이어 말한다. 한국은 그곳에 정착하기 전 잠시 들른 곳에 지나지 않는다고, 누구나 다시 돌아오지 못할 곳으로 가리라 마음먹게 되면 꼭 한 번은 고향을 찾아오게 마련이라고, 너는 그렇게 얘기한 후 앞을 향해 휘적휘적 걷기 시작한다.

그날 밤, 우리는 서로의 그림자를 보지 못한다. 동이 트고 도로에 첫차가 다니기 시작할 무렵, 우리는 가볍게 악수한 후 동시에 돌아선다.

4

파티는 그 후로도 금요일 밤마다 열렸지만 나는 더 이상 그들의 파티에 참석하지 않는다. 너도, 그들을 따라나서지 않는다. 대신 우리는 금요일 밤마다 걷는다. 강남역에서 선릉역까지, 다시 삼성동과 청담동 쪽으로 우리는 목적지 없이 걷는다.

함께 있어도 우리 사이의 언어는 매우 인색하다. 너는 한국어를 배운 지 이제 겨우 두 달밖에 되지 않은 초짜였고 나의 영어 발음은 누가 들어도 구제 불능인 탓에 우리는 자주 서로의 말을 이해하지 못한다. 우리 사이의 언어는 인색했을 뿐 아니라 매번 연약했고 무력했다. 아니, 언어란 애초부터 내 의도를 비껴가고 있었다는 걸 나는 너를 만나고 나서야 깨닫게 된다. 감정을 꿰뚫는 언어는 없었고 그래서 한순간에만 존재하는 무한대의 감정은 정제되고 정제되어 다만 몇 마디로만 남아 불투명하게, 불완전하게 발화되는 것이리라. 가끔씩 나는 너에게 내가 이미 서른두 살이라는 것을, 서른두 살이 갖는 의미를 설명하기 힘들다. 너를 외면해야 한다는 의식과 너에게 닿고 싶다는 욕망이 내 안에서 충돌할 때면 나는 걸음을 멈추고 숨을 고른다.

마지막 순간까지 너의 손을 잡지 않기 위해 나는 필사적으로 인내한다. 그리고 그 끝엔, 차가운 비웃음이 치명적인 독처럼 알싸하게 혀끝을 감싼다. 우리가 볼 수 없는 곳에서 마른 몸을 누이고 있을 그림자들도 나를 향해 일제히 폭소를 터뜨리는 순간. 자주, 나는 너에게 서른둘의 내가 갓 스무 살이 된 너를 만날 때에는 일정 분량의 죄의식이 수반되기도 한다는 걸 설명하기 힘들다. 나에겐 미래가 없다는 걸, 너는 끝내 납득하지 못한다.

5

어느 날 꿈에서 깨자마자 나는 몸을 앞으로 기울이고

마른 울음을 터뜨린다. 놀랐는지 반사적으로 벌떡 일어난 너는 서둘러 스탠드의 불을 켜고 물 한 잔을 갖다준다. 가만히 등을 토닥이면서도, 아무것도, 너는 묻지 않는다. 예전에 무척 가깝다고 믿었던 사람이 꿈에 나왔다고, 그러나 내 곁을 지나쳐 가는 그의 눈빛은 나를 전혀 기억하지 못하고 있었다고, 나는 어느새 한국말로 주절거리기 시작한다. 이제 겨우 기본적인 동사와 사용 빈도수가 높은 몇 개의 형용사만 배운 너로서는 도저히 알아들을 수 없는 한국어로 말하는데도 너는 여전히 아무것도 묻지 않는다. 내내 괜찮다가도 한 달에 한두 번 정도 수십 번, 때로는 수백 번 같은 전화번호를 눌러 대는 나를 보면서도 말리지 않았던 것처럼. 내 전화를 피한다는 것이 명백한데도 전화기 앞에 쭈그리고 앉아 미친 듯이 그의 전화번호와 재발신 버튼을 번갈아 누르던 내 뒷모습을 가만히 지켜보기만 할 뿐, 대체 누구에게 그토록 무모하게 전화를 하는 거냐고 묻지 않았던 것처럼.

하긴, 나 역시 너에게 왜 친부모를 찾지 않느냐고 물어본 적이 없다. 친부모를 만날 것도 아니고, 한국에서 살 것도 아닌데 왜 이곳까지 와서 한국말을 배우고 있느냐고 따진 적조차 없다. 너는 그때까지도 입양 기관을 드나들며 가족들을 수소문하지도 않았고 수첩이 바뀔 때마다 꼼꼼하게 옮겨 쓴 너의 고향 주소를 찾아가 보지도 않는다. 입양아에게 친부모를 찾아 주는, 암암리에 성행 중인 브로커에게 돈을 갖다주지도 않는다. 심지어 여느 네이티브처럼 영어 강사로 일하며 편하게 돈을 벌려고 하지도 않는다. 너는 그저 미국에서 가져온 얼마간의 돈을 아껴 쓰며 가난하게 산다. 친자 포기 각서와 입양 동의서에 도장을 찍은 후 다섯 살의 너를 비행기에 담아 지구 반대편으로 보냈던 너의 친부모는, 그래서 네가 생각보다 가까운 곳에 있다는 걸 짐작하지 못한다. 묻지 않고 말하지 않는 침묵, 그 견고한 침묵의 틀 안에서 우리는 다시 잠든다.

6

6월이 되면서 학생들은 한국어 수업에 조금씩 흥미를 잃어 간다. 그들은 영어로 치환되지 않는 한국어의 특수성을 힘겨워한다. 처음엔 '하다'가 들어간 동사가 어떻게 명사와의 분리가 가능한 건지, 그러니까 '공부하다'가 어떻게 '공부를 하다'가 될 수 있는지 그들은 의아해한다. 'play'의 의미가 있는 '놀다'가 있는데 왜 '축구를 하다'가 되고 '피아노를 치다'가 되는 거냐고 내게 묻기도 한다. 옷은 '입다'인데 왜 모자는 '쓰다'이고 양말은 '신다'인지, 시계를 '차다'와 반지를 '끼다' 같은 특수한 용법은 왜 그렇게 많아야 하는 건지, 그들은 스스로 해답을 찾지 못한 채 점점 의욕을 상실해 간다. 수많은 모음 축약과 간헐적으로 나오는 불규칙동사 앞에서 그들의 절망은 고조된다. 난해한 조사들, 경험해 본 적 없는 복잡한 존칭의 표현들, '일, 이, 삼, 사'와 '하나, 둘, 셋, 넷'으로 분리된 숫자 체계, 저마다 상황에 따라 다르게 사용해야 하는 비슷비슷한 미래와 추측의 용법도 그들을 혼란스럽게 하는 요인이 된다.

처음엔 오스트리아계 미국인 커트가 수업에 나오지 않기 시작한다. 곧이어 그의 연인, 중국 여자 팡이 자주 결석한다. 그들의 친구 팀과 노라의 지각과 결석도 빈번해진다. 저녁 7시, 강의실 문을 열고 들어가면 헝가리 남자 타마스와 너, 그렇게 단 두 사람만이 앉아 있는 날들이 많아진다. 6월 셋째 주 월요일, 급기야 너만이 앉아 있는 강의실을 나는 경험하게 된다. 너는 10분만 더 기다려 보자고 말한다. 우리는 말 한마디 없이 20분을 기다려 본다. 7시 20분, 나는 조용히 강의실을 빠져나와 강사실로 들어간다. 상황을 알아차린 원장이 강사실까지 쫓아와서 학생이 한 명이어도 수업은 해야 한다고 다그친다. 억지로 자리에서 일어나 강의실로 걸음을 옮기지만 문손잡이를 잡은 손이 움직이지 않는다.

우리는 알고 있다. 우리 단둘이 언어 수업을 한다는 건 불가능하다는 것을, 선생과 학생이라는 우리의 관계를 감시하고 환기시켜 주는 시선이 있어야만 지식을 전달하고 전달받는 우리의 역할도 제자리를 찾게 된다는 것도. 하지만 그조차도 우리는 언어로써 확인하려 하지 않는다. 다음 달에도 수강 등록생이 세 명을 넘지 않으면 어차피 수업은 폐강될 것이다. 너는, 새로운 언어 선생을 찾아야 할 터이다.

남은 한 시간 30분 동안, 여전히 우리는 말 한마디 없이 그 강의실에 앉아 있다. 따뜻하지 않은 것은 아니나 그렇다고 뜨거울 것도 없는 침묵이 침착하게 우리 곁을 지킨다. 9시가 되자마자 강의실을 나온 우리는 익숙한 자세로 동시에 서로에게 등을 보인다. 너는 학원 밖으로 나는 강사실로, 각자의 길을 걷는 데 열중한다. 그날 밤, 너는 나의 자취 집으로 오지 않는다.

그리고, 아주 오랜 시간이 흐른 후에야 나는 출근길에서 그날이었다는 것을 깨닫는다. 여느 때처럼 테이크아웃한 커피를 들고 횡단보도를 뛰어가던 나는 누구에겐가 뒷덜미라도 잡힌 듯 문득 그 자리에 멈춰 서서 그날을 생각한다. 그날을 기점으로 우리는 다시 타인이 되기 위해, 혼자 남기 위해 연습을 하고 있었는지도 모른다고. 그러나 이번에도 나는 너에게 왜 그날인지에 대해서는 설명하기 힘들다. 서른두 살에도 다섯 살의 공포를 느낄 수 있다는 걸 표현하기 힘들었던 것처럼, 자신이 좋아하는 음악을 골라 듣는 것조차 평가라도 받듯 타인을 의식해야 했던 너를 보는 게 내겐 인내였다는 것을 말할 수 없었던 것처럼. 그새 신호등이 바뀌고, 나는 횡단보도 한가운데 혼자 서서 숨을 고른다. 차들의 클랙슨 소리, 사람들의 무심한 듯 의아한 시선, 어딘가로 가야 하지만 그곳이 어딘지 알 수 없는 막막함. 그 순간 종소리를 들었던가. 물론 환청과 실제를 가르는 정확한 지점을 표현할 언어는, 내겐 없다.

나는 다만 네가 나를 떠난 지 3년이 지난 어느 날, 그렇듯 무력하고 연약한 언어에 기대어 가까스로 생각할 뿐이었다. 그날 우리는 분명 비겁했다고, 서로에게 필요한 것은 배려를 가장한 침묵이 아니라 만지면 느낄 수 있는 체온이었다는 것을 우리는 모른 체하고 있었다고, 우리는 비겁함의 대가로 서로를 깊이 헤아리지 않아도 되는, 그래서 타인의 지옥을 경험하지 않아도 되는 편리함을 얻었던 거라고. 잠시 후, 정신없이 횡단보도를 건너가 손에 들고 있던 커피를 마시며 그 옛날의 어느 하루처럼 나는 인상을 쓴다. 하지만 그날도, 나는 너에게 답장을 쓰지 못한다.

7

수업이 폐강된 후 표면적으로 우리는 좀 더 자주 만나

고 그 탓에 예전보다 가까워진다. 그러나 여전히 우리는 서로에 대해 아는 것이 없다. 나는 네가 언제까지 한국에 머물 건지 듣지 못했고, 너는 가끔씩 식은땀을 흘리며 나쁜 꿈에서 깨는 나의 젖은 이마를 물끄러미 바라보기만 할 뿐, 예전처럼 아무것도 묻지 않는다.

어느 날, 내가 너의 수첩을 훔쳐본다. 나는 다만, 오래전 사람들이 너를 부르던 한국 이름만이라도 알고 싶었을 뿐, 그뿐이었다. 내가 너의 이름을 발견하기도 전에, 너의 수첩을 펼쳐 든 나를 네가 먼저 목격한다. 내 등 뒤에서 너의 눈빛이 대체 어떤 감정으로 어둡게 변해 갔는지 나는 알수 없었다. 아마, 너 역시 너의 이성을 마비시켜 가던 그 감정의 실체를 몰랐을 것이다. 너의 행동에 대한 너 스스로의 의식도 상실해 버린 채 너는 저벅저벅 다가와 나의 머리를 때린다. 아프다는 감각보다 네가 나를 때렸다는 사실이 한발 앞서 각인된다. 네가 나를 때렸다는 사실보다 너의 그 예민함이 대체 어디에서 기원되었는지에 대한 의문이 먼저 내 삶을 잠식한다. 한 번, 두 번, 세 번……. 세 번이 넘어가자 이마와 뺨까지 얼얼해져 오는 느낌이 들었다. 마지막으로 너의 손이 내 얼굴을 친다. 나는 그대로 문 쪽으로 쓰러진다.

서른 살이 넘으면서 나는 사람 사이의 관계에서 형성될수 있는 언어들 중 운명이나 필연, 신뢰나 진실 같은 단어들을 지워 나갔다. 그런 단어들이 흘러 나간 감정은 언제나 싸늘했고 무감했다. 때때로, 나는 다른 방식으로 내 감정을 소비해야 했다. 미래에 대한 과장된 불안과 타인에 대한 불필요한 집착이 그때의 내겐 있었다. 불안과 집착의 공통점은 절대로 현실을 배반하지 못한다는 것, 그것이 아닐까. 어제보다 더 큰 불안을 끌어와 베팅해도 현실은 그보다 더 큰 절망을 준비해 놓게 마련이고, 어제의 어제보다 더 강렬한 집착을 키우며 스스로를 소모해도 현실에서 내 손에 닿는 건 한 줌의 공기뿐이다. 어쩌면 나는 우리의 관계가 회복될 수 없을 만큼 나빠질 수 있는 그런 사건 하나를 기다리고 있었는지도 모르겠다. 더 큰 절망과 더 깊은 공허를 회피하기 위해 나는 미련한 곰처럼 한껏 몸을 웅크린 채 기다리고 있었을 것이다. 내게 미래가 없듯, 우리의 관계에도 미래가 없었으므로. 그리고 언제나 그랬듯, 치명적인 독처럼 알싸하게 혀끝을 감싸는 한 움큼의 차가운 비웃음. 그래서 나는, 너에게 머리와 얼굴을 얻어맞고 문가에 쓰러져 있던, 상처 입은 자의 나약한 모습으로 미래를 겁주고 있던 그때의 나 자신을 지금껏 용서하지 못한다.

잠시 후 네가 나를 안는다. 나의 머리통을 품에 안고 너는 운다.

운다는 행위도 언어만큼이나 불명확하다고 그 순간, 나는 생각했다. 나는 너의 뜨거운 눈물과 대체될 수 있는 감정, 아니 언어를 찾을 수 없었다. 너는 연이어 미안하다고 했지만, '미안하다'는 나를 때린 너의 행위에 대한 변명일 뿐, 너의 근원적인 결핍감을 설명할 수는 없었다. 너의 결핍감이 왜 나를 때리는 행위로까지 이어져야 했는지도 '미안하다'로는 짐작할 수 없었다. 너의 울음은 길게 이어진다. 나는 너를 이해한다고 말한다. 하지만 나를 때린 행위에 대한 이해인지, 나를 때릴 수밖에 없었던 너의 상처에 대한 이해인지, 그저 너를 위로하기 위한 충동적이고 즉흥적인 표현에 불과한 건지, 나 역시 판단할 수 없었다.

그날 저녁 나는 너의 짐을 싼다. 몇 벌의 티셔츠와 청바지, 사전을 비롯한 한국어 관련 교재 서너 권과 간단한 세면도구, 너의 짐은 쇼핑백 두 개에 모두 들어간다. 너는 내내 소파에 앉아 나를 지켜보고 있다. 쇼핑백 두 개를 현관 앞에 갖다 놓자 너는 조용히 가방을 메고 걸어와 신발을 찾아 신는다. 양손에 쇼핑백을 쥔 너는 끝내 아무것도 묻지 않은 채 내 12평 원룸을 빠져나간다. 네가 내 방에서 들고 나간 건 단 두 개의 쇼핑백이었지만 너를 잃어버린 내 방에서 시간은 모래알처럼 바람에 쓸려 나간다. 버석거리는 마른 시간들, 미친 듯이 뒤를 향해 질주하는 시간의 속도가 가파르다.

내 방은 어느새 너를 만나기 이전으로까지 거슬러 올라간다. 네가 미국행 비행기에 몸을 싣던 15년 전의 어느 늦은 오후, 우리가 나쁜 꿈에서 깨어날 때처럼 마른 울음소리를 내며 어머니의 다리 사이로 얼굴을 내밀던 순간, 아니 우리가 형성되기 이전의 암흑 같은 시간들……. 혹은 거인과 신이 살았던 태초 이전의 전설적인 나날들, 온갖 사물들이 말을 건네고 양들과 말들에게도 날개가 있었던 아주 까마득한 시절, 감정의 경계를 무너뜨리는 언어 따위는 어디에도 없었던 그런 시절. 우리가 철저한 타인이었던 그때, 표현될 수 없는 것들을 표현되지 않는 언어로 표현하기 위해 애쓰지 않아도 되었던 그때처럼 나는 혼자서 저녁을 먹고 혼자서 잠을 잔다.

8

그들은 밤 9시, 저녁 수업이 끝난 직후 학원을 찾아온다. 새로 맡게 된 저녁 수업에는 중국인과 일본인이 많다. 중국인과 일본인 학생들에게 이제 겨우 한국어의 자음과 모음을 가르치고 나온 그날, 그들은 자신들의 발소리를 하나씩 정성껏 거둬들이며, 그토록 치밀할 만큼 고요히 나를 찾아온 것이다. 그들은 영장은 발부받지 못했지만 내가 수사에 응할 의무가 있다고 말한다. 강사실에 있던 여섯 명의 강사들과 원장이 놀란 얼굴을 감추지 못한 채 나와 그들을 주의 깊게 바라본다.

밤이었지만 거리는 여전히 한낮의 폭염을 고스란히 품고 있다. 어디를 가도 숨 막히는 더운 습기가 포진해 있고 그곳에서 사람들은 영혼을 잃은 주술사들처럼 무표정하게 길을 걷는다. 대기하고 있던 검은색 자동차에 오르자 신기루 같기만 한 세상은 천천히 내 뒤편으로 물러나 스스로 문을 닫는다. 그곳에서 햇빛과 함께 잠시 사라져 있었던 그림자들이 하나둘 모여들어 슬픈 얼굴로 나를 배웅한다.

경찰서 한구석의 간이 의자에는 한 달 전 혹은 두 달 전부터 볼 수 없었던 커트, 팡, 팀, 노라가 차례로 앉아 있다. 나를 발견한 그들의 반응은 모두 다르다. 커트는 주춤 자리에서 일어나고 팡은 초조한 듯 주위를 두리번거린다. 팀은 나를 외면하고 노라는 절망스러운 시선으로 내게 보이지 않는 구원을 요청한다. 누군가 내 팔을 억세게 붙잡은 채 철제 책상 앞에 앉힌다. 이제 조명은 책상을 사이로 앉은 나와 40대 중반의 사내만을 비출 것이다. 네 명의 외국인들은 관객처럼 내 숨소리에조차 두 귀를 쫑긋 세울 것이고 오가는 수많은 사람들은 사실적인 배경답게 자신들의 일에만 몰두하며 금요일 밤의 경찰서 분위기를 유지하는 데 온 힘을 기울일 것이다.

사내는 가장 기본적인 질문부터 시작한다. 저들을 아

십니까? 고개를 끄덕인다. 동시에 사내가 서류 뭉치를 철제 책상에 탁, 내리치며 신경질적인 목소리로 내뱉는다. 이것 보세요, 말 못 해요? 이곳은 침묵이 금지어, 나는 고개를 저으며 천천히 말한다. 제 학생들이었어요. 내 대답과 동시에 사내의 질문은 쉼 없이 이어진다. 저자들을 언제부터 알았소? 언제가 마지막으로 본 거요? 일주일에 몇 번씩 보았지? 개인적으로 만난 적도 있나? 파티를 여러 번 했다는데? 누구의 집이었소? 사내는 존댓말과 반말을 오가며 무차별적인 질문을 계속한다. 그때마다 나는 두 달 전, 한 달 전, 수업은 일주일에 세 번씩, 한 번의 파티 참석, 커트의 집, 마치 정답이 정해진 수학 문제를 풀 듯 재깍재깍 단답형의 대답들을 뱉어 낸다. 저들과 대마초를 피웠죠? 그리고 곧이어 드러나는 상대 배우의 치명적인 대사 한마디. 결정적인 질문 앞에서, 사내는 갑자기 느슨해진다.

나는 현명해져야 한다고 스스로에게 말한다. 지금 이 순간, 나를 보호해 줄 수 있는 사람은 나뿐이므로 강해져야 하는 거라고. 아뇨, 좀 전처럼 어떤 감정도 싣지 않은 채 짧게 대답한다. 이봐, 아가씨. 여기서 거짓말하면 가중 죄 적용되는 거 몰라? 보니까 아직 미혼이던데, 결혼도 하기 전에 쫑에 상처 내고 싶어? 이곳에선 거짓말이 곧 범죄, 그러나 나는 다시 한번 같은 말을 반복할 뿐이다. 아뇨, 대마초는 피운 적이 없습니다. 혈액이랑 머리카락 같은 거 검사하면 최대 6개월 전에 빤 대마초 성분까지 다 나와, 그거 알고는 있지? 사내의 협박 같은 질문에 속아선 안 된다고, 마른 눈물을 흘리며 깨어날 시간은 아직 오지 않은 거라고, 그때까진 이를 악물고 이 악몽을 견뎌야 하는 거라고, 이번엔 좀 더 부드럽게 스스로를 다독인다. 그럼 검사를 해 보죠, 나는 말하면서 동시에 흘끗 네 명의 외국인들을 쳐다본다.

이번에도 그들의 반응은 제각각이다. 어깨를 으쓱 들어보이는 커트와 소리는 내지 않았으나 입술을 오므려 분명 한국말로 대마초를 발음해 보이는 팡, 여전히 나를 외면하는 팀과 괴로운 듯 이맛살을 찡그리고 있는 노라. 그들을 이해하기로 한다. 이곳의 불명확한 언어조차 온전히 받아들이지 못하는 그들의 불안을, 나를 끌어들일 수밖에 없었던 그 순간의 절망을 이해한다. 물론 '이해한다'는 말의 무력함을 잘 알고 있는 내 목소리는 함부로 그 말의 외피 속으로 들어가진 않는다. 그들에게서 간신히 시선을 거두며 나는 사내처럼, 아니, 사내보다 훨씬 더 느긋하게 말한다. 괜찮다면 증인을 부르고 싶은데요.

사내의 얼굴이 한 뼘의 조소로 물든다. 무심히, 가방에서 핸드폰을 꺼내 폴더를 열고 번호를 누른다. 2주 만에 우리는 통화한다. 2주 만에 통화한 우리는 긴 말을 하지 않는다. 너는 한 시간 후에 경찰서에 도착한다.

너와 사내 사이에 통역이 붙는다. 너와 사내가 통역을 사이에 두고 이야기를 하는 동안, 나는 또 다른 경찰 한 명을 따라 밀폐된 방으로 들어가 그에게 머리카락 몇 올을 뽑아 건네준다. 잠시 후엔, 대기하고 있던 또 다른 경찰과 함께 화장실에 가서 오줌도 받는다. 플라스틱 컵에 든 버캐 낀 노란 오줌을 내려다보며 나는 화장실 벽에 기댄 채 오랫동안 웃는다. 언뜻 세면대 거울에 내 얼굴이 비친다. 입술은 사력을 다해 웃고 있는데 눈동자는 충혈돼 있고 표정은 단단하게 굳어 있다. 그 순간, 커피 맛이 써서 인상을 쓰면서도 너의 지친 얼굴을 떠올리며 한 모금의 미래를 품었던, 그러나 그조차도 스스로 폐기할 거라 믿어 의심치 않았던, 너를 처음 본 날의 내 얼굴이 거울 속에 오버랩된다.

화장실을 나와 다시 밀폐된 방으로 걸어가는데 너의 목소리가 아득히 먼 곳에서 들려오듯 내게 닿는다. 하지만 밀폐된 방으로 들어가 문을 닫을 때까지 나는 보지 못한다. 사내의 책상 옆에 놓여 있던 너의 검은색 캐리어 가방을, 그 가방 안에 들어 있었던 여권과 서울발 LA행 보잉 747기 비행기 표도 꿰뚫어 보지 못한다. 문을 닫기 직전, 금요일 밤의 파티에서처럼 뚫어지게 나를 건너다보던 너의 눈빛도 나는 보지 못했다. 그날 이후, 우리가 다시는 만날 수 없게 되리란 것도 끝내 알지 못한 채 기억 속의 나는 또 한 번 너로부터 천천히 돌아서고 있다.

9

불안과 집착이 현실을 배반하지 못하듯 일상도 나를 배반하지 못한다. 나의 삶은 3년 전과 같았고 그 똑같은 풍경은 내가 태어난 그날로부터 한 치의 오차도 없이 재현되고 또 재현되어 왔다. 가끔은 누군가 이미 한 번 살았던 삶을, 그 사람이 지겨워서 버리고 도망간 삶을 대신 살고 있는 건 아닐까, 생각이 들기도 한다.

기억에 남을 만한 몇 가지 일들도 있었지만 반복되는 일상 속에서 본다면 그것조차 사소한 사건에 지나지 않는다. 그 사소한 사건에는 커트를 제외한 세 명의 외국인이 영장 실질 검사에서 불구속 기소 판정을 받았다는 것, 대마초뿐 아니라 엑스터시와 필로폰에도 손을 댄 적이 있는 커트만이 2년의 실형을 받았다는 것, 무혐의 처분을 받은 나 역시 다시는 그 음침한 경찰서에 가지 않아도 되었다는 것, 그런 일들도 포함될 수 있을 것이다. 담당 형사는 각종 검사에서 음성 판정이 나왔고 설사 내가 대마를 했다 해도 정황과 증인의 말로 판단했을 때 담배로 착각하여 흡입했을 가능성이 높으므로 더 이상의 부차적인 검사를 생략

한 채 무혐의 처리하는 것이라고 판결했다.

나는 끝까지 담당 형사에게 네가 나를 위해 했던 말들에 대해서는 묻지 않는다. 그날 밤, LA행 비행기를 포기하고 경찰서에 온 네가 모든 증언을 마친 후 어디로 갔는지에 대해서도 묻지 않는다. 그날 이후 너에게서 전화는 오지 않았고, 나 역시 너에게 전화하지 않았다. 시간은 부지런히 흘러간다. 3년이 지난 어느 겨울날, 그리고 나는 우편함에서 엽서 한 장을 발견한다.

10

친애하는 정, 엽서는 그렇게 시작된다. 엽서는 영어가 아니라 한국어로 쓰여 있다. 간신히 내용을 알아볼 수 있을 만큼 필체는 형편없고 드문드문 틀린 글자도 보인다. 계단에 앉아 장갑을 벗고 오랜 시간을 들여 나는 천천히 너의 엽서를 읽는다.

너는 LA의 한인 타운에서 3년째 살고 있다. 3년째, 한국인이 운영하는 대형 마트에서 너는 손님들의 식료품을 계산하고 쇼핑 카트를 나르고 때로는 바닥을 청소한다. 스물두 살의 너에겐 이제 돌을 겨우 넘긴 딸도 한 명 있다. 아이의 이름은 브랜디, 한국 이름은 정아. 친애하는 정, 너는 다시 그렇게 쓴다. 허락도 없이 너의 이름을 빌려 쓴 거, 미안해. 지금도 가끔 꿈을 꾸니? 너는 묻는다. 나는 대답하지 않는다. 예전처럼 우리 사이엔 견고한 침묵이 흐르고, 한참 후에야 너는 다시 천천히 쓴다. 사랑하는 정, 그리고 나는 너를 기억한다. 엽서의 마지막에 희미하게 남아 있는 그 문장에서 나는 숨을 고르며 눈을 감는다.

여러 번 답장을 하려 했지만 나는 결국 단 하나의 단어도 쓰지 못한다. 여전히 똑같은 장면들이 연출되는 악몽을 꾸다가 메마른 울음소리를 토해 내며 꿈에서 깰 때면, 서랍 속에서 너의 엽서를 꺼내 다시 읽는다. 엽서를 다 읽은 후엔 습관처럼 보낸 이의 주소란에 적혀 있는 LA, 그곳의 이름을 불러 본다. LA, Los Angeles, 엔젤들. 너를 만날 때 언제나 천사들의 도시였으나, 네가 떠난 후엔 그저 한 도시의 이름으로 남게 된 그곳. 도시 바깥을 서성이는 거인들과 구름 위의 신들을 보았느냐고 묻고 싶을 때도 있었다. 황금빛 화살을 맞고 떨어진 별들과 겁 없이 하늘을 날아다니는 말들과 양들은 모두 잘 있는 거냐고 안부를 전하고 싶을 때도 있다. 무엇보다, 그곳에서도 저녁 7시만 되면 견딜 수 없는 초조함에 휩싸이는 건 아닌지, 아니 그 감정을 표현할 언어를 여태껏 찾지 못해 어딘가를 방황하고 있지는 않은지 나는 못내 궁금하다. 그러나 여전히, 나는 단 하나의 문장도 쓸 수가 없다.

딱 한 번, 마음을 다잡고 답장을 쓰려 한 적도 있었다. 전등을 켜고 책상에 앉아 나는 쓴다. 친애하는 댄, 엽서 고맙다. 하지만 그 문장뿐, 편지지엔 이내 두터운 침묵만이 쌓인다. 무수히 많은 단어와 문장이 손끝에서 미끄러져 나간 후에야 나는 조용히 전등을 끈다. 이불을 덮고 누우면 편지지에 쓰지 못한 문장들이 그제야 껌껌한 천장에 한 글자씩 새겨진다. 친애하는 댄, 아마도 나는 이렇게 쓰고 싶었을 것이다. 너를 만나는 동안 나는 다섯 살의 너를 여러 번 보았노라고, 종종 미국 시골의 전형적인 목재 테라스에 앉아 끝없이 이어진 옥수수밭을 건너다보며 천사들의 도시를 상상했노라고, 할 수만 있다면 너를 따라 어디로든 떠나고 싶었노라고, 그것만이, 그것만은 언제나 진심이었노라고.

그리고, 일주일

수요일

집 근처 대학 병원에서 실시한 에이즈 검사 결과가 나왔
다. 담당의는 더 정밀한 2차 검사를 위해 채취된 내 혈액을
국립보건원에 보내겠다고, 일주일 후에 나오는 그 결과로
에이즈 여부를 확정 지을 수 있으니 그때는 직접 내방해
달라고 담담하게 말했다. 과장된 제스처도 없고, 호들갑을
떨지도 않는 30대 젊은 의사의 침착함이 마음에 들었다.

대학 병원을 나와 병원에서 가장 가까운 식당으로 들어
가 떡만둣국을 시켜 먹었다. 식사를 끝낸 후엔 가방에서
물티슈를 꺼내 내가 사용한 순가락과 젓가락을 꼼꼼하게
닦았다. 식당을 나와 집까지 걸어서 가는데 제법 서늘한

바람이 불었다. 이번 주 주말엔 옷장에서 모직 코트와 토끼털 패딩 코트를 꺼내 세탁소에 맡겨야겠다는 생각을 잠깐 했다.

내가 사는 18평 아파트에 도착해 현관문을 안에서 걸어 잠글 땐 여느 때처럼 세상의 거대한 문을 내 손으로 직접 닫고 있다는 알 수 없는 기분이 밀려왔다. 보조 키까지 걸어 둔 후 돌아서자 센서 등이 켜졌다. 이제야 무대 뒤로 내려온 듯한 안도감, 혹은 세상 밖 여분의 공간으로 내몰린 것 같은 허전함, 이곳으로 들어오는 그 순간의 감정은 언제나처럼 규정하기 힘들었다.

머리가 아파 책상 서랍에서 아스피린을 꺼내 먹었고 새벽 1시까지 30초에 한 번씩 채널을 돌리며 텔레비전을 보다 소파에서 잠이 들었다. 텔레비전은 아침 7시, 핸드폰 알람에 놀라 잠에서 깰 때까지 켜진 상태였다. 채널은 아침 뉴스를 방영하는 KBS1에 맞춰져 있었고 마침 조간신문의 톱기사들을 브리핑하는 코너가 시작되었다. 평소대로 깔끔한 슈트를 차려입고 빈틈없이 또박또박 기사를 읽어 가는 L을 나는 한참 동안 물끄러미 쳐다보았다.

공복에 버지니아 슬림을 급하게 한 대 피운 후 버스를 타고 출근했다.

목요일

원두커피 향과 실장만이 10분 이상 떠들어 대는 아침 회의, 쉴 틈 없이 울리는 전화벨 소리, 복사기와 프린터의 토너 돌아가는 소리로 하루는 시작된다. 내가 맡은 프로젝트의 진행 과정 및 보충 안건을 문서로 보고하라는 상사와 공문이나 홍보 브로슈어의 초안을 봐 달라고 부탁하는 신입 사원들을 상대하다 보면 오전 시간은 금세 지나가게 마련이다.

점심시간엔 직원들을 따라 회사 앞 김치전골 전문 식당으로 갔다. 김치전골은 한 테이블에 하나씩 나왔고 개인마다 앞접시가 있었지만 몇몇 직원들은 전골에 직접 숟가락을 넣어 국물을 떠먹기도 했다. 식욕이 떨어진 지 오래되기도 했고, 땀이나 타액 같은 체액은 전혀 위험하지 않다고 침착한 의사는 말해 주었지만, 태연스럽게 그곳에 앉아 직원들과 함께 김치전골을 나눠 먹을 수는 없었다. 죄책감을 느껴서였다기보다는 죄책감을 느끼는 스스로를 감당할 자신이 없어서였을 것이다. 갑자기 배가 아프다고 둘러대며 식당을 나와, 제과점에서 샌드위치와 우유를 사 들고 다시 사무실로 들어갔다.

오후 2시쯤엔 내가 맡은 홍보 프로젝트의 해당 회사에서 직원 몇이 왔고, 나는 노트북과 빔 프로젝터를 연결하여 일주일 동안 매달렸던 기획안을 프레젠테이션했다. 미니멀리즘을 추구하는 남성 의류 회사가 가방이나 신발 같은 아이템으로 새롭게 브랜드를 론칭하는 데 가장 적합한 홍보 방안을 마련한 기획이었다. 반응은 아주 좋지도, 심각하게 나쁘지도 않았다. 프레젠테이션이 끝난 후 대부분 디자이너들로 이루어진 상대 회사 직원들은 퇴근 후 맥주라도 한잔하자며 의견을 타진해 왔지만 나는 내가 취할 수 있는 최대한의 정중함과 예의로 어렵게 거절의 의사를 밝혔다. 서 과장님, 연애하세요? 자료를 정리하고 있던 내게 누군가 다가와 그렇게 묻기도 했다. 나는 이 도시에 사는 대부분의 혼기 지난 싱글들처럼 노도 예스도 아닌 어정쩡한 웃음으로 대답을 피했다.

하루에 꼭 한 번씩 사무실을 찾아오는 외부 영업 사원도 물론 있었다. 오늘은 카드 회사 직원이었다. 40대 중반으로 보이던 남자는 목소리가 무척 낮았다. 카드 필요하십니까, 라고 묻던 남자의 목소리에선 '도를 믿으십니까?' 혹은 '구원을 원하십니까?' 같은 말들이 가지는 어떤 결의까지 느껴졌다. 나는 빳빳이 고개를 들어 파티션 바깥에 서 있던 그를 물끄러미 올려다보았다. 영업 사원을 하기엔 표정이 너무 단조로웠고 얼굴색은 창백했다.

— 네, 하나 만들어 주세요.

얼떨결에 그렇게 말하자 남자는 미소조차 없는 무뚝뚝

한 얼굴로 S카드 회사의 팸플릿과 카드 발급 신청서 등을 서류 가방에서 꺼냈다. 작성한 신청서를 건네주며 차 한 잔 하겠느냐고 묻자 남자는 그제야 흠칫 놀란 얼굴로 나를 쳐다봤다. 좋지요, 잠시 후에야 남자는 역시나 억양이 없는 낮은 목소리로 대답했다.

나는 남자를 냉장고와 싱크대, 커피 메이커와 정수기 등이 갖춰져 있는 다용도실로 데려갔다. 다용도실엔 다행히 사람이 없었다. 문을 안에서 잠그고 환풍기를 켠 다음 창문까지 열어 놓은 후 들고 온 손지갑에서 담배 케이스를 꺼냈다. 남자는 테이블에 앉아 내가 담배를 피우며 커피를 타는 것을 묵묵히 지켜봤다.

— 나도 한 10년 전까지만 해도 이렇게 번듯한 사무실에서 일했죠.

테이블에 커피를 내려놓자 남자가 조금은 자조적인 목소리로 그렇게 말했다. 나는 남자 맞은편에 앉아 물을 적신 휴지에 담뱃재를 털며 의미 없이 고개를 끄덕여 주었다.

— 그때도 여직원들은 화장실이나 비상계단에서 몰래 담배를 피웠어요. 그때만 해도 아날로그 시대였죠. 시대는 많이 변했는데 여직원들이 사람들 시선을 피해 담배를 피우는 건 똑같군요.

— 요즘은 남자들도 숨어서 피워요.

나는 그렇게 말하며 그냥 웃었다. 남자는 여전히 무표정

43

한 얼굴이었다. 담배를 다 피우고 나자 할 말이 없어졌다. 하긴, 우리는 같은 공간에 있지만 10년의 시간 차로 다른 영역을 누비고 있는, 굳이 비유하자면 타임머신을 타기 전의 세상과 그 후의 세상을 살고 있는 다른 시대의 사람들이었다.

— 뭐 하나 여쭤 봐도 될까요?

— 카드 한도액이나 할인 혜택에 대한 질문은 아닌 것 같군요.

— 정말 그냥 궁금해서 물어보는 거니까 오해는 마세요.

— 대체 뭔데 그럽니까?

남자가 조금은 어리둥절한 얼굴로 나를 빤히 건너다봤다. 문득 거짓말을 하기 위해 이것저것 따져 가며 둘러대는 과정이 귀찮게 느껴졌다. 제삼자로부터, 지금 내 상황에서 내가 어떤 행동을 해야 하는지에 대해 객관적인 얘기를 듣고 싶은 마음도 물론 없지 않았다. 처음부터 그럴 의도가 없었음에도 나는 곧이어 4년 전 독일에서 있었던 일과 최근 만성 감기로 병원을 찾았다가 뜻하지 않게 듣게 된 내 몸의 변화를 솔직하게 털어놨다. 사이사이 HIV 바이러스, 프랑크푸르트, 물수건, 아스피린, 하루 담배 반 갑의 흡연량, 끝까지 앉아 있지 못했던 오늘 점심시간의 김치찌개 식당까지 두서없이 늘어놓긴 했지만 내가 왜 오늘 처음 만난 중년의 사내에게 이런 뜻하지 않은 고백을 하는 건지 나 스스로도 납득이 되지 않았다. 이 상황에선 뭘 해야 할까요? 한참을 주절거리다가, 나는 마지막으로 그렇게 물으며 주의 깊게 남자를 쳐다봤다.

— 그렇군요. 그런데 그쪽은 여기서 무슨 일을 합니까?

— 홍보 대행업을 하죠.

— 이봐요. 나도 글은 읽을 줄 아오. 여기가 홍보 대행 회사란 건 현판에서 이미 보고 들어왔어요. 내 말은 구체적으로 무슨 일을 하느냐 이겁니다.

— 기업 이미지에 맞게 광고 마케팅 전략을 세우고 온오프 광고의 콘셉트도 조율하고 보도 기사를 작성하기도 하고 그 외에 홍보 소스를 개발하기도 하고요.

— 참 재미없는 일은 하는군요.

고개를 숙인 채 그런 편이죠, 나는 건성으로 대답했다. 건성으로 동의하긴 했지만 최근에 들어 본 말들 중에선 가장 진실에 가까운 명쾌한 진단이기도 했다. 어쨌든 그 재미없는 일을 나는 10년째 하고 있는 중이다. 하지만 그 시간의 양은 부피감도, 무게감도 없었다. 주변의 모든 상황은 10년이란 시간이 이미 내 인생을 훑고 지나갔음을 증명하고 있는데 정작 나는 그 세월을 실감하지 못하고 있었다. 날마다 바빴고 아침 9시부터 저녁 6시까지 꾸준히 일해 왔는데도 그 시간은 마치 필름의 끊어진 부분처럼 먹지 상태로만 남아 있는 것 같았다.

— 내가 그쪽이라면 우선 일을 그만두겠어요. 참, 커피 고마웠습니다.

한참을 인상만 쓴 채 침묵하던 남자가 불쑥 그렇게 말하며 자리에서 일어났다. 무언가에 화라도 난 듯한 목소리였다. 잠시 후, 등 뒤에서 문 닫히는 소리를 들으며 그럴 순 없죠, 나는 뒤늦은 해명을 했다. 아파트 대출금과 작년에 뽑은 자동차 할부금을 갚아야 하니까요. 아무도 없는 텅 빈 다용도실에 우두커니 서서 나는 독백을 읊듯 연이어 그렇게 천천히 속삭였다. 말하고 나니 부조리극의 대사만큼이나 지금의 내 처지와는 전혀 어울리지 않는 말이었다. 나에겐 재산도, 빚도 물려줄 사람이 없었다. 환풍기를 끄고 다용도실을 나서며 아주 잠깐 아버지를 생각하기도 했지만 나는 이내 헛웃음을 터뜨리며 내 책상으로 돌아갔다.

금요일

퇴근 후 집으로 돌아가는 길, 아파트 단지 내의 쓰레기장으로 소파를 나르는 젊은 부부를 보았다. 새로 이사 오면서 쓰던 소파를 버리는 것인지, 아니면 다른 곳으로 이사를 가면서 짐 정리 차원으로 처리하는 것인지 알 수는 없었지만 오래된 가죽 소파의 노란색이 초겨울에 들어선 아파트 단지의 스산함과 대조를 이루며 오랫동안 내 눈길을 끌었다.

소파 하나가 거의 유일한 소품인 무대 위에서 극의 풀타임이 진행되는 연극을 본 적이 있다. 황지우의 시를 모티프로 한, 「살찐 소파에 대한 일기」라는 연극이었다. 등장인물은 단 세 명이었고 줄거리는 불분명했으며 인물끼리의 대사는 갈등이 배제된 단순한 문장으로만 전달됐다. 아버지는 그 연극의 주인공인 '나'였다. 주인공은 하루 종일 소파위에서 '그녀'를 기다리고 자신의 또 다른 자아인 '그'를 상대하며 과거와 현재, 꿈과 현실, 무의식과 의식 사이를 오갔다. 하품이 날 만큼 지루한 연극은 아니었지만 그렇다고 커튼콜에서 기립 박수를 쳐 주고 싶을 만큼 감동적인 작품도 아니었다. 그런데도 내가 그 연극을 기억하는 건 극의 막판에서 갑자기 무대 위의 모든 마네킹들을 쓰러뜨리고 부수던, 연극배우로서 아버지가 쏟아 냈던 그 엄청난 에너지가 너무도 인상적이었기 때문이다.

연극 판에서 아버지는 꽤 유명한 배우에 속했다. 중년에 들어서면서는 텔레비전 드라마나 몇몇 영화에서 여주인공의 삼촌이나 여주인공 친구의 아버지쯤으로 간간이 얼굴을 비추기도 했지만 아버지의 주 무대는 언제나 연극이었다. 아버지는 죽을 때까지, 아니, 실종될 때까지 자신이 사랑하는 일만을 최선의 힘으로 사랑하며 살 수 있었던, 흔치 않은 행운아였던 셈이다.

자신에게 할당된 에너지의 9할 이상을 연극에 쏟아붓
던 아버지였지만, 그런 아버지에게도 만나는 여자가 있긴
했다. 하지만 나는 한 번도 그 여자를 본 적이 없었다. 본
적도, 그녀의 전화를 대신 받아 본 적도 없다. 나는 그 여
자에 관한 정보를 아버지의 언어와 아버지의 시선으로만
듣고 보았다. 몇 번 정도는 진심으로 그녀를 만나고 싶다
는 생각이 들기도 했으나 끝내 아버지에게서 그녀를 소개
받는 일은 일어나지 않았다.

내가 L과의 관계에 더 이상 미래가 없다는 것을 직감하
고 있을 즈음 아버지는 선운산으로 겨울 산행을 떠났고
이듬해 3월이 될 때까지 나타나지 않았다. 실종 신고도 했
고 선운산에 상주하는 구조대원들이 출동하여 수색 작업
을 펼치기도 했지만 아버지의 시신은 끝내 발견되지 않았
다. 세 명의 고모들은 이틀에 한 번씩 번갈아 가며 나타나
거실 소파에 앉아 한바탕 눈물을 쏟아 내고 떠났다. 고모
들의 입술에 걸러진 아버지의 인생은 참담했고 끔찍하게
고독했으며 이 세상 누구보다 불행했다. 정신병적인 면모
가 다분했던 친할아버지의 모진 매질에서부터 가장 친한
친구의 배신으로 얼마 없는 재산을 날린 일화와 출산 즉
시 나를 맡겨 놓고 잠적해 버린 그의 매정한 아내에 이르
기까지, 내가 듣기에도 아버지의 삶은 남다른 만큼이나 외

롭고 고단했다.

아버지가, 아니, 아버지의 배낭과 등산화 그리고 그의 것이라 추정되는 백골이 발견된 건 선운산 기슭을 따라 이른 산꽃들이 조금씩 피어날 때쯤이었다. 경찰 측에서는 완벽하게 육탈된 백골로 지문 채취는 불가능하지만 유전자 감식은 할 수 있다고 전해 줬다. 하지만 막상 내가 유전자 감식을 의뢰했을 땐 이미 백골 주변에서 실종인의 소지품이 발견된 이상 그 백골은 서민수, 즉 나의 아버지임이 분명하므로 굳이 유전자 감식까지 할 필요는 없지 않냐는 의사를 밝히기도 했다. 그때는 나 역시 그들의 말이 전적으로 옳다고 생각했으므로, 무엇보다 그 말을 전하는 그들의 얼굴이 더없이 피곤해 보였으므로 나는 두말없이 유전자 감식을 포기했다.

아버지의 장례는 세 고모들의 통곡과 탈진으로 정신없이 치러졌다. L은 찾아오지 않았다. 하지만 그 쓸쓸한 장례식장에서 내가 자주 뒤를 돌아보며 기다렸던 사람은 L이 아니라 아버지의 여자였다. 빈소를 찾아온 친척들, 아버지의 연극배우 동료들, 연극 관련 스태프들과 연출가 및 극작가들 역시 여자가 끝까지 나타나지 않았다는 사실에 의아해했다. 더더욱 의아했던 건 그들 중 그 누구도 그녀의 연락처를 모른다는 것이었다. 그녀를 직접 만나 보았다는 사람도 찾을 수 없었다.

장례를 마치고 백골을 갈아서 납골당에 안치하고 난 후 혼자서 아파트로 돌아온 날, 나는 불도 켜지 않은 거실에 자정까지 앉아 있었다. 누군가 그 심리 상태를 단순한 외로움이라고 부른다면 억울한 기분이 들 정도로 지독하게 외롭다는 느낌이 엄습했다. 사람이 이전엔 한 번도 생각지 못했던 것을 생각해 내는 힘은, 상처 이후가 아니라 상처의 시간을 견뎌 낼 수 없음을 인정하고 난 후에야 습득된다는 걸 나는 그때 알았다. 처음부터 아버지에겐 만나는 여자 따윈 없었을 거라는, 아버지의 죽음과 관련된 그 모든 상황조차 한 편의 연극에 지나지 않을지도 모른다는 깨달음은 보리수나무 아래 현자에게 찾아왔을 한 줌의 바람처럼 그렇게 갑작스럽게 내 머리를 쳤다. 어쩌면 그 모든 건, 아버지 인생 전부를 건 야심 찬 연극일 수도 있었다.

그 마지막 연극의 극본과 연출, 그리고 주인공은 모두 아버지일 터였다. 그날 이후, 그 의문은 어느 날은 확신이 되었고 어떤 날은 블랙코미디가 되었다. 그래서 아주 가끔씩 나는 생각하곤 했다. 아버지는 죽은 것이 아니라 죽은 척 위장을 하고 있는 건지도 모른다고, 발견된 백골은 아버지의 것이 아니라 아버지가 어딘가에서 갖다 놓은 소품일지도 모르겠다고, 그렇다면 어디선가 나를 지켜보고 있다가 가장 우울하고 가장 괴로울 때 불쑥 나타나 박수를 쳐 주며 "애야, 그동안 수고했다. 이제 무대를 내려와도 된다."라고 말해 줄 날도 올 수 있겠다고. 그런 생각은 어떤 날은 위로가 됐고 어느 날은 고문이 됐다.

잠이 오지 않는 밤이면, 거실 소파에 앉아 나는 아주 작은 목소리로 아버지를 불러 보았다. 이 정도로 바닥이라면 이쯤에서 조명을 꺼 줄만도 하지 않느냐고 나직이 묻기도 했다. 하지만, 어쩌면 당연한 일일 수도 있겠지만, 아버지가 내 앞에 나타난 적은 지난 4년 동안 단 한 번도 없었다. 침착한 의사에게서 에이즈 양성 판정을 받았던 이틀 전 밤에도 아버지는 객석 저편에서 뚜벅뚜벅 걸어 나오지 않았고, 무대 바닥을 기어 다니는 내 어깨를 잡아 주지도 않았다.

토요일

오후 2시가 다 되어서야 눈이 떠졌다. 밀린 빨래를 한 후, 냉장고와 변기 청소를 했으며 거실과 안방, 화장실에 하나씩 두었던 쓰레기통을 비웠다. 페트병이나 우유 팩, 빈 캔과 신문 등은 따로 모아 노끈으로 묶었다. 일주일분의 쓰레기는 대체로 그 양이 일정하다. 되도록 집에서는 음식을 해 먹지 않고 손님을 초대하지도 않으며 하루 일과를 마치고 집으로 오면 텔레비전을 보고 잠을 자는 것 외에는 거의 하는 것이 없는데도 언제나 예외 없이 이만큼의 쓰레기가 배출된다는 것이 나는 매번 새삼스럽다.

쓰레기봉투와 노끈으로 묶은 재활용 페트병 등을 양손에 들고 아파트를 내려와 쓰레기장으로 걸어가자 노란색 가죽 소파가 가장 먼저 눈에 띄었다. 가까이서 보니 스프링이 빠지고 여기저기 찢긴 자국이 있는 낡은 소파였다.

분리수거를 끝낸 후 돌아서려는데 발걸음이 떼어지지 않았다. 다시 돌아서서 소파 쪽으로 천천히 걸어갔다. 처음엔 그저 53킬로그램의 체중만 잠시 실어 놓으려 했는데 상체가 자꾸만 옆으로 기울기 시작했다. 쓰레기. 소파에 비스듬히 등을 기대며 나는 그렇게 중얼거려 보았다. 정말 쓰레기 인생이다. 내친김에 그렇게도 속삭였다. 인정하고 나니 의외로 마음이 편안해졌다.

한참을 기다렸지만 잠은 오지 않았다. 나와 대사를 나눌 상대 배우도 나타나지 않긴 마찬가지였다. 내 삶의 바깥에서 착착 진행되고 있을 아버지의 연극이, 줄거리와 무대장치, 소품과 조명까지 모두 못 견디게 궁금했지만 그 무대로 향하는 통로는 오늘도 보이지 않았으므로 나는 결국 아무런 역할도 배당받지 못한 채 소파뿐인 무대를 내려와야만 했다.

일요일

저녁 내내 욕실이 울었다. 샤워를 끝낸 직후였다. 어쩔 수 없이 수돗물을 가장 세게 틀어 놓은 채 욕실이 눈물을 그칠 때까지 기다려 줄 수밖에 없었다. 인내를 갖고 기다렸으나 욕실은 오래오래 울었고, 나는 우는 욕실을 위로할 수 있는 방법을 알지 못했기에 옷을 다시 챙겨 입은 후에도 변기 위에 앉아 저녁 시간을 보내야 했다.

월요일

— 서 과장님, 오늘 김 실장님이 한턱 쏜다고 그러네요.

컴퓨터를 끄고 천천히 퇴근 준비를 하고 있는데 행정팀 직원이 다가와 그렇게 말했다.

— 월요일부터 웬일로요?

— 실장님이 이번에 대치동에 있는 아파트로 이사 가시잖아요. 드디어 강남권으로 입성하게 됐다고 그 기념으로 쏘는 거래요.

그 말과 함께 따뜻한 녹차 한 잔을 내 책상 위에 올려놓는 인상 좋은 행정팀 직원을 향해 나는 적당히 웃어 주었다. 지금 내 체력으로는 8시간의 노동만으로도 벅찼지만 지난 회식 때도 몸이 안 좋다는 핑계로 불참했으므로 오늘은 잠깐이라도 얼굴을 비쳐야 했다. 게다가 김 실장은 내 직속 상사였다.

일차는 회사 근처에 있는 숯불갈비 집에서 이뤄졌다. 코를 자극하는 갈비 냄새를 맡으며 벽에 기대앉아 있는 것에도 많은 에너지가 필요했다. 게다가 피곤할 땐 감기 증상이 더 심해진다. 목 안이 따끔거리고 온몸에선 미열이 나며 입안은 바짝 말라 가는 지겨운 증상……

— 서 과장님, 올겨울엔 약이라도 하나 해 드세요. 어떻게 1년 내내 감기를 달고 사세요?

휴지로 단단히 입을 틀어막은 채 마른기침을 하자 앞자리에 앉아 있던 직원이 고개를 갸우뚱거리며 물었다. 직원들의 시선이 간간이 내 쪽에 와서 멈칫했다. 나를 처음 본 사람들조차 내 몸에서 심상치 않은 병색을 확신하게 될 날은, 어쩌면 생각보다 일찍 찾아올지도 모르겠다.

— 그게 다 제때제때 욕구 해소가 안 되니까 그런 거야. 서 과장이 이제 내년이면 서른다섯이던가? 이봐, 서 과장, 내년엔 적당히 눈 낮춰서 꼭 시집 가. 사람이 말이야, 그렇게 억제만 하면 안 되는 거거든.

김 실장의 말에 몇몇 직원들은 큭큭, 웃어 댔고 몇몇 직원들은 불쾌하다는 듯 얼굴을 찌푸렸다. 나는 대꾸할 기력도 없었다. 술은 고작 소주 두 잔 마셨을 뿐인데 구토할 것 같은 울렁거림이 계속되었다. 8시 30분을 가리키는 맞은편 벽시계를 건너다보다가 나는 은근슬쩍 자리에서 일어났다.

— 서 과장님, 가시게요?

— 아니, 화장실 좀. 최진철 씨, 김 실장님 잔 비었네. 좀 따라 주세요.

대충 그렇게 말해 놓은 후 구두를 찾아 신고 숯불갈비 집을 나왔다. 찬 바람을 쐬니 한결 기분이 나아졌다. 택시는 쉽게 잡혔다. 택시가 아파트 단지 입구에 도착할 때까지 나는 깜빡 잠이 들었다.

선잠 속에서 나는 독일 프랑크푸르트의 3급 호텔로 들어가고 있었다. 4년 전의 그곳이었다. 비가 와서인지, 아버지의 장례를 마치고 얼마 되지 않아 컨디션이 바닥이었던 탓인지 4월 초의 독일은 너무도 추웠다. 침대 시트로 머리 끝에서 발끝까지 꽁꽁 감싸고 있어도 이가 맞부딪혔고 온몸은 덜덜 떨려 왔다. 다음 날은 독일 지점에 나와 있는 클라이언트를 만나야 했으므로 잠을 설쳐선 안 되는 상황이었다. 나는 한국형 도자기 주방용품을 제조하여 유럽에 수출하고 있는 H사의 사장을 앞에 두고 H사가 국내뿐 아니라 미주와 유럽에서 효과적인 기업 홍보를 해 나갈 수 있는 방안을 프레젠테이션 해야 했다. 자정이 지나고부터는 한계에 다다랐다는 판단이 섰다. 침대 시트를 그대로 뒤집어쓴 채 1층 프런트로 내려가자 이미 서너 명의 투숙객들이 매니저에게 난방을 요구하고 있는 게 보였다. 나까지 합세하여 난방을 부탁했지만 매니저는 안 된다는 말만 반복했다. 일정 기온까지 내려가지 않으면 난방을 할 수 없는 게 독일의 정책이라고도 했다. 그때의 기온은 아마도 13도나 14도 정도 됐겠지만 체감온도는 거의 영하권이었다.

망할 자식, 그렇게 속삭이며 할 수 없이 5층의 내 방으로 올라가는데 누군가 내 등을 톡톡 두드렸다. 뒤를 돌아보자 낯선 외국인이 나를 향해 손을 흔들어 보이며 서 있었다. 그에게선 술 냄새가 났고 두 눈은 초점 없이 흔들렸다. 고속버스 터미널의 공중화장실에서 쭈그리고 앉아 담배를 피우는 중년의 여자나 허름한 양복을 입고 초췌한 얼굴로 천 원짜리 불량품을 선전하는 지하철의 판매상에게서 맡아지는, 편하지 않은 세상만을 디디며 걸어온 사람만이 풍길 수 있는 비릿한 바람 냄새도 났던 것 같다. 국적도, 이름이나 나이도 몰랐지만, 무엇보다 그의 몸속 어딘가에 지독한 악의를 품은 HIV 바이러스가 서식하고 있다는 걸 짐작도 못했지만 나는 겁 없이 그를 따라 백치처럼 웃어 주었다.

하지만 그때의 내 행동을 나는 지금도 감히 후회하지 못한다. 내 캐릭터에도 맞지 않고 대본에도 없었을 돌발 행위였지만 그 당시의 내 인생으로 들어와 한 달, 아니 일주일만이라도 살아 본 사람이 있다면 그가 누구든지 그 선택을 이해해 줄 거라는 터무니없는 믿음을 차마 버릴 수도 없다. 내가 열어 준 문을 통해 성큼성큼 들어온 그는 힘껏 나를 안았다. 달콤하고 감미로웠다. 달콤하고 감미롭긴 했는데 다시 문을 닫는, 클로즈업된 내 얼굴을 마주 본 순간, 나는 벌어진 입술을 다물지 못한다. 마치 분장실의 먼지 낀 거울에 투영된 늙은 배우의 맨얼굴 같은, 모든 조명이 꺼져 버린 캄캄한 얼굴. 도저히 그 무엇으로도 다시는 불을 밝힐 수 없을 것 같은 무섭도록 건조하게 늙어 버린 얼굴. 달리 어떤 행동을 해야 할지 판단할 수 없어 무턱 대고 소리라도 내지르려는 순간,

― 손님, 다 왔는데요.

아아악, 아아아아악.

다행히 택시 기사가 그 추운 호텔 방에서 나를 꺼내 주어 비명은 목울대 안에서 조용히 사라졌다. 비틀거리며 택시에서 내려 아파트 단지로 들어서자 외려 그곳이 꿈의 공간인 듯 비현실적인 이질감이 밀려왔다. 유모차를 끌고 다니는 젊은 부부들, 삼삼오오 모여 수다를 떨고 있는 주부들, 여기저기 뛰어다니는 어린아이들과 사이좋게 손을 잡고 산책하는 노부부들이 마치 천국이라는 테마로 세팅된 무대의 소품들처럼 평화롭게 아파트 광장을 누비고 다녔다. 사실 그곳에선, 나처럼 치명적인 바이러스를 품은 독신

자는 천국으로 미리 탐방 온 방관자 외에는 맡을 수 있는 역할이 없었다. 몇 발짝 걷지도 않았는데 무릎이 꺾였다.

천국을 빠져나가는 마지막 비상구 같은 현관문을 열고 아파트로 들어서는데 온몸을 조이고 있던 나사들이 일제히 투두둑, 풀리는 느낌이 들었다. 몸에서는 여전히 비릿한 고기 냄새가 났지만 나는 제대로 씻지도 않은 채 컴퓨터를 부팅하고 두 개의 한글 파일을 열어 놓았다. 하나는 사직서로, 또 다른 하나는 유서로 이름을 정해 놓았다. 하지만 텅 빈 컴퓨터 화면엔 커서만 있을 뿐, 제대로 된 단어 하나 찍히지 않았다.

다시 문서를 닫고 이번엔 소파 테이블 위에 있던 무선전화기를 가져왔다. 아버지가 알고 있을지는 모르겠으나 어쨌든 나는 아버지의 핸드폰을 아직 해지하지 않았다. 신호가 넘어갔지만 핸드폰은 4년 전처럼 꺼진 상태였다. 날카롭게 들려오는 삐— 소리 이후에는 수화기 저편의 지시에 따라 1번을 눌렀다. 그리고 그 텅 빈 공간 속으로 어떨결에 나는 아버지, 오랫동안 불러 본 적이 없는 그 호칭을 뱉어 보았다. 그는, 아무런 대답도 하지 않았다. 아버지이! 두 번째 호명은 심지어 입술 밖으로 나와 보지도 못했다. 한참 후에야, 예상대로, 아버지라는 한마디 외엔 아무것도 들어 있지 않은 핸드폰 음성 사서함이 자동으로 닫혔다.

화요일

— 아직까지 여기서 일하고 있는 겁니까?

닷새 만에 다시 나타난 카드 회사 남자가 제법 큰 목소리로 다짜고짜 그렇게 물었다. 남성 의류 회사의 새 브랜드 홍보 기사를 점검하고 있던 중이었다. 몇몇 직원들이 두더지 게임의 두더지들처럼 파티션 밖으로 고개를 삐죽 세워 남자 쪽을 쳐다봤다. 나는 자리에서 일어나 엉거주춤 남자에게 목례를 한 후 서둘러 다용도실 쪽으로 앞서 걸어갔다.

내가 커피를 타고 있는 동안, 남자는 나 대신 환풍기를 틀고 창문을 열었다. 담배를 피울 마음은 없었지만 남자의 행동을 막지는 않았다. 커피를 테이블 위에 올려놓자 남자는 인상을 찌푸리며 나를 건너다봤다. 창백한 얼굴이 더 해쓱해 보였다.

— 이것 봐요, 여기서 이렇게 시간을 낭비하고 있으면 어쩌겠다는 겁니까?

화를 억누른 듯한 목소리로 남자가 다시 물었다.

— 내일 당장 죽는 병은 아니에요.

— 그딴 건 알 바 아니요. 그쪽 같은 사람은 그저 하고 싶었던 거 하고, 먹고 싶었던 거 먹고, 갖고 싶었던 거 다 가지면서 살아도 된다는 것만 알지. 그래, 그쪽은 꼭 만나

고 싶은 사람도 없어요?

— 만나고 싶다기보다는 어떻게 사는지 궁금한 사람이 한 명 있긴 한데 다행히 아침마다 늘 보면서 살고는 있어요.

— 생각보단 최악은 아니군. 그래, 가족하고 늘 보며 지낸다는 그 사람한테 말은 했습니까?

— 무슨 말을요?

— 아니, 그 얘기를 내가 꼭 해야겠어요?

— 말을 안 한 게 아니라 못하는 거예요.

— 이유가 뭡니까?

— 정말 몰라서 묻는 건가요?

한결 낮아진 목소리로 그렇게 되묻자 남자는 안경을 벗어 두 손으로 얼굴을 부볐다. 문득, 오래전에 졸음을 견디며 보았던 독일 영화 「베를린 천사의 시」가 잠깐 생각났다. 눈에는 보이지 않지만 인간들 곁에 머무르며 그들의 좌절과 희열과 눈물과 웃음을 지켜보고 공유했던 과묵한 천사들. 물론 나와는 어떤 개인적인 회로로도 엮여져 있지 않은 이 중년의 남자가 나를 위해서 무언가 구체적인 행동을 해 줄 거라고는 기대도 하지 않으며 원하지도 않았다. 그러나 지금 이 순간, 나의 고통을 지켜보고 공유해 줄 수 있는 사람은 사실 이 남자뿐이란 걸 나는 인정할 수밖에 없다.

잠시 후, 의자에서 일어난 남자가 내게로 다가와 내 어깨를 잡아 주었다. 생각보다 뜨거운 손이었다. 남자는 내가 두 손으로 얼굴을 가리고 있는 동안, 번듯한 사무실에서 쫓겨난 이후의 사업 실패와 이혼, 카드 빚과 자살의 유혹에 관련된 자신의 신상을 토로했다. 남자에겐 더없이 불행한 과거사였지만 그 정도의 이야기는 사실 인터넷 익스플로어만 띄워 놓으면 이틀에 한 번씩은 볼 수 있는 흔한 사연이었다. 외려 내가 민감하게 의식하고 있었던 건 그때껏 젖지 않았던 내 손바닥이었다. 액션 영화에서 악당의 총을 맞은 후 고통스럽게 죽어 가다가 불현듯 정신을 바로하고 품고 있던 라이터나 핸드폰, 배지나 메달을 꺼내 들면서도 안도감보다는 당혹감을 먼저 느끼던 주인공들의 표정이 저절로 떠올랐다. 괜찮소? 남자의 말에 그제야 나는 얼굴을 가리고 있던 두 손을 풀었다. 그러고는 빤히 남자를 올려다봤다. 눈물의 흔적은커녕 충혈조차 되지 않았을 내 눈동자를 남자는 묵묵히 내려다봤다.

웃음을 터뜨린 건 내가 먼저였다. 흡, 그렇게 한 번 웃자 남자도 우흡, 하고 웃었고 우리는 곧이어 키득키득 웃어대기 시작했다. 낮게 시작된 웃음소리는 조금씩 큰 울림으로 다용도실을 꽉 채워 갔다. 마침 신입 사원 한 명이 다용도실의 문을 살짝 열어 보더니 정신없이 웃고 있던 남자와 나를 발견하고는 황급히 다시 문을 닫았다. 남자와 나는 그 모습을 보고는 또다시 허리를 끌어안고 웃었다.

웃음이 잦아들고, 다용도실의 문을 열어 보는 직원들이

점점 많아지자 남자는 의자에서 일어나 악수를 청했고 나도 기분 좋게 남자의 손을 잡아 주었다. 우리는 곧 다용도실을 나와 각자의 길을 걸었다. 남자는 출입문 쪽으로, 나는 내 책상 쪽으로. 파티션 안으로 들어가 자리에 앉으려는데 신입 사원 한 명이 마침 사무실을 빠져나가는 남자 쪽을 흘끔거리며 내게 물었다.

— 서 과장님, 저분 누구세요?

— 카드 영업 사원인데, 에이즈 환자래요. 불쌍해서 카드 하나 만들어 줬는데 자꾸 찾아오네.

책상 위의 어질러진 서류를 정리하며 나는 건성으로 대답했다. 슬쩍 고개를 들자 신입 사원은 소스라치게 놀란 듯 출입문 쪽을 뚫어지게 쳐다보고 있었다.

— 경비실은 대체 뭐야? 제가 지금 당장 경비실에 말해 놓을 테니까 과장님도 저 사람 또 찾아오더라도 다시는 상대하지 마세요.

그렇게 말하며, 황급히 사무실을 뛰쳐나가는 신입 사원의 뒷모습을 어쩐지 서글픈 마음으로 멍하니 바라보다가 나는 천천히 의자에 앉았다. 화면 보호로 설정된 컴퓨터의 엔터 키를 누르며 아주 잠깐, 이제 내 인생에 카드 회사 영업 사원이 등장하는 대목은 더 이상 없었으면 좋겠다는 생각을 했다. 오후 시간은 다행히 빨리 흘러갔다. 식은 커피를 마셨고 홍보 기사를 처음부터 다시 읽은 후 수정한 내용을 담당 기자에게 이메일로 보냈다. 새로 맡게 된 프로젝트의 스케줄을 짰으며 기획실 전체 회의에 참석하기도 했다.

아버지에게선, 오늘도 아무 연락이 오지 않았다.

수요일

핸드폰 알람에 놀라 눈을 뜨자마자 폴더를 열고 전원을 껐다. 언제나처럼 아침 7시였고 텔레비전에선 조간신문 브리핑 코너가 막 시작되고 있었다. L의 목소리를 들으며 머리를 감고 화장을 했으며 옷을 차려입고 구두를 꺼내 신었다. 아파트를 나온 후엔 여느 때처럼 버스 정류장 쪽으로 걸어가다 돌연 방향을 돌려 단지 내 지하 주차장으로 내려갔다. 서울 시내의 교통 현실을 핑계로 한 달 전부터 주차장에만 처박아 놓은 소형차의 보닛 위에는 뿌연 먼지가 쌓여 있었다. 지난 6개월 동안 월급의 10퍼센트씩 할애하여 할부금을 갚아 나갔지만 아직 납부 기간이 1년 반이나 남아 있었으므로 이제부터라도 부지런히 타고 다녀야 했다.

사무실에 도착한 후엔 전화벨이 울릴 때마다 깜짝깜짝 놀랐다. 인내심을 갖고 전화를 받지 않았다. 유난히 오랫동안 벨이 울릴 땐 재빨리 수화기를 들었다 놓았고, 누군가 내 쪽으로 전화를 돌려 줄 때도 똑같이 행동했다.

점심시간엔 약속이 있다며 여느 때보다 10분 빨리 사무실을 나와 롯데리아에서 불고기버거 세트를 주문해 먹었다. 한참을 아무 생각 없이 햄버거를 씹다가 문득 주위를 돌아보니 죄다 나처럼 씹는 데에만 열중하고 있는 사무직 직원들이 보였다. 혼자 테이블 하나를 차지하고 앉아 반짝반짝 빛나는 유리창이나 산뜻한 색으로 마무리된 타일 벽, 혹은 아무도 없는 맞은편 의자를 바라보며 거세 전의 수소처럼 우적우적, 버거를 씹고 있는 사람들. 도시의 온갖 왕따들이 사전에 모의를 하고 점심시간마다 패스트푸드점으로 몰려오는 건 아닌가, 그런 생각마저 들었다.

　사무실엔 1시 30분이 다 되어서야 들어갔다. 그사이, 침착했던 그 젊은 의사도, 국립보건원 소속의 직원들도 다행히 나를 찾아오진 않았다. 희망. 남성 의류 회사의 새 브랜드 홍보 건을 마무리하고 평가하는 회의에서 나는 회의 자료 뒷면에 그렇게 썼다. 이렇게 핸드폰을 꺼 놓고 병원과 국립보건원에서 타전해 올지도 모를 모든 연락을 차단하는 것은 두려움 때문이 아니라 일종의 희망 때문임을 인정한다는 게 생각보다 쉽진 않았다. 희망은 마약이다.[1] 실장이 마무리 멘트를 할 때는 대학 시절 읽었던 여성 작가의 소설 한 구절을 적어 보기도 했다.

1　최윤의 소설에서 변형하여 인용함. 「회색 눈사람」, 『저기 소리 없이 한 점 꽃잎이 지고』(문학과지성사, 1992).

회의가 끝난 후엔 실장에게 입사 이후 처음으로 조퇴를 하고 싶다는 말을 꺼냈다. 퇴근까지는 두 시간밖에 남아 있지 않았으므로 실장은 조퇴 사유를 꼬치꼬치 캐묻진 않았다. 그 대신 목례를 하고 돌아서는 내게 "이봐, 서 과장, 혹시 애 떼러 가는 건 아니야? 그런 거면 같이 가 줄 순 있는데." 하고 거북할 정도로 능청스럽게 웃으며 저질의 농담을 해 댔다. 한 달 전, 좀처럼 떨어지지 않는 감기가 지겨워서 마음먹고 병원을 찾았다가 에이즈 검사를 한번 받아 보는 것이 어떻겠냐는 의외의 말을 들었을 때처럼 내 안에서 낯선 분노가 일었다. 그건, 한 줌의 전의도 없는 절망적인 분노…….

조퇴 결재를 받은 후 직원들의 눈을 피해 사무실을 나와 연둣빛 자동차에 올라타긴 했지만 딱히 갈 곳은 없었다. 집 방향으로 차를 몰다가 다시 핸들을 돌려 여의도 KBS 방송국 앞까지 갔고 한강 선착장에서 커피를 마시며 잠깐 쉬기도 했다. 6시, 도로에 정체가 시작될 때쯤엔 경부 고속도로를 타고 양재 톨게이트를 지나 아버지가, 아니 세상 모든 사람들이 아버지의 것이라 믿고 있는 그 한 줌의 재가 안치된 용인 쪽으로 가기도 했다. 하지만 용인을 알리는 이정표를 보자마자 나는 다시 국도로 차를 돌려 서울 방향으로 액셀을 밟았다. 내가 사는 아파트 단지에 들어선 건 밤 10시가 다 되어서였다.

기온이 떨어져서인지, 수목 드라마를 할 시간이어선지 아파트 광장엔 일주일 전보다 사람들이 뜸했다. 주차장에 차를 대 놓고 애초부터 나의 목적지는 그곳이었던 듯, 주저 없이 쓰레기장으로 터벅터벅 걸어갔다. 다행히 그 노란색 소파는 아직 수거되지 않은 상태였다. 시트에 앉자마자 구두를 벗는데 자전거를 타고 지나가던 몇몇 아이들이 흘끔흘끔 나를 쳐다보았다. 나는 애써 입가를 올려 웃어 주었다. 페달을 밟는 아이들의 발이 빨라졌다. 어딘가로 떠나간 아이들은, 다시는 되돌아오지 않았다.

천천히 소파에 등을 대고 누우며 밤하늘을 올려다보았다. 밤하늘은 검은색이 아니라 짙은 청색이었다. 이 시간의 하늘색이 원래부터 청색인 건지, 아니면 오늘의 무대 설치가 유독 허술한 건지 그건 알 수 없었다. 어쨌든 지금은 비극으로 치닫는 클라이맥스였고 나는 이쯤에서 천국의 모든 세팅된 소품들을 부수고 내동댕이치며 한바탕 난동이라도 부려야 했다. 큐 사인은, 이미 떨어진 상태였다.

어쩔 수 없다는 듯, 누운 채 주섬주섬 숄더백의 지퍼를 열고 핸드폰을 꺼냈다. 폴더를 열고 전원을 켜자 이내 나만을 위한 작은 조명 하나가 생겼고 문자와 음성 메시지가 들어와 있음을 알려 주는 벨 소리도 울렸다. 음성 메시지 버튼을 선택한 후 비밀번호 네 자리를 눌러 두 개의 메시지를 연달아 들었다. 침착한 의사의 전언을 들으면서, 가능

하다면 이 목소리를 영원히 그 누구에게도 들려주지 않고
이 핸드폰에만 가둬 두고 싶다는 생각을 했다. 호리병 안
의 거인처럼, 내가 불러내고 싶을 때만 핸드폰을 빠져나와
이 모든 것이 끝나고 나서야 진짜 연극이, 어쩌면 진짜 삶
이 시작된다는 걸 내 귀에 대고 속삭여 주었으면 좋겠다.

폴더를 닫고 전원을 끄려던 순간, 핸드폰이 다시 발작적
으로 울리기 시작한다. 익숙한 번호였다. 핸드폰을 쥔 손
가락이 내 의지와 상관없이 조금씩 떨려 왔다.

— 서미숙 씨?

폴더를 열자 역시나 익숙한, 6년 전부터 한결같은 그 목
소리가 귓가에 감겨 왔다. 6년 전, 아침 뉴스에서 그를 발
견한 이후로 우리는 연인이 되었다.

— 저 L입니다. 아시죠? 아침 뉴스에서 신문 브리핑하
는…….

— 그럼요.

— 팬레터 잘 받았습니다. 선물도요.

— …….

— 관심 가져 주시고 편지랑 선물 보내 주시는 거 항상
고맙게 생각하고 있습니다. 주위에서도 놀라요. 어떻게 너
같은 놈한테 6년 된 팬이 있냐고. 그런데…….

— …….

— 말하려니까 참 쑥스럽네요.

— 괜찮아요. 말해 보세요.

— 아무래도 이번 편지하고 선물까지만 받아야 할 것 같아서요.

— 그건, 왜요?

— 실은 제가 이번에 결혼하거든요. 아내 될 사람이 신경 쓰이나 봐요. 아무리 오래된 팬이라고 말해도 사실 연예인도 아니고, 게다가 인기도 없는 방송국 기자한테 팬이 어디 있겠습니까? 저도 서미숙 씨가 처음이고요.

— 그거…… 때문인가요?

— 네?

— 4년 전에요. 제가 독일에 가서 처음 본 남자랑……그랬잖아요. 그래서 아직까지 화난 거예요? 그때는 그냥…… 너무 추워서, 충동적으로……. 여보세요, 여보세요?

전화는, 이미 끊겨 있었다. 더 이상의 소통을 거부한 채 액정 안쪽에서 찰칵, 조명을 꺼 버린 핸드폰을 나는 다만 무표정한 얼굴로 한참 동안 내려다봤다. 잠시 후 핸드폰의 전원을 끈 후, 옷에 묻은 먼지를 톡톡 털며 소파에서 일어나려는데 가로등의 역광을 받은 길쭉한 그림자 하나가 보였다. 그는, 내 뒤에 서 있을 터였다.

그가 누구인지, 나는 이미 알고 있었다.

그는 벌써부터 있는 힘껏 박수를 쳐 주기 위해 한껏 자세를 취하고 있을 것이다. 그를 확인하지 않기 위해 정면만을 응시하며 605동 쪽으로 뚜벅뚜벅 걸어가는 데 나는 온정신을 집중한다. 한 번도 뒤를 돌아보지 않았다. 지금은, 집으로 돌아가 세상의 문을 걸어 닫은 후 오늘분의 무대를 정리하고 커튼을 내려야 할 시간이었다.

아파트로 들어가 현관문을 잠그며 세상의 문을 함께 닫았고 책상 서랍에서 아스피린을 꺼내 먹었으며 소파에 앉아 30초에 한 번씩 채널을 돌리면서 텔레비전을 보았다. 잠들기 전, 이번 주말엔 꼭 모직 코트와 토끼털 패딩 코트를 세탁소에 맡겨야겠다는 다짐을 새로이 하였다.

인터뷰

지금, 저기 쇼윈도 안쪽의 4인용 화이트 파농 식탁에 앉아 있는 여자를 나탈리아라고 부른다면 어떨까. 길게 내려오는 파마머리와 무심한 듯하지만 깊고 짙은 눈빛을 소유한, 한 시간 전부터 하얗고 긴 손가락으로 얼굴 한쪽을 감싸고 있는 저 여자를 나탈리아가 아니라면 달리 무어라 부를 수 있을까.

그녀는 지금 중국산 카세트에서 흘러나오는 음악을 듣고 있다. 아주 오래전부터 그녀는 그 음악만을 듣고 또 듣는다. 자세히 보면, 유리로 덮인 식탁을 톡톡, 반복적으로 치고 있는 그녀의 손톱도 볼 수 있다. 그건, 우리가 아주 오랫동안 잊고 있었던 수줍고 우아한 손톱.

나탈리아?

누구?

당신.

내가요?

그래요, 당신.

그렇군요. 나는, 나탈리아.

줌인, 볼륨 업, 조명은 밝게. 고개를 끄덕이는 나탈리아
의 전신을 풀 숏으로 한 컷, 바이올렛 플라스틱 귀걸이를
중심으로 상념에 젖은 듯한 옆모습을 로우 숏으로 한 컷.

지금 흐르는 이 사운드는?

빅토르 쪼이. 빅토르 쪼이에요.

외국 가수?

러시아 가수.

당신은 빅토로 쪼이를 좋아하는군요. 알 수 있어요.

그는 나의 우상이었으니까요. 사춘기 땐 그와 성이 같다
는 사실만으로도 뿌듯했어요. 사실 쪼이는 '최'의 러시아
식 발음.

그럼, 당신은 나탈리아 쪼이?

흔한 이름이죠.

흔해요?

네, 우즈베키스탄에서 아주 흔한 이름이에요.

톡, 마침 가벼운 소음이 허공으로 올라가 가볍게 부서진
다. 테이프의 한쪽 면이 다 돌아갔다는 신호이다. 플레이

만 될 뿐 리와인드나 오토 리버스가 되지 않는 카세트 쪽으로 그녀는 천천히 걸어간다.

테이프를 바꿔 끼운 후 다시 플레이를 누르며 그녀는 언뜻 고개를 옆으로 꺾어 쇼윈도 너머를 바라본다. 검은 눈동자, 그 깊은 곳에는 그 누구도 경험한 적 없고 들어 본 적도 없는 무수한 이야기들의 작은 씨앗들이 발아될 시간만을 꿈꾸고 있다. 바람이 분다. 타슈켄트를 가로지르던 황색의 바람이 그녀의 이야기를 먼 곳으로 실어 보낸다. 그녀는 다시 자신의 이야기에 대해 침묵한다. 침묵, 하는 법을 배운다. 대신 스물여덟에 요절했다는 러시아 가수의 슬픈 노래를 그녀는 조금씩 따라 부르기 시작한다.

마침 노래는 빅토르의 노래 중에선 가장 빠른 비트에 속하는 「혈액형」. 노래를 흥얼거리는 그녀의 옆모습을 지켜보다가 간주가 시작될 때쯤 다시 조심스럽게 그녀를 부른다. 나탈리아? 뷰파인더 속에서 커다란 두 눈을 깜빡여 보이는 나탈리아 쪼이.

그러니까, 당신은 우즈베키스탄 사람?

맞아요. 나는 우즈베키스탄 사람. 하지만…….

하지만?

하지만 내 뿌리는 한국이에요. 여기선 우리 같은 사람들을 고려인이라고 부르죠. 물론 빅토르 쪼이도 고려인.

아, 고려인.

정말 마음에 들어, 이 부엌.

나탈리아가 문득 그렇게 외치며 나른한 미소를 짓는다. 곧이어 춤을 추듯 부엌 이곳저곳을 사뿐사뿐 걸어 다니기 시작하는, 러시아 인형처럼 볼이 붉고 얼굴빛이 창백한 나탈리아. 그녀의 두 팔은 허공에서 자유를 얻고, 긴 머리카락은 어항 속의 수초처럼 부드럽게 하늘거린다. 두 세트의 주방 가구가 맞춰져 있는 24평의 그 부엌은 이내 그녀를 위한 무대가 된다. 그러니까 이곳은 모델명 '스페셜 5002 올리브그린'과 모델명 '스페셜 5002 화이트 핸들리스'가 들어와 있는 ENEX 맞춤부엌 가구점.

유리문 바로 앞엔 그녀가 자주 앉아 있곤 하는 4인용 파농 식탁이 놓여 있고, 두 맞춤부엌 가구 사이의 여분의 공간엔 연노랑빛의 유리 장식장이 세워져 있다. 양쪽 벽면에는 코너 선반과 식기 건조대까지 설치되어 있는 완벽한 부엌이다.

돈만 있다면…….

갑자기, 허공의 두 팔을 자신의 가슴 쪽으로 끌어당기며 낮은 음성으로 그렇게 속삭이는 나탈리아.

돈만 있다면?

돈만 있다면 장식장 옆에 스테인리스 바를 만들어서 야채와 과일을 손쉽게 갈 수 있는 핸드 블렌더나 기름 냄새를 안에서 제거해 주는 튀김기, 그리고 열 센서가 부착된 프라이팬을 구입해서 걸어 놓았을 거예요. 앙증맞은 핑크빛 저울과 계량스푼 세트, 뚜껑이 크롬 코팅된 아크릴 오일 병과 크리스털 양념 통, 물 빠짐 구멍이 있는 차이나풍의 도자기 수저통을 식탁 위에 올려놓으면 어떨까요? 안감이 누빔 처리된 주방 장갑과 A라인의 꽃무늬 앞치마를 저기 비어 있는 코너 선반에 착착 접어 올려놓는다면 정말 근사하겠죠?

이렇게 부엌을 얘기할 때 그녀는 그 어느 때보다 생기 넘친다. 그럴 때, 그녀의 목소리는 한 옥타브 올라가고 그녀의 젊은 두 눈엔 가질 수 없는 것들에 대한 동경이 머문다.

그새 음악은 다시 장중한 리듬의 「자아 성찰」로 바뀌어 있다. 힘없이 식탁 쪽으로 걸어가 의자에 앉으며 또다시 무심한 듯한 자세 속으로 몸을 맞추는 나탈리아. 지금 그녀의 시선은, 그 누구도 가늠할 수 없는 아주 먼 곳을 헤매고 있다.

사실은, 나는 이 부엌이 좋아서 여기에 왔어요.

그래서, 이곳에 존재하기에, 여기에 오기 위하여 그녀가 잃어버려야 했던 시간들이 중앙아시아의 진주, 옛 실크로드의 중심지, 과거 소련에 가장 헌신적이었던 농업 국가 우즈베키스탄에서 어떻게 흘러갔을지 그녀는 짐작할 수 없다. 그녀가 만약 지금 쓸쓸하다면 그건, 그 짐작할 수 없음 때문일 것이다. 시간은, 선택되지 못한 공간에 대해선 어떤 것도 설명해 주지 못한다. 백지로만 존재하는 그 공간에는 스물아홉, 나탈리아 쪼이의 가족과 사랑했던 일과 옛사랑이 살고 있다.

향수병인가요?

고향이 그리운 건 아니에요. 고향은, 사실 좀 답답했어요. 아니, 견디기 힘들 만큼.

여기는 어떻게 알게 되었죠?

사진을 보여 줬으니까요.

그 남자가?

맞아요, 그 남자. 조의 성을 가진 그 남자가.

그럼, 이제 말해 봐요.

무엇을?

모스크바 대학에서 투르게네프로 학위논문을 받은 후 타슈켄트의 유명 사립 고등학교에서 러시아문학 교사까지 했던 당신이 어떻게 그 모든 것을 버리고 한국에 오게 된 거죠? 왜, 그 주방 가구점에서, 왜, 혼자 살고 있는 건가요?

나탈리아 쪼이가 웃는다. 대답 없이 웃기만 하는 나탈리아의 얼굴은, 그러나 몹시 추워 보인다. 그러고 보니 그녀는 두꺼운 니트와 솜을 넣은 바지를 입은 채였고 심지어 파란색 코트까지 껴입고 있다.

난방이 안 되니까요. 가스가 끊겼거든요. 전화도 발신은 중지된 상태.

제대로 된 침구 하나 없는 곳에서, 게다가 난방도 안 되는 곳에서, 그러니까 왜 벌써 두 달째 혼자 살고 있냐고요, 왜?

다그쳐 묻자, 그제야 나탈리아는 천천히 고개를 들어 충혈된 눈으로 쇼윈도 밖을 건너다본다. 그녀 역시 수도 없이 묻고 또 물어 왔다. 왜 내가 여기에 있는 것일까. 물 한 방울도 나오지 않는 이 추운 부엌에 갇혀 왜 스물아홉의 겨울을 견디고 있는 걸까. 무엇보다 참기 힘든 건 사람들의 시선이었다. 블라인드나 셔터가 없는 쇼윈도는 하루 24시간 내내 투명하게 빛났고 무수한 사람들이 서슴없이, 일방적으로 그녀를 쳐다보며 지나갔다.

그녀는 언제부터인가 유리문을 안쪽에서 잠가 놓은 채 지낸다. 간간이 손님들이 찾아와 이것저것 물을 때마다 그녀는 치욕감을 느꼈다. 소통할 수 있는 언어를 갖지 못했기에 스스로 열등한 존재임을 인정할 수밖에 없는 치욕감. 그건, 우즈베키스탄에서 감당해야 했던 치욕감과 또 다른 질감의 감정이었다.

우즈베키스탄에서도?

그래요. 그곳에서도.

언어의 문제?

그래요. 언어가 문제였지요. 바로 우즈베크어, 우즈베크민족의 언어.

그게 무슨 말이죠? 자세히 말해 봐요.

사실 우리는 자라면서 오직 러시아어만을 배웠어요. 그때는 우리의 공식적인 언어가 러시아어였으니까요.

그런데요?

러시아에 유학을 갔다 와서 학교에 취직할 때까지만 해도 문제는 드러나지 않았죠. 그런데 어느 날 갑자기 정부로부터 명령이 내려왔어요. 모든 공문서를 러시아어가 아닌 우즈베크어로 보고하라는 명령. 혼란이 시작됐죠.

그랬군요.

분명, 탄압이었어요. 하루아침에 무수히 많은 소수민족 노동자들이 해고됐지요. 특히 다른 소수민족에 비해 사회적으로 안정된 삶을 살고 있던 고려인들이 타깃이 됐어요. 정부는 사소한 문제들을 어떻게든 잡아내서, 고위층에 진출했거나 사업으로 많은 돈을 벌고 있던 고려인들을 잡아들였어요.

그럼, 당신도?

그래요. 나 역시 해고되었죠. 다른 고려인들보다는 우즈베크어를 좀 더 할 수 있었기에 몇 년 더 버틴 것뿐이죠. 벌써, 3년 전의 일이에요.

긴 한숨과 함께 두 팔로 몸을 감싸는 나탈리아 쪼이. 악몽이었어요. 한숨 끝에 그녀의 작아진 목소리가 딸려 나온다.

한국에서 한국말을 못 한다는 건 공포에 가까운 치욕 감이지만, 우즈베키스탄에서 우즈베크어를 할 수 없다는 이유로 감당해야 했던 치욕감은 분노 외엔 아무것도 아닌 감정이었어요.

분노, 치욕감…….

심지어 정부는 우즈베크어를 할 수 있는 고려인까지 어떻게든 파면시키기 위해 갖은 수를 다 썼죠. 니콜라이가 그런 경우였어요. 니콜라이는 나와 함께 러시아에서 유학한 후 정부 기관에서 관리로 일을 했지요.

그랬군요.

그는 시장에서 달러를 사용했다는 이유로 체포됐어요. 아무리 실정법이 그렇다 해도 너나 할 것 없이 숨[2]이 아니라 달러로 물건을 사고파는 게 현실인데 경찰은 기어이 체포를 하고 말더군요. 어쨌든 그 일로 니콜라이 역시 곧바로 실직자가 되고 말았어요. 어마어마한 벌금까지 내야 했고요. 관리로 일하며 저축했던 돈을 고스란히 돌려줘야 했어요.

니콜라이도 고려인?

그래요. 니콜라이 김. 김의 성을 갖고 있는 고려인.

---

2 숨(sum), 우즈베키스탄의 공식 화폐단위.

니콜라이는 당신의 친구?

친구였죠. 가장 가까웠던 사람.

아, 가까웠던 사람……

나탈리아는 식탁 의자에서 일어난다. 쇼윈도 밖을 향해 서 있는 그녀의 뒷모습은 강 저편에 모든 것을 두고 떠나온 채 이곳에 남아 속수무책으로 기다릴 수밖에 없는 사람의 자세를 닮아 있다. 조를 만나지 않았다면……. 잠시 후, 그녀가 다시 말한다.

조를 만나지 않았다면 니콜라이와 나는 함께 한국에 왔을지도 몰라요. 우즈베키스탄의 고려인 2, 3세들에게 한국은 마지막 남은 판돈을 베팅하러 오는 곳과 다름없으니까요. 마지막이기에 필사적일 수밖에 없죠. 그러니, 나이 많은 한국 남자를 만나 하루 만에 결혼을 결심하고 무작정 이곳으로 오는 우즈베키스탄의 젊은 처녀들을 나는, 비난하지 않아요.

니콜라이에 대해서 더 말해 줄 수 있어요?

나탈리아는 대답 대신 천천히 고개를 젓는다. 이렇게, 심장이 쥐어 오는 통증과 함께 그를 떠올리게 될 날이 오리라곤 그녀 역시 짐작하지 못했었다. 타슈켄트 노천카페에서 아껴 가며 나눠 마셨던 찬 맥주, 티무르 광장의 동상 아래서 10달러에 산 도금 반지를 서로의 손가락에 끼워 주었던 순간, 러시아 유학 시절 살갗이 터질 듯이 추운 자작

나무 숲 공원에 앉아 길고 긴 포옹으로 미래에 대한 불안을 잠재웠던 어느 겨울날, 그 모든 것들을 이제는 죄책감이 강요하는 침묵 속에서 완벽하게 잊어야 한다는 사실이 그녀는 괴롭다. 니콜라이, 변명을 하자면, 이 모든 것이 단지 사진 한 장 때문이었다.

니콜라이는 아직도 우즈베키스탄에 있나요?

아마도.

그는 지금 무얼 하고 있죠?

농장에서 일을 하고 있을 거예요. 어제의 관리가 오늘의 일용직 노동자가 되고 수십 년 동안 갑부였던 사람이 하루아침에 빈털터리가 되는 건 우즈베키스탄 고려인들에겐 낯선 일은 아니죠. 어쩌면 그곳에서 평범한 농민으로 살면서 그는 더 행복해할지도 몰라.

그때 마침 전화벨이 울린다. 식탁 위의 전화기 쪽으로 고개를 돌리는 나탈리아의 얼굴이 경직되어 있다. 그런데도, 발신이 불가능한 겨자빛의 전화기는 끊임없이 손을 내밀며 그녀에게 수상한 악수를 청한다. 나탈리아의 손이 전화기 쪽으로 가다가 멈칫한다. 또다시 제대로 알아들을 수 없는 한국어가 쏟아져 나올 것이기에 외면하고 싶지만 만에 하나 조일 수도 있으므로 마냥 외면할 수도 없다. 초조감과 기대, 불안과 희망이 나탈리아의 손끝에서 갈등하고 반목한다.

결국, 수화기를 드는 나탈리아의 창백한 손. 말갛고 수줍었던 손톱까지 하얗게 탈색되어 있다.

조, 그의 목소리가 아니다.

조의 목소리가 아님을 깨달은 순간, 나탈리아는 주저 없이 수화기를 내려놓는다. 금세 또다시 울리는 전화를 그녀는 뚫어지게 내려다보다가 저벅저벅 벽 쪽으로 걸어가 코드를 빼 버린다.

그 사람들이에요.

누구?

이 가구점의 본사 직원들.

그들은, 하루에도 몇 번씩 전화를 걸어와 당장 대리점을 처분하라고 요구하고 있다. 두 달 동안 한 건의 매출도 올리지 못하는 대리점을 관리할 의사는 없다고, 주어진 기일 안에 가게를 처분하지 않으면 억지로라도 가구를 모두 철거하겠다고 으름장을 놓기도 하며. 물론, 그런 요구는 그들에겐 정당한 것임을 나탈리아도 알고 있다. 하지만 이 부엌마저 없다면…… 나탈리아는 마지막까지 세상 밖으로 꺼내 놓지 않으리라 결심한 말들을 안으로 삼키기 위해 입술을 깨문다.

클로즈업되는 그녀의 얼굴. 젖을 듯 젖지 않는 눈머리, 보일 듯 보이지 않게 떨리는 입가, 들릴 듯 들리지 않는 낮은 숨소리, 터질 듯 터지지 않는 흐느낌. 그건, 절망이라는 감정의 성실한 비주얼.

나탈리아.

그녀를 부른다. 그녀를 부르는 것 외엔 아무것도 해 줄 수 있는 것이 없기에 무작정 그녀를 부른다.

벌써 4시예요. 점심도 먹지 않았죠? 우선, 밥을 먹어요. 먹고 나서 생각해요.

나탈리아는 건성으로 고개를 끄덕인다. 부엌 안쪽에 자리하고 있는 모델명 '스페셜 5002 올리브그린'의 싱크대 서랍 안엔 조가 두고 간 돈이 있다. 현재 그녀가 소유하고 있는 유일한 사유재산. 돌아서서, 나탈리아는 천천히 그쪽으로 걸어간다. 서랍을 연다. 지폐를 센다. 2만 3천 원. 2만 3천 원이 남았다.

조는 무슨 생각으로 이곳에 10만 원을 두고 간 걸까. 한국에서, 한국의 서울에서 10만 원이라는 돈이 어느 만큼의 교환가치를 갖는지 그는 정말 몰랐던 걸까. 아니, 그는 그저 나를 시험에 들게 하기 위해 이런 어처구니없는 장난을 친 걸까. 한국이 외계의 행성처럼 낯선 스물아홉의 여자에게 10만 원이 보장해 줄 수 있는 것들이 대체 어떤 것들인지 그가 진정 안다면, 조, 그는 그 이유 하나만으로도, 지금 당장 내 앞으로 달려와 머리를 조아리고 울부짖으면서 사죄해야 한다.

천 원짜리 한 장을, 그 서랍에서, 딱 한 장만을, 나탈리아는 꺼낸다.

오늘 처음으로 24평, 그녀의 부엌을 나오는 나탈리아.

가구점 바로 왼편엔 분식집 하나가 있다. 그녀는 하루에 두 번, 그곳에서 김밥 한 줄씩을 사고 얼마간의 물을 얻는다. 주방과 김밥을 마는 바에는 중년 여자들이 자리를 차지하고 있지만 카운터엔 언제나 그 남자가 서 있다. 그 무엇에도 진정한 성찰을 해 본 적이 없을 것 같은 인상의 키작은 초로의 남자. 나탈리아도 안다. 간혹 그 남자의 시선이 집요하게 자신의 얼굴을 할퀴기도 하고 때로는 두터운 옷 안쪽을 투시하기 위해 교활하게 빛나기도 한다는 것을. 분식집 문을 닫은 후에도 가구점 쇼윈도 앞을 오가며 조의 부재를 확인하곤 하는 남자. 김밥과 물 한 병을 받으며 나탈리아는 재빨리 천 원짜리를 내민다.

그 순간, 카운터의 나무 바구니에 담아 놓았던 사탕들을 나탈리아의 손에 쥐여 주는 남자의 억센 손. 거칠고 투박하며 힘이 들어가 있는 남자의 두 손이 나탈리아의 손바닥에, 29년 전 생애에 얹힌다. 손을 빼기 위해 안간힘을 쓰면서 사탕들이 바닥으로 떨어진다. 바에 앉아 있던 여자와 주방 쪽에 서 있던 여자들이 동시에 나탈리아를 쳐다본다. 이곳에 있다는 동질감을 확인받기 위하여 저곳의 사람을 경계 짓는 적대감 가득한 눈빛으로, 나탈리아를 보고 있다.

— 그럼, 언니는 이제 한국 사람이 되는 거야?

그 순간, 우즈베키스탄을 떠나기 전 공항에서 그렇게 묻던 여동생 율리아 — 그 애 이름이죠. 그 애는 타슈켄트에 있는 사립 학원에서 한국어 강사를 하고 있어요. 내가 러시아문학을 공부할 때 그 앤 한국어를 공부한 거죠. 현명한 아이에요. — 의 목소리가 초라한 분식집 안으로 조심스럽게 인서트된다.

가족 중에선 율리아가 유일하게 그녀를 배웅했었다. 힘들게 유학까지 다녀온 딸이 기껏, 열 살이나 많은 장사치와 결혼하기 위해 고향을 등진다는 것을 그녀의 부모님은 용납할 수 없었다. 그렇다고 해서 그들이 떠나겠다는 맏딸을 잡을 수 있는 상황도 아니었다. 미래가 없는 우즈베키스탄, 버티고 또 버텨 봤자 모스크바 대학에서 받은 학위 증명서 따위는 그저 휴지로나 사용해야 하는 곳, 집으로 돌아와 잠자리에 누울 때마다 하루의 피곤을 위로받기보다는 또 다른 내일의 불명확함을 걱정해야 하는 나라.

나탈리아가 고개를 끄덕이자 율리아는 짐 가방을 들고 있던 조를 올려다보며 떠듬떠듬 한국말로 말했다.

— 한국 남자들이 한국 여자들한테 얼마나 잘해 주는지 알아요. 한국 드라마를 매일 보니까요. 봐요. 이제 우리 언니도 한국 여자야. 그러니 우리 언니를 한국 남자들이 한국 여자들을 대하는 만큼, 그만큼만 아껴 주세요. 형부에게 바라

는 건 그게 다예요.

그 말을 들은 조는 대답 한마디 없이 급하게 돌아서서 화장실로 달려갔다. 10여 분 후, 다시 돌아온 조의 눈가가 붉었다. 그의 눈머리에 흥건히 남아 있던, 채 닦여지지 않은 몇 방울의 눈물을 율리아 역시 충혈된 눈으로 올려다봤었다.

─ 나는, 한국 사람입니다.

그래서, 나탈리아는 천천히, 한 음절 한 음절 힘을 주어 그렇게 말한다. 그녀가 할 수 있는 몇 안 되는 한국어였다. 하지만 나탈리아의 말을 한 번에 알아듣지 못한 남자와 주방 쪽의 여자들은 고개만 갸우뚱할 뿐, 선뜻 그녀의 말에 동의해 주지 않는다.

─ 나! 는!

이번엔, 목에 푸른 심줄을 돋우며 온 힘을 다해 소리를 지르는 나탈리아. 꽉 쥔 주먹, 경련하는 입가, 핏줄이 엉켜 흔들리는 눈동자. 그건, 분노라는 감정의 성실한 비주얼.

─ 나! 는!

외침은 이어지고,

─ 한, 국, 사, 람, 입, 니, 다, 아!

드디어 완성되는, 그녀가 알고 있는 몇 안 되는 완벽한 한국어 문장. 우즈베키스탄을 떠나오는 비행기 안에서 손톱을 물어뜯으며 주문처럼 외우고 또 외웠던 할머니와 할머니의 할머니들의 언어, 하지만 아무것도 보상해 줄 수 없는 무력한 절규.

식당 안에 있던 사람들의 의아한 시선을 등 뒤로 느끼며 나탈리아는 한 발 한 발 천천히 분식집을 나온다. 춥다. 겨울, 이 나라의 겨울은 영하 30도 아래까지 내려갔던 모스크바의 겨울보다 춥다.

그때 조는 쓰러질 것처럼 바깥으로 휘어진 시멘트 담 밑에 쭈그리고 앉아 무언가를 유심히 내려다보고 있었다. 고등학교에서 해임된 후, 집 근처의 탁아소에서 자격증도 없이 임시 보모를 하고 있던 때였다. 가까운 미래에 성인이 될 아이들과 솔제니친이나 도스토옙스키를 논하던 나탈리아에게 다섯 살 이하의 아이들은 감당하기 힘든 낯선 노동을 요구했다. 기저귀, 분유, 간식, 낮잠. 하루 종일 그 네 개의 단어만을 사용하며 꼬박꼬박 10시간씩을 소비해야 한다는 것이 형편없는 보수보다 훨씬 더 괴로웠다. 오전반 아이들을 집으로 돌려보내기 위해 탁아소를 나서던 나탈리아의 눈에, 그리고 그가 들어왔다.

그날, 그가 뚫어질 듯 내려다보고 있었던 건 민들레였다.

어느 순간 나탈리아와 눈이 마주치자 그는 누가 들어도 엉망인 영어 발음으로 인사를 해 왔다. 이름도 물었다. 민, 들, 레. 디스 이즈 민들레. 한국어도 영어도 아닌 그런 어정쩡한 말을 하며 아이처럼 투명하게 웃기도 했다.

처음부터 무언가를 기대하고 만난 건 아니었어요.

다시, 파농 식탁에 앉은 후 비닐봉지에서 김밥을 꺼내는 나탈리아.

그럼, 단순히 민들레 때문에?

김밥 하나를 정성스럽게 씹으며 나탈리아는 천천히 고개를 끄덕인다. 언뜻, 그녀의 입가에는 짧기에 더욱 빛나 보이는 한 줌의 미소가 머문다.

그런 남자들은 늘 봐 왔어요. 쇼핑하듯 여자를 사는 한국 남자들. 결혼만 하면 우즈베키스탄의 가족들에게 매달 큰돈을 부쳐 주겠다는 지키지도 못할 약속을 아무렇지도 않게 하는 그들. 질 좋은 암소를 구매하듯 병의 여부를 확인한 후 손톱과 치아 상태를 살피고 심지어 처녀임을 증명할 수 있는 의사 소견서까지 당당히 요구하던 치들도. 하지만, 그는 달랐죠.

조, 그는 그날로부터 일주일 전 한국의 결혼 중개 업체를 통해 세 명의 다른 한국 남자들과 함께 우즈베키스탄으로 왔었다. 비행기 왕복비, 숙박비, 맞선 소개비, 데이트 비용 등 총 800만 원의 돈을 선납하지만 않았다면 마지막 순간까지 주저하고 망설이다가 끝내는 모든 것을 포기하고 돌아섰을 것이다.

— 서른일곱이 되면서 사실 한 번 포기했었어요.

금요일 저녁, 식당에 마주 앉아 리포쉬카[3]에 초르니 차이[4]를 함께 나누며 조는 그렇게 말했고 나탈리아는 묵묵히 들어 주었다.

— 하지만 결국 포기할 수 없었죠.

— 왜죠?

— 아내에게, 아니 아내가 될 여자에게 부엌을 선물하고 싶었으니까요.

— 부엌?

— 네, 서울에서 내가 운영하고 있는 부엌. 그리고 나중엔 내가 직접 설계하고 자재를 구입해서 가구를 만들어 줄 생각이었어요. 언젠가는 말이에요. 나는 목수였거든요.

가구 대리점을 하기 전, 그는 서울의 아현동 가구 거리에서 직접 가구를 만드는 일을 했었다. 작은 옷장이나 책상, 콘솔이나 의자 같은 비교적 크지 않은 사이즈의 목재 가구들이었다. 체리, 메이플, 카바, 월넛, 오크, 레드 버찌, 비치목, 자토바……. 그런 이름들을 들을 때마다 뜨겁게 가슴이 뛸 정도로 조는 그 일을 사랑했지만 해가 갈수록 치솟는 자재비와 급격히 떨어지는 수요를 감당해야 하는 열정이란 서울에선 사치였다. 가게를 닫은 후 호프를 겸한

---

3 우즈베키스탄의 전통 빵.

4 우즈베키스탄의 전통차. 보통 흑차라고 말한다.

치킨 가게, 조립 컴퓨터 판매업, 짝퉁 가방 밀수입 등 여러 사업들에 투신하기도 했으나 제대로 된 건 하나도 없었다. 돌고 돌아, 그는 결국 가구점으로 되돌아갔다. 대신, 본사에서 가구를 대 주고 관리를 해 주는 가구 대리점을 선택했다.

그리고 그 사진을 보여 줬군요.

그래요. 바로, 이곳의 사진. 정말 황홀했어요, 처음 본 순간.

조가 건네준 사진엔 세상에서 가장 아름다운 부엌이 들어 있었다. 스테인리스스틸로 마감된 그린빛의 테이블, 얼굴이 거울처럼 비칠 것 같은 화강암 상판, 안쪽에 더없이 포근한 느낌의 조명이 내장된 레인지 후드, 그곳에만 앉으면 생의 모든 상처를 달콤한 추억으로 이야기할 수 있을 것 같은 4인용 식탁……. 모든 것이 꿈의 공간처럼 몽롱했다.

그 후, 나탈리아는 몇 번 더 조를 만났다. 감정이 철저하게 배제된, 여성의 성기를 갖고 있다는 것 외엔 아무것도 알지 못하는 여자들과의 맞선에 지쳐 있던 조는 이미 나탈리아에게 빠져 버린 후였다. 결혼을 결심하기까지 딱 보름이 걸렸다.

그때가 5월이었죠.

5월의 서울은 청명했고 사랑스러웠다. 저녁마다 나탈리아는 조와 팔짱을 끼고 가구점 근처의 재래시장에서 그릇이나 수저 세트, 찻잔이나 양념 통을 보러 다녔다. 그가 풍요로운 사람이 아니란 것쯤은 충분히 짐작하고 있었기에 우즈베키스탄에서도 생략한 구체적인 결혼식 얘기는 꺼내지 않았다. 나탈리아는 미리 계산하고 손익분기점을 확인한 후 마음을 담보로 내미는 사랑의 방식을 경험한 적이 없었다. 오히려 그런 과정이 평생을 머리를 맞대며 살아야 하는 부부가 되는 절차라고 믿는 사람들을 혐오하는 편이었다. 나탈리아에게 잘못이 있었다면, 그뿐이었다.

그리고 그 일이 터졌군요.

그래요. 많은 일들이 너무 갑자기 닥쳐서 그땐 불안과 초조도 느낄 새가 없었어요.

처음엔 출고한 지 5년이 넘은 하얀색 아반떼를 팔았다. 가구 배달은 본사에서 해결해 주고 있으므로 중고 중형차가 꼭 필요한 건 아니라고 조는 말했다. 하지만 오래된 자동차가 남기고 간 돈은 나날이 불어 가는 빚을 갚기엔 터무니없이 부족한 액수였다. 차를 처분하고 열흘이 되기도 전에 이번엔 전세로 들어가 살던 18평 아파트를 내놓아야겠다고 조는 다시 말했다. 당장은 불편해도 가구점 안쪽에 2인용 매트리스를 갖다 놓으면 얼마 동안은 숙식을 해결할 수 있을 거라는 말을 덧붙이며.

마지막까지 가구점을 포기하고 싶지 않아 했던 조의 마음을 나탈리아도 모르지 않았다. 모르지 않았기에, 마음속에서 불안이 한 켜씩 자랄 때마다 스스로를 다그치고 비난하며 견디고 또 견뎠다. 한국을 방문하고 싶다는 율리아의 계속되는 이메일에도 나탈리아는 이를 악물고 답장을 보내지 않았다.

하지만, 그는 결국 떠났지요.

젓가락을 내려놓으며 나탈리아는 웃는다. 아니, 그것은 웃음을 가장한 서글픈 미소. 유리문 쪽으로 걸어간 나탈리아는 겨울의 짧은 해가 부지런히 세상 밖으로 떠나가는 것을, 도저히 손으로는 막을 수 없을 것 같은 기우는 시간을 무력하게 지켜본다.

내가 우즈베키스탄으로 돌아가겠다고 떼를 쓰며 그 사람의 무능함을 몰아세웠다면, 그는 떠나지 않았을까요? 내가 나의 불행을 떠들어 대고 고통을 늘어놓았다면 그는, 떠나야겠다는 생각만은 하지 못했을까요?

나탈리아…….

그녀를 부른다. 그녀는, 대답이 없다.

조명을 끄고 사운드를 내린다. 어둠 속에서 나탈리아의 숨죽인 흐느낌이 작은 동심원을 그리며 난다. 낮게, 비상한다.

긴 시간이 흐른다.

할머니가…… 할머니가 보고 싶어요.

슬픔을 안으로 삼킨 젖은 목소리로 나탈리아는 속삭인다. 오늘 할당된 자연광을 모두 써 버린 쇼윈도 밖에선 도시의 가로등들이 하나둘 게으르게 눈뜨고 있었다. 멀리, 시내와 이어지는 아현 고가도로는 벌써부터 정체가 시작되었는지 자동차와 버스들로 꽉 차 있었고 나탈리아의 시선은 반딧불처럼 저마다 미등 하나씩을 매단 채 길게 늘어진 차들의 행렬에 고정된다.

이 시간에 저 고가도로의 차들을 보면 그 열차가 생각나요. 봐요, 길게 이어진 차들이 마치 열차 같잖아.

열차?

화물열차죠.

혹시 연해주에서 출발했다는 그 열차 말인가요?

그래요. 1937년, 나의 할머니는 그 열차를 탔었죠.

1937년, 연해주에서 동토를 개간하며 기적처럼 살아남았던 고려인 17만여 명이 어느 날 갑자기 그 화물열차를 타게 되었다. 1900년대 초까지만 해도 극동 개발에 박차를 가하고 있던 러시아는 인구밀도가 현저히 낮은 연해주로 이주해 온 조선의 후예들을 열렬하게 환영해 주었다. 하지만 전쟁마다 승리를 거두며 점점 더 잔인해지던 일본군에 겁을 먹은 스탈린은 자국민 보호라는 명목으로 연해주에 정착한 고려인들을 퇴출하기로 결심하게 된다. 불과 하루 전 혹은 반나절 전에 강제 이주 통보를 받은 고려인들은 결국 몇십 년을 피와 땀으로 개간한 땅을 버리고 식당은커녕 화장실도 없는 그 화물열차에 꾸역꾸역 올라타야 했다.

바로 곁에서 피붙이들이 추위와 배고픔으로 죽어 갈 때도 열차는 멈추지 않았어요. 어쩌다 한 번 열차가 멈추면 그때를 틈타서 죽은 아이와 죽은 부모를 열차에서 꺼내 차갑게 언 땅에 묻어 주는 것, 그것이 장례의 전부였다고 하더군요. 그리고…….

그리고?

끊임없이 두려웠다고 할머니는 말했어요. 견디기 힘든 두려움을 짐 가방처럼 내내 가슴에 꼭 품고 있었다고.

두려움?

그래요. 어디를 가는지 알 수 없는 두려움. 한 달 넘게 쉬지 않고 달렸지만 그 누구도 그 열차의 종착점을 알지 못했죠. 아무도 알려 주지 않았으니까요. 달려가고는 있으나 그곳이 어디인지 알 수 없다는 것, 그런 두려움. 경험하지 않은 자는 감히 이해한다고 말해서도 안 되는 깊은 두려움이죠.

그럼, 할머니는 지금 어디에?

돌아가셨어요. 내가 모스크바에 있을 때. 서울말은 아니었지만 그래도 할머니는 한국 사람과 의사소통을 할 수 있을 정도로 한국말을 기억하고 있었죠. 아버지는 할머니의 그런 면을 끔찍하게 싫어했어요. 할머니가 나와 여동생에게 한국말로 무언가를 말하는 걸 본 날이면 길길이 뛰며 화를 냈지요.

왜죠?

그것이, 살아남는 방법이라고 생각했겠죠. 우즈베키스
탄에서 살아남기 위해선 우즈베키스탄 사람들처럼 러시아
말만 해야 하고 우즈베키스탄 사람들이 먹는 것만 먹어야
하고 우즈베키스탄 사람들의 사고방식으로 모든 것을 바
꾸어야 한다고 아버지는 믿었겠죠.

그랬군요.

아버지는 틀렸어요. 그들의 말을 사용하고 그들의 음식
을 먹고 그들의 사고로 산다고 해서 우리가 우즈베키스탄
사람이 될 수는 없다는 걸, 절대로 그럴 수는 없다는 걸
어리석게도 몰랐던 거죠. 하긴, 나는 아버지를 비난할 자
격이 없어. 나 역시 똑같이 어리석었으니까.

그게, 무슨 말이죠?

한국 남자와 결혼한다고 해서 한국인이 되는 건 아니란
걸 나도 몰랐으니까요. 운이 좋아 한국 국적을 취득한다
해도 나는 애초부터 그 무엇도 될 수 없는 경계에 서 있는
사람일 뿐이죠. 결국 나도, 아버지도 같은 열차를 타고 있
는 거였군요. 이봐요.

말해요, 나탈리아.

그러니까 나는, 우리는, 지금도 그 화물열차에서 내린
게 아니라고요. 목적지가 없는 화물열차는 지금도 달리고

있는 거라고요. 나는 여전히 짐 가방 하나만을 품에 안은 채 어디로 가는지 알 수 없는 열차 안에 앉아 창밖만 보고 있는 거라고요. 그리고 그 창밖은, 서울이라는 이곳은, 너무 아름답고 화려하다고요. 손에 닿지 못하는, 닿고 싶어도 도망만 가는 곳이기에, 나는 들어갈 수 없는 곳이라고요, 저곳은.

말없이, 음악을 튼다. 한쪽 면이 다 돌아가 잠시 끊겨 있던 빅토르 쪼이, 나탈리아가 사랑하는 그 음악을 튼다. 위로는 보잘것없고 참혹할 정도로 형편없지만 지금은 그저 음악을 들을 시간.

그리고, 빅토르는 노래한다.

차가운 땅 위에 커다란 도시가 서 있다.
그곳엔 가스등이 타오르고 자동차들이 경적을 울린다.
그러나 도시 위엔 밤이 있고 밤 위엔 달이 있다.
그리고 오늘 핏방울들의 달은 붉다.
집은 서 있고, 빛은 타오르고
창밖엔 먼 곳이 보인다.
그럼 슬픔은 어디에서 나오는 걸까?
생생히 살아 있는 듯한
살아 있으나 살아 있지 않은 듯한

슬픔은 어디에서 나오는 걸까?[5]

정말 모르겠어.

나탈리아가 흥얼거림을 멈추고 말한다.

나는 이 도시에 있으니 내 슬픔도 이곳에 있어야 하는
데 이 도시엔 슬픔이 보이지 않지. 이곳에서 내 인생은 되
돌려 도망갈 수도 없고 그렇다고 빨리 달아날 수도 없는,
오로지 원래의 속도에 맞게 플레이만 될 뿐인데 하루 종일
내 머릿속은 과거와 미래만을 횡단하지. 내 슬픔과 내 진
짜 인생, 그리고 내 애인들, 대체 모두 어디에 있는 걸까.

나탈리아?

말해요.

오늘은 파티를 하는 게 어때요?

파티?

그래요. 파티.

파티, 아주 좋은 생각. 아주 좋은 생각이에요.

파티를 생각한 순간부터 나탈리아는 갑자기 분주해진다.

나탈리아는 우선 벽걸이 달력에서 2월분의 달력을 찢
어 숫자가 쓰여 있지 않은 흰 부분을 식탁에 간다. 그러곤
가구점 안쪽, 눈여겨보지 않는다면 찾을 수 없는 수납장

---

5 빅토르 쪼이의 「슬픔(Печаль)」에서.

에서 접시와 그릇, 은수저 세트를 조심스럽게 꺼낸다. 모두 가구점 근처 시장에서 구입한 후 한 번도 쓰지 않은 것들이다. 정전을 대비하여 미리 사 놓았던 양초와 가끔 담배를 피우기 위해 조가 갖다 놓았던 라이터도 함께 꺼낸다.

하얀색 종이 식탁보가 깔린 4인용 파농 식탁에 그릇들과 수저, 불 켜진 초가 차례로 올라간다. 형광등을 끄자 레인지 후드의 내장 조명과 식탁 위의 촛불이 아늑하고 풍요로운 불빛을 만들어 준다. 이제 이 식탁에서 이야기할 것들은 추억뿐, 아픈 언어는 어금니 사이로 삼킬 것.

참, 술이 있어야겠죠?

모델명 '스페셜 5002 올리브그린'과 모델명 '스페셜 5002 화이트 핸들리스' 사이의 유리 장식장 안에는 데커레이션을 목적으로 올려놓은 두 개의 버티컬 글라스가 있다. 손때가 묻을까 봐 함부로 만지지도 못했던 글라스이다.

자, 한잔하시겠어요?

좋죠.

나탈리아가 두 개의 버티컬 글라스를 사선으로 기울여 탁탁, 친다. 가볍고 경쾌한 마찰음에는 그 누구의 따뜻한 전언보다 진심이 어린다.

아냐.

나탈리아가 문득 그렇게 말하며 고개를 젓는다.

이곳이 정말 나의 부엌이라면 저렇게 큰 창은 필요가

없지.

　돌연 식탁에서 일어나 가구점을 뛰쳐나가는 나탈리아. 그녀는 곧, 간이 선반에서 ENEX의 팸플릿 한 다발을 꺼내 품에 안는다.

　모두 펼치면 사절지 정도의 크기가 되는 팸플릿을 쇼윈도에 다닥다닥 붙이는 나탈리아의 옆모습은 진지하다. 손 닿지 않는 곳은 뒤꿈치를 최대한 올려 팸플릿을 붙이는 나탈리아. 나탈리아의 말이 맞다. 부엌 창은 딱 그만하면 된다. 지금 나탈리아가 팸플릿을 붙이지 않은, 쇼윈도 가운데의 사절지 크기만큼만. 그 크기만으로도 햇살은 들어오고 세상은 인사하며 추억은 재생될 수 있다.

　이제…….

　이제?

　이제 진짜 파티를 할 시간.

　아, 우리들의 파티.

　다시 식탁에 앉은 나탈리아는 여러 빈 접시에 할머니가 좋아했던 백설기와 율리아가 자주 먹곤 했던 샤슬릭,[6] 아버지가 끼니때마다 꼭 찾아 드셨던 플로프,[7] 그리고 니콜라이가 한국에 가면 꼭 먹겠다고 벼르곤 했던 한국식 갈

6　러시아와 중앙아시아에서 즐겨 먹는 꼬치구이.

7　우즈베키스탄식 볶음밥.

비를 올려놓는다. 그리고 버티컬 글라스에는 조, 당신이 언젠가 우리의 모든 문제가 해결되고 나면 꼭 마시자고 했던 와인, 샤토 마고를 따라 놓아야겠지.

사절지 크기만큼 작아진 그녀의 부엌 창밖으로는 어느새 어둠을 사선으로 가르는 겨울비가 내리고 있었다. 아직 꺼지지 않은, 그녀의 맞춤부엌 ENEX의 네온이 젖은 아스팔트에 스미기 시작한다.

그러므로, 지금 저기 쇼윈도 안쪽의 파농 식탁에 앉아 수줍고 우아한 손톱으로 식탁을 톡톡 치며 다른 한 손으로는 빈 버티컬 글라스를 들어 올려 조용히 건배를 하는 저 여자를 나탈리아라고 부른다면 어떨까. 길게 내려오는 파마머리와 무심한 듯하지만 깊고 짙은 눈빛을 소유한 저 여자를, 나탈리아가 아니라면 달리 무어라 부를 수 있을까.

그런데, 나탈리아는 누구?

바로 당신.

아, 나탈리아 쪼이?

그래요. 당신이 바로 나탈리아. 나탈리아 쪼이.

지워진 그림자

남자가 로비에 들어선다. 방금 엘리베이터에서 나온 검은 스커트 차림의 여직원 한 명이 코를 움켜쥔 채 남자 곁을 빠르게 스쳐 지나간다. 로비 구석의 데스크에서 끄덕끄덕 졸고 있던 수위는 남자가 비상계단 쪽으로 걸어갈 때까지 눈을 뜨지 않는다. 5층 층계참 창가에 서서 담배를 피우던 40대 사내 역시 등 뒤에서 울리는 남자의 발소리만 들을 뿐, 뒤를 돌아보지는 않는다. 비상계단을 통해 옥상에 오를 때까지 남자는 여느 때처럼 그곳에 있다가 없고, 없다가 있다.

　이 빌딩은 19층이다. 도로변에 위치하고 있으므로 대체로 10층을 넘지 않는 맞은편의 빌딩에서 이 빌딩의 옥상을 주의 깊게 건너다볼 일은 없을 것이다. 게다가 빌딩 뒤는 온통 주택가다. 사람들의 시선을 피한 채 며칠 정도 묵기에는 맞춤한 공간이다. 19층을 지나 옥상과 연결된 철제 비상문 손잡이에 손바닥을 얹었을 땐 긴장감이 잠시 온몸을 휘감는다. 다행히 문은 잠겨 있지 않았다.

조심스럽게 문을 밀자 휘익, 바람이 불어 온다. 바람 끝엔 겨울이 움튼 자리가 스며 있다. 한 달, 아니 보름만 지나도 심술궂은 신의 입김 같은 찬 바람이 사방에서 휘휘 불어 댈 것이고 그때는 녀석을 위해서라도 시청역이나 서울역의 지하도로 내려가야 한다. 그때까지만이라도 남자는 이곳에 정을 붙이고 싶다. 어딘가에 짐을 부릴 때면 늘 그랬듯 이번에도 이곳이 자신의 마지막 안식처가 될 수도 있다는 생각에 남자는 잠시 숙연해진다.

옥상의 콘크리트 바닥에는 코발트빛이 희미하게 섞인 어둠이 차곡차곡 쌓여 있다. 남자가 걸음을 옮길 때마다 견고한 어둠은 힘없이 사방으로 흩어졌다가 이내 남자의 발목에 끈끈하게 들러붙는다. 주위를 둘러본다. 남자의 시선이 잠시, 왼편 건물 옥상에 세워진 옥상용 플렉스 간판에 고정된다. 남자가 뽑은 오늘의 마지막 행운의 카드인 셈이다. 테두리에 레일용 스포트라이트까지 촘촘하게 설치된 푸른빛의 대형 간판은 이곳에 있는 동안 기꺼이 쓸 만한 조명 하나가 되어 줄 터이다. 라면을 끓이다가 국물을 쏟을 일도, 녀석의 상태를 살피다가 손가락 끝에 가시가 박히는 일도 없을 것이다.

우선 스테인리스 물탱크와 냉각탑 사이에 우체국 가방을 내려놓는다. 아니, 가방이라기보다는 포대에 가까웠다. 석 달 전, 집배원의 오토바이에서 훔쳐 온 이 포대는 빌딩을 들어가고 나올 때 적절한 보호색이 되어 준다. 물론 오늘같이 아무 탈 없이 옥상으로 올라온 날이 대부분이고, 빌딩 입구에서부터 의심의 눈초리를 받다가 결국엔 뒷덜미가 잡힌 채 쫓겨났던 날은 손으로 꼽을 수 있을 만큼 적었지만, 어쨌든 시선을 받는다는 것 자체는 여전히 고역이었다. 우체국 포대를 들고 다니면서부터 빌딩을 기웃거리는 남자를 주의 깊게 보는 사람은 더 이상 없다.

사실 남자는 서울 시내 빌딩 옥상마다 두 다리를 쭉 펴고 누울 수 있는 편편한 바닥과 언제든지 물을 떠 마실 수 있는 물탱크가 있다는 것을 빌딩을 떠나고서야 알았다. 정작 빌딩 내 사무실에서 하루 열 시간 이상씩 일을 할 때는 옥상에 무엇이 있는지 관심도 없었고, 관심이 없었기에 시간을 내어 올라가 본 적은 단 한 번도 없었다. 그 누구도 친절하게 일러 준 적이 없고, 어떤 책에도 적혀 있지 않은 이런 식의 사소한 깨달음은 심장이 터지도록 고통을 느낀 후에야 인색하게 찾아온다.

익명의 사람들로 수선스러운 대형 빌딩일수록 서울역이나 시청역의 지하도보다 훨씬 편하게 지낼 수 있다는 것을 발견하기 전까지 남자는 공익 근무 요원들의 비인간적인 발길질을 견뎌야 했고 막차를 놓치지 않기 위해 뛰어다니는 여자들의 경멸과 동정심 어린 시선을 침착하게 받아 내야 했다. 하지만 빌딩 옥상엔 아무도, 그 누구의 시선도 없었다. 일단 옥상까지만 탈 없이 올라오면 그때부터는 그곳이 곧 남자의 세상이 되었다.

게다가 빌딩의 수위들이란 대체로 나른한 졸음에 겨워하거나 순찰 중이라는 팻말만 내건 채 반나절이 지나도록 자리를 비우는 일이 허다했다. 빌딩에서 일하는 각종 사무실의 직원들과 마주쳐도 남자가 우려했던 일은 거의 일어나지 않았다. 그들은 복도나 비상계단에서 복면한 사내를 목격한다 해도 신고할 여유가 없는 사람들이다. 아니다. 그들은 무엇이든 책임을 지는 상황을 두려워할 뿐이다.

최초의 목격자는 그 이유만으로도 많은 책임을 떠맡아야 하고 그것은 곧 시간을 소비해야 한다는 의미가 된다. 2년 전 남자가 그랬듯, 깨어 있는 시간의 대부분을 밀폐된 빌딩에서 보내는 사람들이란 인큐베이터 안의 미숙아처럼 연약하고 투병 중의 환자인 양 작은 상처에도 과장되게 통증을 호소하기 마련이다. 그들은 권태보다 책임을 더 두려워한다. 책임보다 손해를 끔찍하게 증오한다.

남자는 주섬주섬 쭈그리고 앉아 우체국 포대의 밧줄부터 푼다. 언제나처럼 겨울 점퍼 안에 꼭꼭 싸 놓은 녀석을 가장 먼저 꺼내 확 트인 공기를 마시게 해 준다. 지난여름, 강남의 어느 빌딩 옥외 계단에서 녀석을 발견한 날부터 남자가 가는 곳엔 언제나 녀석이 함께 있었다. 낮에는 보라매공원이나 탑골공원으로 걸어가 신문지를 뒤집어쓴 채 벤치에 누워 있다가 저녁이 되면 도시의 빌딩 옥상으로 깃들어 침낭 속에서 잠을 자는 생활은 지구상의 모든 시계를 때려 부수고 싶을 만큼 단조롭고 답답했다. 다행히 녀석을 만난 이후로 시간은 예전보다는 빠르게 흘러갔다.

가끔은 녀석에게 탁 트인 공기를 마시게 해 주고 싶어 한강 고수부지나 과천 서울랜드까지 걸어가기도 한다. 물론 그때도 남자는 그늘진 벤치를 찾아 신문지를 뒤집어쓰고 죽은 듯이, 없는 사람처럼 누워만 있었지만 넉 달 사이 연초록에서 짙은 초록으로 변한 녀석을 보면 이유도 없이 마음이 든든해지곤 했다.

게다가 녀석의 온몸을 덮고 있는 가시 역시 예전보다는 확실히 굵어지고 튼튼해져 있었다. 아마 녀석에겐 이번 겨울이 고비라면 고비일 것이다. 이미 녀석의 끝동 부분은 찬 바람으로 인해 하얗게 탈색되어 가는 중이다.

코를 들이밀어 녀석의 냄새를 맡아 본다. 저 먼 사막지대의 뜨거운 햇살과 메마른 모래, 들끓는 목마름을 간직한 선인장의 냄새. 가늘지만 함부로 끌어안았다가는 이내 생채기가 나기 십상인 까슬까슬한 녀석의 가시가 플렉스 간판의 조명을 받아 부드럽게 반짝인다. 전기 배선에 문제가 있는지 플렉스 간판은 이삼 분 간격으로 깜빡, 꺼졌다가 찰칵, 불이 들어온다. 마치 세상 전체가 거대한 카메라로 한 장 한 장 느리게 찍히고 있다는 착각이 든다. 찰칵, 플래시가 터지고 깜빡, 플래시가 꺼지면 차르륵, 필름 돌아가는 소리가 오랫동안 귓가에 감겨 온다. 불이 들어오고 나갈 때마다 녀석의 은빛 가시는 하늑하늑 물살에 흔들리는 듯 보인다.

하염없이 녀석을 내려다보던 남자는 이제야 생각난 듯, 포대 안에서 납작하게 접혀 있던 하드보드지 박스를 꺼내 녀석에게 바람막이를 만들어 준다. 대체 너는 이름이 뭐냐? 유독 빛을 내는 가시 하나를 쓰다듬으며 남자는 장난스럽게 말을 건넨다. 녀석은 대답해 주기는커녕 천적을 만난 고슴도치처럼 더더욱 가시를 돋우며 방어 태세를 갖춘다. 어떤 경우에도 살가운 감촉을 허락해 주지 않는 녀석의 탁월한 거리 감각을 남자는 좋아한다.

바람막이 덕분에 녀석의 공간은 남자가 앉아 있는 곳보다는 아늑할 것이다. 물론 가시 안쪽 부드러운 살결 속에는 수천 년 동안 유전되어 온 뜨거운 햇살에 대한 그리움이 유유히 흘러가고 있겠지만 어딘가에서 작열하는 태양을 무작정 끌어 올 수는 없는 일이기에 녀석에게 해 줄 수 있는 거라곤 이 정도가 전부다.

남자는 포대에서 라면 한 개와 부탄가스가 든 휴대용 가스레인지, 그리고 뚜껑이 없는 양은 냄비도 마저 꺼낸다.

이제 물을 떠 올 차례이다. 스테인리스 물탱크에 부착된 사다리를 타고 위태롭게 그 위로 올라선다. 예상대로 물탱크는 잘 열리지 않는다. 오랫동안 관리하지 않았을 테니 당연한 일이다. 두 발을 물탱크에 착 붙여 놓고 이삼 분간 손잡이에 힘을 주고 나서야 우지직, 마개가 풀리면서 비로소 그 비밀스러운 입구가 드러난다. 달고 시원한 물 냄새보다 시치근한 쇠 냄새가 먼저 확 치밀어 오른다.

우물에서 물을 길어 올리듯 냄비를 깊숙이 넣어 물을 뜬다. 물탱크에 들어 있던 건 물이 아니라 우주였던가. 냄비 안에는 그새 짙어진 어둠과, 그 어둠이 채 지우지 못한 빈자리 같기만 한 하현달이 냄비 크기만큼 축소되어 들어가 있다.

냄비에 들어온 멀고 아득한 우주엔, 아직은 그다지 심술궂지 않아 외려 신의 조심스러운 휘파람처럼 느껴지는 바람이 잔잔히 불고 있었다. 바람이 불 때마다 찰랑찰랑 물결을 이루는 우주 저편을 내려다보며 남자는 오랜만에 미소를 지어 본다. 찰칵, 불이 들어오는 플렉스 간판에 쓴 웃음을 삼키고 있는 남자의 옆얼굴이 언뜻 비쳤다가 이내 깜빡, 어둠에 묻힌다.

한참 후에야 남자는 다시 사다리를 타고 바닥으로 내

려온다. 목마른 사막에서 겨우 얻게 된 한 사발의 물이라도 되는 듯 경건하게 냄비를 받든 채. 포대 쪽으로 다가가 휴대용 가스레인지를 켠다. 가스 불은 약하게 피어올랐다가 금세라도 사그라질 것처럼 힘을 쓰지 못한다. 한두 번만 더 라면을 끓이면 부탄가스는 바닥을 보일 것이다. 남은 라면도 다섯 개가 되지 않는다. 그러고 보니 마지막 작업을 한 지 벌써 열흘이 지났다. 그래도 이번엔 꽤 오래 버틴 셈이다.

숙박비뿐 아니라 각종 공과금과 교통비도 들지 않는 생활이지만, 심지어 지난 2년간 세금을 낸 적도 없었지만, 그 누구에게도 빌어먹지 않기 위해선 최소한 라면과 부탄가스 정도는 필요했다. 한번은 먹는다는 것 자체가 미치도록 거추장스러워 닷새 동안 용변을 보지 않은 적도 있었다. 소용없는 일이었다. 얼굴이 노랗게 뜨도록 속이 거북했으면서도 라면은 꾸역꾸역 잘도 넘어갔다. 닷새째, 결국 참지 못하고 지하철역 화장실에 앉아 있는 동안 머릿속으로는 2년간 구경도 한 적이 없는 여러 음식들이 맴돌았고 입안엔 축축한 군침까지 돌았다.

배가 부르도록 실컷 먹고 나면 여자를 안고 싶은 욕망이 더더욱 강렬해지는 것처럼 하나가 충족되면 또 다른 하나가 생각나는 것, 바로 그것이 욕망의 속성이란 걸 남자는 이제 안다. 인간의 몸은 살과 뼈로만 이루어진 것이 아니다. 인간의 몸에는 살아남기 위한 최적의 조건으로 프로그래밍된 회로가 머리끝에서 발끝까지 긴밀하게 연결되어 있는 것이다. 조상의 까마득한 조상이 사막에서만 살았다면 인간은 분명 선인장 가시보다 훨씬 더 탁월한 발명품 하나를 만들어 냈을 것이다.

어쨌든 내일 새벽쯤엔 일을 나가야 한다. 만성 피로도, 뼈아픈 고통도, 누군가의 냉정한 평가도 필요 없는 그 일을 남자는 평균 일주일에 한 번 정도 수행한다.

자판기 컵 배출구에 깊숙이 손을 집어넣어 동전 반환구를 누르면 동전들이 우르르 쏟아진다는 걸 발견한 건 고등학교 때였다. 그때는 친구들과 몰래 담배를 사 피우기 위해 장난삼아 했던 짓이다. 가끔은 수금이 얼마 남지 않은 자판기에서 동전만 몇십만 원씩 쏟아져 나오기도 했지만 남자는 언제나 백 원짜리 동전 열 개만을 빼서 주머니에 쟁여 놓은 후, 나머지 동전들은 다시 투입구에 차례차례 집어넣었다. 마지막으로 어깨에 잔뜩 힘을 주어 자판기를 밀치면 동전들은 자판기 안으로 넘어가곤 했다.

다리품을 팔아 몇 개의 자판기를 전전하더라도 하나의 자판기에서 천 원 이상의 돈을 가져오지는 않는다는 것이 남자의 원칙이라면 원칙이었다. 일주일 라면값과 부탄가스비는 단돈 몇천 원이면 딱 맞다. 돈이 부족한 주는 하루 두 끼에서 한 끼로 식사를 줄이면 그만이다. 그 이상의 돈이 모이면 라면 외에 다른 음식들, 가령 햇반이나 인스턴트 스파게티 같은 것에 눈길이 가게 마련이고 어쩌면 집으로 전화를 걸고 싶어 공중전화 박스 근처를 서성거리게 될지도 모른다. 게다가 눈에 띄게 많은 돈을 가져오다 보면 어느 날엔가는 빌딩을 돌며 자판기를 터는 전문 절도범에 관한 기사가 신문을 장식하게 될 수도 있다. 아직까지 수금할 돈에서 천 원이 부족하다는 이유로 경찰에 신고한 자판기 주인은 없다.

라면은 그새 맞춤하게 잘 익었다. 주머니에서 늘 갖고 다니는 나무젓가락을 꺼내 받아 놓은 물로 대충 헹군 후 라면을 집는다. 2년 동안 먹은 라면의 수는 1400개 정도 될 것이다. 이토록 물리게 라면을 먹게 될 날이 올 줄 알았다면 32년 동안 단 한 끼라도 라면 따윈 먹진 않았을 텐데. 그러게 왜 밤마다 라면을 끓여 달라고 보챘니? 라면을 먹다 말고 고개를 들어 허공을 향해 씨익, 웃어 본다. 어느새 저편 어둠에서 이편 어둠으로 나온 아내가 남자 옆에 쭈그리고 앉아 등을 토닥이며 천천히 먹어, 말해 준다. 아내의 말이 끝나기 무섭게 남자는 한 손으로 입을 틀어막고 캑캑, 밭은기침을 한다.

은행에서 퇴근하고 집으로 오면 숫자들이 날파리처럼 비잉비잉 눈앞에 떠다니곤 했다. 날마다 허기가 졌다. 살만 찌고 몸에 안 좋다며 아내는 직접 만든 샐러드나 참치 우유

수프처럼 영양가도 있고 칼로리도 낮은 간식을 만들어 주곤 했지만 남자는 묵은 김치를 듬뿍 넣은 라면만을 고집했다. 결혼하고 5년 사이 몸무게는 20킬로그램이나 늘었고 남자는 정기검진 때마다 과체중, 고혈압, 높은 간 수치나 콜레스테롤 위험수위 등이 적힌 건강검진표를 받았다.

빌딩 옥상과 지하도를 오가는 동안 탐욕에 대한 보속 같기만 했던 지방 덩어리는 사면에서 불어오는 바람에 날려 흔적 없이 휘발되고 말았지만 피부는 바람 빠진 고무공처럼 탄력이 없어졌고 건강은 눈에 띄게 악화됐다. 아니, 악화됐으리라 남자는 믿고 있다. 자주 빈혈 증세가 나타났고 가끔은 터져 나오는 기침에 피가 섞여 있기도 했다. 속이 쓰려 뜬눈으로 밤을 새는 날이 많아졌으며 감기도 이젠 한번 앓으면 한 계절이 바뀔 때까지 낫지 않는다.

젓가락질이 더뎌질수록 라면은 보기 흉하게 퉁퉁 불어오른다. 단 하나뿐인 냄비였으므로 내일 오후 다시 사용하려면 국물까지 말끔히 마셔 두는 게 좋다. 하지만 퉁퉁 불은 면 가락은 헛구역질만 나게 할 뿐 식도를 잘 넘어가지 않는다. 눈을 감고 아내의 손길을 마음으로 그린다. 남자의 심장을 뚫고 쑤욱 빠져나온 그 하얗고 가는 손가락이 남자의 목을 쓰다듬고 등을 매만진다. 두 다리를 부드럽게 훑어 내리다가 다리 사이로 미끈하게 들어와 딱딱하게 굳어 가는 페니스를 잡기도 한다. 남자는 실체감 없는 아내의 손을 무르고 직접 한 손을 바지 속에 집어넣어 페니스를 꽉 쥔다. 몇 번 흔들지도 않았는데 낮은 신음과 함께 헐렁한 면바지가 금세 젖어 간다. 이럴 때, 이럴 때 누가 곁에서 한마디만 해 주었으면 좋겠어.

남자는 자리에서 일어나 포대 안에서 새 바지와 여분의 속옷을 꺼내 갈아입으며 혼잣말을 한다. 그럴 수도 있지. 남자는 그토록 듣고 싶었던 그 말을 말하면서 듣는다. 그래, 그럴 수도 있지. 참지 못하고 키득키득 웃음을 터뜨리자 옥상 바닥에 새겨진, 세상에서 가장 비루한 자를 본뜬 것 같은 남자의 그림자가 남자와 함께 어깨를 들썩이기 시작한다.

벗어 놓은 바지와 속옷, 그리고 남은 라면을 정리해야 했지만 남자는 그대로 난간 쪽으로 뚜벅뚜벅 걸음을 옮긴다. 19층에서 내려다본 거리는 방금 전까지 수많은 사람들 사이에서 움츠린 채 돌아다녔던 곳이란 게 믿어지지 않을 만큼 앙증맞다. 그곳에서, 엄지 손톱만 한 차들과 개미처럼 작은 점으로 수렴되어 버린 인간들이 한 편의 조잡한 동영상이 되어 쉴 새 없이 움직이고 있었다.

빌딩 옥상에서 거리를 내려다보고 있노라면 어린 시절에 보았던 「킹콩」이 생각난다. 너무도 거대한 몸을 갖고 태어났기에 그 몸의 부피만큼 고독해야 했던 스크린의 스타 괴물. 남자는 어느덧 킹콩이 되어 손가락 하나로 버스 한

대를 집어 올려 차도 한가운데로 내동댕이친다. 팔을 뻗어 맞은편 빌딩을 박살 내기도 하고 가로수를 뽑아 주사위 놀이를 하듯 하늘을 향해 가뿐히 던져 보기도 한다. 깜빡, 불이 꺼지고 찰칵, 불이 들어오는 순간 동영상은 이전의 화면을 말끔히 지우고 또다시 현란하게 리셋된다.

언제나 그랬듯 킹콩 놀이는 몇 분 사이 지켜워진다. 돌아서서 냄비와 냄새나는 옷가지를 한쪽으로 치우고 포대에서 마지막 짐, 침낭을 끄집어낸다. 냉각탑 아래에는 사람 한 명이 누울 수 있을 만큼 공간이 있다. 녀석을 머리맡에 놓은 채 바람을 넣은 침낭을 끌고 냉각탑 아래 눕는다. 벽이 있는 공간에 들어와 있는 것처럼 오랜만에 온몸이 긴장감을 잃고 이완된다. 목이 마르다. 눈을 감고 있노라면 이완된 살갗을 뚫고 삐죽삐죽 올라오는 날카로운 가시들을 느낄 수 있다. 단단한 가시의 감촉은 지독한 목마름을 부추기기도 하지만 잠이 오지 않을 때면 그런 갈증조차 마음의 위로가 된다.

남자는 어느덧 머리 위에까지 내려온 태양이 금세라도 폭발해 버릴 것 같은 사막 한가운데 서 있다. 사막 한가운덴 달력의 삽화 같은 아름다운 오아시스가 있고 남자는 그곳에 꿇어앉아 두 손을 깊이 담근다. 하지만 손에 딸려 나오는 건 달콤한 물이 아니라 푸른색의 지폐뿐이다. 남자는 모랫바닥에 털썩 주저앉아 오아시스에서 주워 온 지폐 한 장 한 장을 우악스럽게 씹어 먹기 시작한다.

최초의 목마름은 그렇게 시작되었다. 처음엔 천만 원만 있으면, 딱 그만큼만 있으면 근원을 알 수 없는 갈증도 해갈될 수 있을 거라 믿었다. 아내는 전세금이 좀 더 싼 집을 찾아 보자고 했지만 남자는 동의하지 않았다. 일은 생각보다 간단했다.

우선 우량 고객 다섯 명의 신용 정보를 빼서 도장을 만들어 고객 두 명의 이름으로 허위 계좌를 개설했다. 계좌를 이용해 대출 신청을 한 후에는 다른 고객 세 명의 신용 정보로 연대보증을 섰다. 보증을 설 때는 본인이 직접 방문해 확인을 받아야 했지만 은행의 대출 담당 대리로 있던 남자에겐 그런 과정이란 혼자서만 알고 넘어가도 그 누구 하나 이의를 제기하지 않는 사소한 절차에 지나지 않았다. 게다가 은행에 수십 억씩 저축해 놓은 우량 고객들은 은행 전산망에 표시된, 기껏 몇백만 원 정도의 대출금에 보증을 선 적이 있다는 기록을 눈여겨볼 만큼 한가한 사람들이 아니었다. 워낙 신용이 탄탄한 고객들이었기에 은행에서도 따로 독촉하지 않았다.

오른 전세금 천만 원을 집주인에게 주고 돌아오던 날, 남자는 오늘처럼 지폐를 꾸역꾸역 씹어 먹는 꿈을 꾸었다. 아무리 씹고 또 씹어도 허기는 더욱 맹렬해졌다. 한참 후에야 남자는 자신의 배 한가운데 커다란 구멍 하나가 뚫려 있다는 것을 깨달았다.

아마, 그 허기 때문이었을 것이다. 여기서 그만, 여기서 그만하자, 수없이 되뇌면서도 남자는 그 후로도 다섯 번에 걸쳐 허위 대출을 신청했다. 대출받은 5억 원 정도의 돈은 여섯 개의 타 은행 계좌에 분산해서 예치해 놓았다. 한 푼도 쓰지 않았다. 그 흔한 주식 투자나 경마에도 손대지 않았다. 그저 은행 계좌에 쌓여 가는 액수를 보는 것만으로도 배가 불렀고 또 금세 허기가 졌다.

은행의 정기 감사가 다가오면서 남자는 아무도 모르게 조용히 이민에 대한 정보를 모으기 시작했다. 조금이라도 낌새가 있다 싶으면 아내를 설득해 곧바로 호주나 스웨덴으로 이민을 가리라 다짐하고 있을 때, 9월로 알고 있었던 정기 감사가 7월로 앞당겨졌다는 소문이 돌기 시작했다. 마음이 다급해졌다. 이민 절차를 밟으며 통장 잔고를 해외 은행으로 이체하려 준비하던 어느 날, 남자는 출근길 승용차 안에서 은행 근처를 서성거리는 수상쩍은 사람들을 보았다. 은행 주차장으로 들어가는 대신 그대로 직진했다.

은행에서 두 블록이 지난 다음에야 남자는 집으로 전화를 걸어 보았다. 이내 주눅 든 아내의 목소리가 들려왔다. 어, 어쩐 일이야? 추, 출근은 자, 잘 했지? 별다른 말은 없었지만 아내 곁에 누군가가 있다는 것은 충분히 짐작할 수 있었다. 액셀을 밟았다. 은행 주변엔 경찰들이 출동 신호가 떨어지기만을 기다리며 잠복하고 있을 터였다. 밥, 밥 잘 먹고, 여보, 있지, 그냥 먼 데로 도……. 미처 어떤 대답도 하지 못했는데 전화는 곧 끊기고 말았다. 거기서, 목마름을 쫓아 무작정 달려왔던 남자의 길도 끊어져 버렸다.

이틀 동안 차를 몰고 서울 주변을 배회했지만 이 세상 어디에도 아내가 일러 준 먼 곳은 없었다. 가드레일을 만들고 불시에 검문을 하는 경찰이라도 만난다면 그 자리에서 철창신세를 져야 할 판이었다. 이미 남자의 사진과 차량 번호에는 전국적으로 공개 수배령이 떨어졌을 터였다. 사흘째 남자는 차를 몰고 한남대교 아래로 갔다. 북태평양과 양쯔강 이남에서 형성된 태풍이 곧 서울 및 경기 지방을 강타할 거라는 라디오 뉴스를 들은 날이었다.

우선 아내와 은행장 앞으로 유서 한 장씩을 써서 자동차 콘솔 박스에 넣어 두었다. 아내 앞으로 쓴 유서 끝에는 여섯 개의 은행 계좌 번호와 비밀번호를 적어 놓았고 입고 있던 양복과 신고 있던 구두는 잘 벗어서 조수석에 반듯하게 올려놓았다. 다행히 트렁크에는 마지막 출장을 다녀온 이후로 정리하지 못한 여벌의 속옷과 옷가지가 있었다. 지갑에도 당분간 생활해 나갈 수 있을 정도의 현금은 들어 있었다.

태풍의 전조가 스며 있던 굵어지는 빗방울을 맞으며 남자는 차에서 나왔다. 차는 얼마 지나지 않아 발견될 것이고 경찰은 그제야 구조대원을 동원해 수색 작업을 시작할 것이다. 하지만 그때는 강이 불고 유속이 빨라진 후일 테니 시신 수색 작업은 지연될 수밖에 없다. 땡볕 더위라도 시작되면 시신은 이미 부패된 채 바다로 떠내려갔을 거라는 자체 판단을 내리게 될지도 몰랐다. 남자는 차를 버려둔 채 그 길로 더 먼 곳, 더 외진 곳을 향해 무작정 걸었다.

그리고 한강 둔치에 차를 버려두고 온 지 보름이 지난 날, 재래시장 식당에 앉아 야구 모자를 눌러쓴 채 순두부찌개를 먹으며 남자는 누군가 읽다 버린 신문에서 그 기사를 보았다. 'S상호저축은행 K 대리의 대담한 범죄 행각'이라는 제목 아래 남자가 지난 넉 달 동안 고객의 신용 정보를 이용해 대출과 허위 보증으로 수억 원대의 은행 돈을 횡령했다는 내용이 자세하게 적혀 있었다. 기사에는 또 K 대리의 자살과 자동차에서 발견된 유서도 간단하게 소개되어 있었다.

신문을 눈으로 따라 읽어 내려가던 남자는 기사 하단에 시선이 닿은 순간, 들고 있던 숟가락을 떨어뜨렸다. 한강 하류에서 범인의 사체도 발견됐다는 내용을 읽고 난 직후였다. 그 남자는 언제, 어떻게 죽은 사내일까. 까마득히 오래전, 남자의 전생을 이미 한 번 살았던 조상의 조상은 아니었을까. 뚝배기에 남아 있던 순두부찌개가 순간 타인의 토사물처럼 역겨워졌다.

경찰은 아마도 이름 모를 그 사내의 시신을 남자라 단정한 채 잡음 많던 그 사건을 미련 없이 봉합해 버렸을 것이다. 그리고 아내는 피해자들이 눈에 보이지 않을 때에만, 형체를 알아볼 수 없이 퉁퉁 부운 시신 앞에서 숨을 죽이며 흐느껴 울었을 테고. 사망신고를 마친 후에는 사내의 유골 가루를 내 이름으로 납골당에 안치해 놓았을 수도 있겠지. 이런 거였나. 혼란스러웠다.

유서를 쓰고 차를 버리고 올 때는 분명 실종이 아니라 서류상의 죽음을 원했다. 아마, 그랬을 것이다. 그러나 무엇을 위해, 대체 누구를 위해 죽었으나 죽지 않은 사람으로 살아가야 하는지, 살아 있으면서도 죽은 척 연기를 해야 하는지 남자는 스스로에게조차 설명할 수 없었다. 지갑에 남아 있던 마지막 지폐로 밥값을 계산하고 나오자 여름날의 소나기가 맹렬하게 퍼붓고 있었다.

눈을 뜬다. 여름이 지나고 벌써 10월로 접어들었는데도 빗줄기는 그때처럼 맹렬하다. 빗방울 하나하나에 예리한 모서리라도 숨겨져 있었는지 금속 냉각탑을 울리는 빗소리는 날카롭기만 하다. 침낭에서 나와 냉각탑 아래 그늘을 빠져나온다. 플렉스 간판은 여전히 한 번씩 세상을 지웠다가 다시 필름을 바꿔 끼며 셔터를 누른다. 빗물이 차면서 라면이 넘쳐흐르고 있던 냄비를 주저 없이 난간 밖으로 휙, 비워 버린다. 새벽 거리를 걷던 취객이 있었다면, 그는 어쩌면 하늘에서 떨어지는 라면 가락을 세상의 종말을 알리는 신의 계시로 받아들일지도 모르겠다.

다시 냄비를 들고 물탱크 쪽으로 걸음을 옮긴다. 비에 젖은 쇠 사다리가 미끌거려 두 번이나 발을 헛디딘다. 한 번 열었다 닫은 물탱크는 다행히 처음보다는 쉽게 입을 벌려 준다. 냄비를 넣어 물을 뜨다 말고, 남자는 돌연 물탱크 안으로 깊숙이 얼굴을 밀어 넣는다. 우주가 찰랑이고 있는 물탱크 안엔 비린 쇳내와 수돗물의 소독약 냄새가 묵직하게 배어 있다. 이 물탱크에 이미 반쯤 소모해 버린 이 거추장스러운 육신을 버린다면 그건 수장(水葬)일까, 우주장(宇宙葬)일까. 좀 더 깊이 얼굴을 담근다. 아직까지 그 깊이도, 그 넓이도 가늠하지 못한다는 광활한 우주, 그 끝없는 어둠 속으로 남자는 이내 힘껏 소리를 지른다. 나 여기 있다, 여기 있다아. 물탱크 안엔 온 우주를 돌아온 메아리가 연달아 울린다. 여기 있다아아아아, 있다아아아아아.

딱 한 번, 아내를 찾아간 적이 있었다. 사건 후 8개월이 지났을 즈음이었다. 간혹 전화를 걸어 그 목소리만 듣다가 수화기를 내려놓곤 했는데 어느 날부터인가 잘못된 번호라는 기계음이 들리기 시작했다. 남자의 말 없는 전화를 장난 전화라고 생각했는지 아내는 아예 전화번호 자체를 바꾸어 버렸던 것이다. 짐작대로 아내는 예전의 연립주택엔 살고 있지 않았다. 어쩔 수 없이 남자는 전에 외워 두었던 집주인 핸드폰으로 전화를 넣어 경찰이라고 둘러대며 아내가 이사 간 곳의 주소를 물어봐야 했다. 집주인은 다행히 한껏 내리깐 남자의 목소리를 기억하지 못했다.

아내는 남자와 함께 살던 곳에서 멀지 않은 또 다른 연립주택 지하방에서 혼자 살고 있었다. 집주인 말에 따르면 남자의 통장에 예금된 돈으로 원금을 모두 돌려주었는데도 가끔씩 피해자라는 사람들이 고급 승용차를 타고 찾아와 정신적인 피해 보상을 하라며 한 번씩 겁을 주고 간다고 했다. 연립주택 앞, 전신주 앞에서 야구 모자를 눌러쓴 채 아내를 기다리고 있던 남자는 느리고 둔탁한 발소리를 내며 걸어오던 아내를 보았다. 자신보다 몇십 배나 큰 어둠을 등에 지고 있던 아내는 조금, 고단해 보였다. 미끄러지듯 아내의 등 뒤로 소리 없이 바짝 다가갔다. 애영아. 남자는 숨을 죽인 채 최대한 낮은 음성으로 아내를 불렀다. 그 순간 언뜻 돌아본 아내의 얼굴을 남자는 아내보다 놀란 얼굴로 쳐다봐야 했다. 나, 나야, 애영아. 아내의 눈이 잠시 감겼다, 떠졌다. 남자가 아내 앞에서 잠시 사라졌다가 다시 나타나게 된 그 짧은 순간, 아내의 머릿속에선 병원 영안실에서 마주 봐야 했던 비참한 시신과 그녀 스스로 작성했던 남자의 사망신고서가 되살아나고 있었을 것이다. 믿을 수 없다는 듯 두 손으로 얼굴을 감싼 채 뒷걸음을 치던 아내는 곧 바닥에 넘어졌다. 곧이어 괴성에 가까운 비명이 아내에게서 쏟아져 나왔다. 골목을 걷던 사람들이 한 명 두 명 남자 쪽으로 모여들고 있었으므로 더 이상 그곳에 서 있을 수도 없었다. 누군가는 벌써부터 핸드폰을 꺼내 경찰에 신고를 하는 듯했다. 사람들은 남자를 치한이나 강도쯤으로 여겼겠지만 아내는 유령을 보았다고 생각했을 것이다. 나 좀 가만 둬, 나, 좀, 놔줘! 이제 그만 나, 타, 나, 라, 구, 우! 그때까지도 안쓰러울 만큼 온몸을 덜덜 떨고 있던 아내가 마침내 목청을 돋워 그렇게 외치기 시작했다. 결국 자리를 털고 일어나는 아내를 보지 못한 채 남자는 맞은편 골목을 향해 전속력으로 뛰어가야 했다. 그 순간 뺨을 타고 내려오는 뜨겁고도 끈적끈적한 액체가 눈물인지, 아니면 그저 불온한 혼령을 내쫓고 싶어 하는 타인의 저주에 찬 타액인지 남자는 알 수 없었다.

그날 이후에도 아내는 죽은 남편이 등장하는 악몽에 또 그렇게 시달렸을까. 어쩌면 한 번쯤은 남편의 뼛가루를 묻은 납골당에 들러 오열을 했을지도 모르겠다. 가까운 사람에게 그날의 경험을 토로하며 암묵적인 동정을 요구했을 수도 있을 것이고 십자가 앞에 무릎을 꿇고 앉아 이제는 불쌍한 영혼을 평화롭게 거두어 달라고 간절히 기도했을 수도 있을 것이다. 난생처음 정신과 병동을 찾아가 환시와 환청을 치료할 수 있는 알약 처방을 부탁했을 수도 있겠지. 남자는 눈앞을 가리는 빗줄기를 손등으로 닦으며 서둘러 냄비에 뜬 우주를 마신다. 한 사람이 자취도 없이 삭제되어 버린 차가운 우주가 남자의 식도를 넘으며 수없이 많은 별들을 탄생시킨다. 가슴을 열면 폭죽이 터지듯 아름다운 별들이 빛을 발산하며 둥둥 떠다니고 있을 것 같다. 사람이 죽으면 별이 된다는 허황된 거짓말을 가장 처음으로 퍼뜨린 자는 누구였을까. 그자를 만나면 자신 있게 말해 줄 수 있을 것 같다. 사람은 죽으면 시체가 된다고. 아니, 먼지가 된다고. 아니다. 그저 소문이 될 뿐이라고. 그래서 죽은 자가 감히 소문을 뚫고 나오면 그는 곧 살아 있는 사람을 몸서리치게 만드는 소름 끼치도록 괴기스러운 유령이 되는 거라고.

사방에서 불어오는 바람이 지금까지의 속도로만 육체를 마모해 간다면 언젠가는 남자 역시 한 줌의 먼지로만 남아 흔적도 없이 사라지게 될 것이다. 게다가 남자는 자신에게 주어진 소문을 이미 한 번 사용해 버렸다. 이제 남자에게 남은 건 그 누구도 알지 못하는, 그 누구도 기념해 주지 않는, 그 누구도 그 사람이 있었다는 것조차 의식하지 못하는 완벽한 소멸, 완전한 공허뿐이었다.

다시 사다리를 타고 바닥으로 내려온다. 오래전 아파트 분리수거함에서 가져온, 표면에 두 개의 금이 간 손목시계를 내려다본다. 새벽 4시 35분, 대체로 빌딩의 미화원은 5시면 출근을 하게 마련이므로 이제부턴 슬슬 떠날 준비를 해야 한다. 또다시 사람들이 눈여겨보지 않는 그늘진 곳에서 해가 떨어지기만을 기다렸다가, 어둠이 내리면 역시나 그 누구도 얼굴을 들이밀고 들여다볼 수 없는 빌딩 옥상으로 올라가 라면을 끓여 먹고 수음을 한 후 토막 잠을 자야 하리라.

흠뻑 비를 맞은 면바지와 속옷을 들고 계단을 타고 내려가 19층 복도와 연결된 비상구 문을 연다. 대부분의 빌딩처럼 문은 잠겨 있지 않았다. 화장실로 들어가 세면대에 물부터 받는다. 대충 맑은 물로 옷가지를 헹군 후엔 비닐에 싸서 포대에 넣어야 할 터이다. 옷은 비가 그치고 나서야 말릴 수 있을 것이다.

그때였다. 옷을 헹구고 수도꼭지를 잠그고 있던 찰나, 다급한 목소리가 새벽의 단단한 적막을 깨고 남자의 귓속으로 구겨 들어온다.

— 거, 거기 누구요?

남자는 황급히 옷을 챙겨 화장실 안쪽으로 들어가 문을 걸어 잠근다. 잠시 후에야 변기 뚜껑 위로 조심스럽게 올라가 슬쩍 문밖을 내다본다. 초췌해 보이는 사내 한 명이 의심에 찬 눈길로 꽉 잠그지 못한 개수대의 수도꼭지를 유심히 바라보고 있었다. 와이셔츠에 헐겁게 넥타이까지 매고 있는 걸 보니 수위가 아니라 야근을 하는 오피스 직원인 모양이었다.

세면대 위에 걸린 직사각형 거울에 언뜻 사내의 겁먹은 얼굴이 어린다. 하긴, 아무도 없는 빈 사무실에서 새벽까지 혼자 일하다 보면 아무리 유령 따윈 믿지 않는 자라 해도 사소한 낌새에조차 원시적인 두려움을 느낄 것이다. 지금 저 사내의 머릿속엔 유년 시절부터 보아 온 온갖 공포스러운 장면들이 망각의 두꺼운 철창을 열고 나와 하나씩 하나씩 복원되고 있으리라. 여전히 미심쩍은 눈으로 주위를 살피던 사내는 요의까지 잊어버렸는지 주섬주섬 화장실을 빠져나간다.

남자는 속으로 백까지 세고 난 뒤에야 문을 열고 나와 비상구를 향해 잽싸게 뛰기 시작한다. 거기, 거기 누구야?! 어딘가에 숨어서 화장실 문을 주시하고 있었던지 사내의 새된 목소리가 남자의 뒤통수를 세게 내리친다. 씨발! 씨이이발! 남자는 솟구쳐 올라오는 욕설을 안으로 삼키며 비상구 문을 활짝 열어젖힌다.

헐레벌떡 옥상으로 올라와 손에 잡히는 대로 냄비와 침낭을 포대에 쑤셔 넣고 야구 모자를 찾아 깊숙이 눌러쓴다. 마지막으로 녀석을 품에 안은 채 일어났을 때 비상구에서는 벌써부터 쇳소리가 나고 있었다. 겁먹은 사내가 안에서 문을 걸기 위해 잠금장치를 찾고 있는 모양이었다. 벌떡 일어나 온몸으로 문을 밀치자 엉거주춤 서 있던 사내가 언젠가 아내가 그랬듯 괴성을 지르며 뒤로 넘어진다.

남자는 넘어진 사내의 시선을 외면한 채 다리에 모터라도 달린 듯 죽을힘을 다해 계단을 내려가기 시작한다. 너, 누구야? 거, 거기 서어! 사내의 목소리가 텅 빈 계단을 통해 12층 층계참에까지 울려 퍼진다. 하지만 목소리만 남자를 쫓아올 뿐 발소리는 들리지 않는다.

드디어 로비가 보인다. 가속도가 붙은 두 다리가 마지막 계단 다섯 개를 훌쩍 뛰어넘는다. 그 순간 남자의 무릎이 맥없이 꺾인다. 들고 있던 화분을 놓치면서 날카로운 파열음이 로비의 희붐한 어둠을 산산조각 내고 조각난 어둠은 우르르, 쏟아져 남자의 발밑에 쌓인다. 부서진 어둠 속엔 깨진 사기 조각이 마치 태곳적부터 거기 있었던 듯, 언뜻언뜻 별처럼 박혀 있다.

그곳에서, 또 다른 목마름을 낳으며 끊임없이 목마름을 키워 왔을 녀석의 뿌리가 초라하게 드러나 있었다. 적절한 온도만 있으면 죽지 않는, 죽을 생각 따윈 절대로 하지 못하는 강한 생명력을 타고났다 해도 원래 있던 자리에서 벗어나면, 원래 있던 곳에서 잊혀지면 누구라도 죽어야 한다. 적어도 죽은 척은 해야 한다.

사기 화분을 잃은 녀석은 사람들의 구둣발에 짓밟혀 먼지가 되고 소문이 되리라. 한때는 혹독한 사막에서 자손의 자손을 낳으며 끈질기게 버텨 온 녀석의 이름은 결국 그 누구도 기억해 내지 못할 것이다. 남자는 꺾어 신은 운동화로 선인장을 세게 밟고 지나간다. 로비 문을 열자 여전히 새까만 새벽 대기가 남자의 실루엣을 덥석 집어삼킨다. 어디로 가야 하는 것일까. 대체, 내가 범한 죄는 뭐였지? 남자는 뛰면서 스스로에게 연이어 묻는다. 하지만 세상은 언제나처럼 침묵뿐, 해답을 주지 않는다.

남자는 아무것도 말해 주지 못하는 세상의 무력한 새벽 공기를 한 움큼 흡입한다. 어쩌면 그 해답은 이번 생을 바닥까지 소비하고 나서야, 고통이 심장을 모두 녹이고 나서야 찾아올지 모르겠다. 비는 그쳐 있었지만 남자의 얼굴엔 어느새 끈적끈적한 땀이 송글송글 맺혀 있었다.

대로변 횡단보도 앞에서 잠시 숨을 고른 후, 길을 꺾어 주택가 골목 쪽으로 걸어가는데 자꾸만 웃음이 터져 나온다. 골목 사이사이에는 남들보다 하루를 일찍 여는 사람들이 간간이 지나다니고 있었다. 그러나 우유 가방을 들고 가던 키 작은 중년 여자도, 신문을 가득 실은 오토바이를 몰고 가던 청년도, 어딘가로 바쁘게 걸어가던 젊은 연인들도, 끊임없이 키득키득 웃어 대며 비틀비틀 걸어가는 남자를 돌아보지 않는다. 어느 집 시멘트 담에 등을 기대고 나서야 남자는 어깨까지 들썩이며 아하하, 아하하 큰 소리로 웃기 시작한다. 이번에도 그림자는 남자와 함께, 남자처럼, 남자를 따라 어깨를 들썩이며 아하하, 아하하 온몸으로 웃고 있었다.

돌연 웃음을 멈춘 남자는 두 눈을 크게 뜨고 땅바닥의 그림자를 내려다본다. 오른쪽으로 기울어진 그 그림자는 맞은편 왼쪽에 서 있는 전신주가 조각해 놓은 거였다. 자신의 모습을 두 배 정도 늘여 놓은 듯한 기다란 그림자를 남자는 신기하다는 듯 오랫동안 내려다본다. 시멘트 담에 조금씩 몸을 붙여 본다. 몸을 붙일수록 그림자는 조금씩 남자의 뒤편으로 물러서더니 서서히 담 그림자에 묻힌다.

내가……. 그 순간, 남자는 가슴 밑바닥에서부터 서서히 올라오는 자신의 목소리를 듣는다. 왜……. 바닥에 새겨져 있던 그림자가 어느새 완벽하게 지워져 있는 것을 남자는 말없이 내려다본다. 여기에……. 그곳까지 남자를 따라온 옥상용 플렉스 간판은 남자가 서 있는 골목길을 깜빡, 불을 밝히며 비추고 있다. 있는…… 거지?

골목에는 마침 한 줌의 바람, 먼 우주를 돌다 온 휘파람이 분다. 남자는 천천히 자신의 얼굴을, 목과 등을, 허리와 다리를 만져 본다. 잠시 후 남자의 손안에 남은 건 새벽바람뿐, 몸을 기억하는 감촉은 어디에도 없었다.

등 뒤에

1

가방을 내려놓고 코트를 벗는데 책상 위의 보라색 상자가 눈에 들어온다. 상자 안에는 초콜릿이 들어 있는 모양이다. 상자에서 새어나온 흙색의 단물이 책상 위에 희미하게 번져 있는 것을 그녀는 물끄러미 내려다본다. 티슈 한 장을 뽑아 책상의 얼룩을 닦아 내는 동안, 상자 주변에 모여 있던 개미들은 어디든 숨을 곳을 찾아 분주히 도망간다. 티슈를 버리고 가장 뒤처진 개미 한 마리에 손가락 끝을 가볍게 대 본다.

점 하나의 크기로만 존재하는 가볍고 작은 피조물은 이내 그녀의 손끝에서 생과 사의 좁은 간격을 넘는다. 지금,

이 작은 생명체가 감당해야 하는 고통은 대체 어느 정도
인 걸까. 바로 이 순간이 영원한 소멸이라는 것을 의식하
고 있기는 한 것일까.

— 정말 정성이다, 정성. 이번엔 초콜릿인가 보네?

마침 옆에 앉아 있던 N이 그녀 쪽을 올려다보며 말을
걸어온다. 그녀는 개미를 누르던 손을 스커트에 쓱 문지르
며 가벼운 목례로 N에게 뒤늦은 인사를 한다.

— 근데 그 애, 혹시 레즈 아냐?

— 네?

— 교사 생활 15년 동안 여선생을 그렇게 좋아라 쫓아
다니는 여학생은 첨 봐서 그래. 생각할수록 정말 이상한
애야.

N은 그렇게 말하며 미간을 좁힌다. 생각하는 것만으로
도 불쾌하다는 듯한 표정이다. 그녀가 인정하고 있고, 그녀
의 주변 사람들 모두가 인정하듯이 M에겐 확실히 그런 면
이 있다. 하지만 M의 무엇이 그 애를 이상한 아이로 몰아
가는 건지, 사람들로 하여금 그 애에게 다가가는 것을 주
저하게 만드는 건지 그녀는 알지 못한다. 웃어도 메마른
조소로 비쳐지고 울어도 관심을 끌려는 엄살로만 보이는
그 알 수 없는 분위기는 그 애의 시선이 닿는 모든 타인들
을 제풀에 지치게 만든다. M은, 이 학교의 유명한 왕따 소
녀이다.

1교시 종이 치기 전 그녀는 교과서와 출석부, 그리고 지시봉을 챙겨 교무실을 나온다. 복도는 뒤늦게 매점을 다녀오는 아이들로 북적이고 있다. 아이들의 옷깃에서, 그리고 그들이 몰고 온 겨울바람에서 혼합된 음식 냄새가 묻어난다. 몇 발짝 걷지도 못한 채 그녀는 한 손으로 벽을 짚으며 숨을 고른다.

입덧은 내력이다. 어머니는 입덧을 견딜 수 없어 세 번의 임신 때마다 아버지 몰래 자연유산을 시도했었다. 부주의한 둘째 이모로부터 이 비밀을 들은 날, 밤새도록 악몽에 시달렸던 기억이 있다. 하지만 그녀의 어머니는 2년씩 터울이 지는 세 명의 아이들을 모두 순산했고 20대 후반과 30대 초반을 반복되는 극심한 산후 우울증으로 소모했다.

아이들을 얼러 주고 다독이는 시간보다 외면하고 방치하는 시간이 더 많았던 어머니는 결국 세 명 중 두 명의 아이들을 잃고 말았다. 그들이 각각 세 살, 다섯 살 무렵이었다. 꼭 어머니 탓이라고는 말할 수 없겠지만, 어쨌든 그 사건 이후 그녀는 어머니와는 좀처럼 가까워지지 않는 부류의 소녀로 성장하게 됐다.

오랫동안 잊고 있었던 동생들을 다시 만난 건 어머니가 지병인 폐암으로 눈을 감은 직후였다. 입원실 밖 복도에 쭈그리고 앉아 무언가를 속삭이며 소리 낮춰 웃고 있던 두 소녀가 동생들이란 걸, 열여섯 살의 그녀는 거의 본능적으로 알 수 있었다. 무서움을 이기며 다가가자 아이들은 무너진 시뮬레이션 화면처럼 그 자리에서 흔적 없이 사라지고 말았다.

그날 이후부터 그녀의 등 뒤를 서성이던 소녀들은 그녀와 함께 나이를 먹어 갔다. 시간이 지날수록 소녀들은 조금은 날카롭고 예민하게 성장해 갔다. 호기심과 동경으로 그녀의 어깨 너머를 바라보던 그들은 언제부터인가 적의와 질투뿐인 시선으로 그녀의 등뼈를 꿰뚫고 지나가기 시작했다. 밥을 먹다가도, 차를 마시며 책을 읽다가도 그녀는 자신의 살아 있음을 격렬하게 질투하는 그들의 시선을 느꼈다.

지금, 입덧으로 구토를 참고 있는 이 순간에도, 그녀는 그들의 속삭임과 낮은 웃음소리 때문에 귀가 간지럽다.

결국 참지 못하고 벽에 어깨를 기댄 채 몇 번이나 헛구역질을 하는 그녀의 모습을 서너 명의 아이들이 흘깃거리며 스쳐 간다. 학교는 소문이 빠르다. 아직 미혼인 자신이 몇 번 더 이런 모습을 들킨다면 그녀는 방학이 오기 전에 교장실로 조용히 불려 가 점잖은 사직 권고를 받게 될지도 모른다. 적어도 이번 달 안에는 병원에 가야 한다. 그 생각만으로도, 나약한 육체를 괴롭히던 강렬한 구토의 욕구는 순식간에 가라앉는다.

잰걸음으로 화장실에 들어서자 마침 1교시 시작을 알

리는 차임벨 소리가 들려온다. 후다닥, 문을 열어젖히고 뛰쳐나오는 아이들은 저마다 급하게 회색빛 교복 치마를 잡아 내리고 있다. 아이들이 발 빠르게 화장실을 빠져나가는 동안, 그녀는 화장실 구석에 우두커니 선 채 천천히 숨을 가다듬는다.

— 아침부터, 재수 없어.

2학년 11반 반장의 목소리다. 고개를 들어 그 아이 쪽을 쳐다보기도 전에, 그녀는 이미 전의를 상실한다. 그녀와 아이의 시선이 잠시 허공에서 부딪힌다. 찰랑거리는 단발머리 안쪽에 자리한 날렵한 모양의 귓바퀴엔, 언제나처럼 좁쌀만 한 귀걸이가 하나 박혀 있다.

작년 1학기 중간고사 기간, 그녀는 벌점 40점을 매긴 벌점 카드를 저 애의 얼굴에 던지고는 두어 번 뺨을 때린 적이 있다. 내내 흥분 상태였기 때문에 주변을 의식할 만한 여유는 없었다. 벌점 카드의 위반 항목 칸에는 귀를 뚫었다는 내용을 적었을 것이다. 선생님, M이 반장 답안질 베꼈어요, 저희가 다 증인이에요. 가위를 들고 있던 아이들 중 한 명이 돌아서려는 그녀를 붙들고 다급하게 그런 말을 하기도 했다. 그래서, 그래서 너희는 반장이 시키는 대로 M의 교복을 이렇게 찢어 놓은 거니? 그 아이의 멱살이라도 잡고 소리쳐 묻고 싶었지만 그녀는 이내 그 자리에서 딱딱하게 굳어 버리고 말았다.

누가 봐도 처절한 피해자처럼 블라우스와 스커트가 갈기갈기 찢긴 채로 교실 바닥에 엎드려 있던 M이 어느 순간부터 뚫어지게 그녀를 올려다보기 시작했던 것이다. 그때의 M의 표정을 잊을 수가 없다. 오랫동안 혼자였으나 이제 더 이상 자신이 혼자가 아니라는 것을 알게 된 사람만이 지어 보일 수 있는 그런 표정이었다. 순간, 언제나 등 뒤편에서 그녀의 모든 행동을 적대적으로 지켜보곤 하던 죽은 동생들의 눈빛이 떠오르면서 견디기 힘든 부끄러움과 감당할 수 있는 수준을 초과하는 부담감이 한꺼번에 밀려왔다.

학생들 틈에서 보란 듯이 M을 도운 것은 교사로서의 소명이나 신념을 믿지 않는, 아니 애초부터 그런 단어를 품어 본 적조차 없는 사람에게는 전혀 어울리지 않는 돌발 행위였다는 질타의 목소리가 등 뒤에서부터 나직하게 들려오는 듯했다.

팔짱을 끼고 있는 11반 반장은 여전히 빳빳이 고개를 든 채 그녀 쪽을 쏘아보고 있다. 그 사건이 일어나고 일주일 후, 그녀는 교장실로 불려 갔고 학교 운영 위원회의 학부모 대표 자리를 차지하고 있던 저 애의 어머니 앞에서 시말서를 써야 했다.

하지만 시말서를 쓰는 것보다 난감했던 건 M의 바뀐 태도였다. M은 자신의 삶에서 구할 수 있는 온갖 귀한 것은 하나도 빠짐없이 그녀에게 바치기로 결심한 사람처럼 단한 번의 예외도 없이 일주일 간격으로 선물을 해 오기 시작했다. 수업 시간에 별 생각 없이 치즈케이크가 생각난다는 말을 한 날, M이 폭우를 뚫고 그녀가 선호하는 상표의 치즈케이크를 사다 주었을 땐 섬뜩함에 할 말을 잃기도 했다. 그날 이후로, M을 똑바로 바라보는 건 더더욱 힘들어지고 말았다.

잠시 후, 여느 때처럼 그녀는 11반 반장보다 먼저 시선을 돌린다. 교사용 화장실 칸으로 들어가 거칠게 문을 걸어 잠그는데 낮은 비웃음 소리가 닫힌 문을 통과하여 그녀에게 닿는다. 그녀는 타일 벽에 기대서서 또 한 번의 통증이 지나가는 아랫배를 보듬는다. S에겐 아직 아무런 얘기도 하지 못했다. 언제부터인가 S와는 긴 대화를 하지 않게 됐다.

어젯밤, S는 잔뜩 술에 취한 채 그녀의 아파트를 찾아왔었다. 새벽 4시쯤엔 언제나처럼 S의 신음 소리 때문에 저절로 잠에서 깼다. 어제도 S는 꿈속에서 그 미결수 병사를 만나고 있었을 것이다. 군에서 형성된 S의 기억은 현실과 불과 한 뼘 떨어진 곳에 있어서 그는 언제나 그렇듯 손쉽게 자신의 기억 속으로 들어가 스스로 의식의 입구를 밀봉할 수 있었다. 꿈의 내용은 늘 같았다. 미결수 병사는 헌병처럼 철창 밖에 서 있고, 헌병이었던 S는 철창 안에 갇힌 채 성경을 읽고 있다. 어느 순간 미결수 병사가 철창문을 열고 들어와 벽을 향해 정좌하고 있던 S의 목을 조르기 시작하면서 S의 고통은 고조된다.

S는, 혼자서는 좀처럼 꿈에서 깨어나지 못했다. S의 어깨를 흔들어 깨워 준 날도 물론 많았다. 꿈에서 깨어난 S가 더 이상 꿈속에 있지 않다는 걸 일깨우기 위해 있는 힘껏 그의 등을 보듬어 준 적도 있었다. 살려 줘. 어젯밤, 희미하지만 간절하게 속삭이던 S를, 그러나 그녀는 깨우지 않았다. 그 대신 두 손으로 S의 목을 헐겁게 잡아 보았다.

어제 S를 찾아왔던 그 미결수 병사는 S의 꿈, 작은 틈새를 열고 나와 사색이 된 얼굴로 그녀를 빤히 올려다봤을지도 모르겠다. 그리고 S는, 무의식의 밑바닥에서 여느 날보다 훨씬 더 현실적이고도 구체적인 고통을 느꼈을 것이다.

옷을 다시 추슬러 입고 스웨터 주머니 속에서 보라색 상자를 꺼낸다. 상자 안에는 이미 녹아서 경계가 희미한 하트 모양의 초콜릿들이 무질서하게 엉겨 있다. 한눈에 봐도 편의점이나 제과점에서 산 것이 아니라 직접 손으로 만든, 시간과 정성이 많이 들어간 초콜릿임을 알 수 있었다. 뚜껑 안쪽에 붙어 있던 파스텔 톤 엽서는 읽지도 않은 채 쓰레기통에 버리고, 상자 안의 초콜릿은 하나도 빠짐없이 변기 안에 쏟아붓고는 레버를 내린다.

그녀는 M의 선물과 편지를 매번 이렇게 처리하고 있다.

그러나 이 때문에, 그 외톨이 여학생에게 미안한 마음을 품은 적은 단 한 번도 없다.

2

2교시 수업을 끝낸 후 교무실로 돌아가 머그잔에 커피를 탄다. 2교시에 수업이 없었던 N은 쿠션에 얼굴을 묻은 채 곤한 잠을 자고 있었다. 그녀는 교과서와 머그잔을 책상 위에 올려놓고 소리 나지 않게 의자를 빼서 자리에 앉는다.

뒤척이던 N이 그녀 쪽으로 고개를 돌린다. 어제도 과음을 한 모양인지 N이 내뱉는 숨결에는 어렴풋하게 술 냄새가 배어 있다. 그녀가 아는 한 이 지구상에서 가장 말하는 것을 좋아하는 N은 요즘 들어 술 냄새를 풍기며 출근할 때가 많다. 아무도 없는 빈방에 앉아 술잔을 기울이며 끊임없이 혼잣말을 중얼거렸을 N을 떠올리는 것은 매번 필요 이상의 상념을 불러일으킨다. 그녀는 창가 쪽으로 고개를 돌린다. 창밖의 하늘은 금세라도 눈발을 쏟아 낼 것 같은 두터운 먹빛 구름으로 가득 차 있다.

― 눈이 오려나 봐.

어느새 잠에서 깼는지 N의 푹 꺼진 목소리가 그녀의 귓가에 닿는다. 고개를 돌려 N 쪽을 바라보며 그러게요, 그녀는 건성으로 대답한다. 제때제때 대답하지 않으면 꼭 한 번은 N의 핀잔을 들어야 한다.

— 어쩌나. 다음 시간엔 애들 또 노래 불러 달라, 첫사랑 얘기 해 달라, 난리 치겠네.

그렇게 말하며 N은 상체를 일으킨다. 벌써부터 교무실 창문을 열고 과거로 걸어가고 있을 N의 눈동자는 그새 푸르게 젖는다. 지금 N의 머릿속에서 투항하듯 끌려 나오고 있는 그녀의 첫사랑은 누구일까. 도피성 유학을 가 버렸다는 까마득한 시절의 운동권 출신일 수도 있겠고, 이름만 대면 알 수 있다는 진보 진영의 기자일지도 모르겠다. 혹은 이미 몇 편의 예술적인 단편영화를 제작했다는 그 무명의 영화감독일 수도 있을 것이다. 아니, 어쩌면 그들이 모두 혼합된 가공의 인물일지도 모른다. N의 과거 속에는 그토록 나이를 먹지 않는 순수한 청년들만이 살고 있다. 가끔씩 술자리가 있을 때마다 그녀에게만 속삭이듯 얘기해 주던 그 남자들을, 그러나 그녀는 믿지 않는다. 운동권 출신의 유학생은 기자가 되기도 했고 기자는 무명의 영화감독이 되기도 했으며 무명의 영화감독은 다시 운동권 출신이 되기도 했다. 그녀가 정색을 하며 그들의 자세한 신상 명세에 대해 꼬치꼬치 캐묻는다면, N은 놀란 얼굴로 빤히 그녀를 쳐다보다가 이내 절망적인 표정이 되어 아이처럼 울어 버릴지도 모른다.

— 한 선생님! 오늘 저 대신 자율 학습 감독 좀 맡아 주실 수 있냐니까요?

가까이서 들려오는 누군가의 목소리에 그녀는 그제야 주위를 둘러본다. 늘 허름한 운동복만 입고 다니는 체육과의 K가 이미 그녀 옆에 바투 선 채 그녀를 내려다보고 있었다. N이 새침하게 표정을 바꾸더니 생물과 교사용 지도서를 와락와락 넘기기 시작한다. 40대의 이혼남인 K가 또래인 N을 마음에 두고 있다는 소문은 그녀 역시 들어 알고 있었다. 그녀는 K에게 애서 미소를 지어 보이며 괜찮을 것 같다고 말한다. K는 이내 환하게 웃으며 가벼운 목례를 한 후, 황급하게 교무실을 빠져나간다.

— 정말 웃겨. 저번 주엔 나한테 뭐랬는지 알아? 글쎄, 같이 여행을 가자는 거야. 내가 미쳤어? 대머리 이혼남이랑 여행을 가게?

어느덧 그녀 쪽으로 바짝 몸을 밀착시킨 N이 낮은 목소리로 속삭인다. 그녀는 고개를 주억거리면서도 이미 붉게 물들어 있는 N의 귓바퀴를 물끄러미 바라본다. K가 N을 마음에 두고 있다는 소문만은 N의 머릿속에서 각색된 레퍼토리가 아니면 좋겠다고 생각하면서.

— 근데, 자기는 결혼 언제 해?

N이 또 한 번 은밀하게 그녀의 귓가에 대고 묻는다. N에게 말한 적이 없는데도 N은 그녀에게 만나는 사람이 있다

는 걸 알고 있었다. 기껏 "아니" 혹은 "그래"로만 이루어진 S와의 통화를 엿들으며 연인들만의 달콤한 밀어로 받아들이기도 한다. 물론, N에게 S의 얘기를 한다 해도 그건, 전혀 흥미를 끌 만한 것이 못 된다는 것을 그녀는 알고 있다. 가령 과거를 호출하여 현재를 마모한 후, 그 고통으로 충분히 대가를 치른 것이라고 믿는 S의 어리석음에 대해 이야기한다면 N은 이내 하품을 하면서 화제를 돌리려 할 것이다.

— 자기는 그 버릇 좀 고쳐야 돼. 얘기하다가 혼자 딴생각하는 버릇.

곁에선 N이 역시나 잊지 않고 볼멘소리를 한다. 그게 아니라, 말끝을 흐리는 그녀의 얘기에는 반응도 없이 N은 그저 무표정한 얼굴로 교과서와 출석부를 챙기며 수업 준비를 하기 시작한다. 그녀는 자신으로부터 얼굴을 돌린 N의 옆모습을 바라보다가 다시 창밖으로 시선을 가져간다. 누군가 성급하게 이 도시의 조명을 꺼 버린 것처럼, 창밖은 여전히 뿌옇고 어두웠다. 그녀는 차갑게 식은 쓴 커피를 마시며 흑색의 바람만이 나부끼는 운동장을 오랫동안 지켜본다.

3

처음부터 그럴 의도는 아니었지만, 그녀에게는 S가 첫 연애 상대였고 또한 유일한 상대였다. 그녀의 젊은 날엔 가공으로 만들어 낼 만한 청년조차 등장하지 않았다. 물론 S와 헤어져야겠다는 생각을 한 날도 없지 않았다. 임용 고사학원 앞의 전화박스에서 S의 부대로 전화를 건 날도 그런날들 중의 하루였다. 몇 명의 사람들을 거쳐 S가 전화를받았을 때, 그녀는 늘 생각해 왔던 대로 무심히 이별을 통보했었다. 이유는 없었다. S는 이유가 없다는 그녀에게 이유를 대라며 고래고래 소리를 질렀다. S의 연이은 고함을듣다가 그녀는 수화기를 내려놓았다. 여느 날과 다를 것없는 하루였다. 그녀는 평소대로 다시 학원으로 돌아가 밤10시까지 수업을 들었고 학원 내 간이 도서관에서 한 시간가량 복습을 하기도 했다. 모든 것이 너무 쉽고 자연스러워서 집에 돌아갈 땐 S의 이름조차 낯설어졌다. 그리고S는, 진정 그녀의 삶에서 삭제된 듯했다.

S를 다시 만난 건 그날로부터 1년 정도가 지난 후였다. 제대 후 자신을 찾아올 거라고는 예기치 않았기에 술에취한 채 집 앞 가로등 아래 쓰러져 있던 사복 차림의 S를알아보는 데에는 오랜 시간이 걸렸다.

사람이 죽었어. 아니, 사람을 죽였어.

밤새도록 문을 열어 놓은 집 근처의 호프집에서, 그리고S는 말했다. 불안감을 호소하는 듯 심하게 흔들리던 S의 눈동자를 외면하기 위해 그녀는 연거푸 차고 쓴 맥주를 마셨다. 아주 훗날에야 S는 자신의 군 생활은 전화기 너머로 이별의 통보를 받은 그 저녁의 추위에서부터 시작되었노라고 말해 주었지만, 그녀는 이미 그때부터 S의 본심을 짐작하고 있었다. 그 모든 것에 그녀의 책임이 어느 정도 있으며, 그러니 자신의 허락 없이 다시는 떠나서는 안 된다고 말하고 싶은 그의 본심을, 이미 우리는 인생의 공범자들이며 보잘것없고 쓰라린 미래만을 공유하고 있다고 강변하고 싶어 했던 그 터무니없는 마음까지도.

해병대 내 영창에서 헌병으로 근무하는 동안, 철창 밖이 철창 안으로 혼동되기도 했고 때로는 철창 안의 미결수들이 감시자처럼 여겨졌노라고, 맥주잔을 내려놓는 그녀의 손을 잡으며 S는 다시 말했다. 그녀의 전화 한 통 이후, S는 실연의 아픔이 아니라 정확하게 양분되지 않는 세상의 혼란 때문에 이따금 정신적 공황 상태에 빠졌을 것이다. 어느 날, 철창 문을 열고 들어가 정좌한 채 생각에 잠겨 있던 푸른 죄수복의 미결수 병사들을 군홧발로 내리찍었던 것이나 가끔씩 그들을 끌어내 철창에 매달아 놓고 한 사람씩 돌아가며 구타하도록 지시했다는 S의 이어지는 고해성사를, 그녀는 인내심을 갖고 들어 주었다.

그런데 그놈이 죽고 만 거야. 괜찮았는데……. 처음 1년은 정말 견딜 만했는데……. 근데 그놈이 성경책에 숨겨 둔 거울로 그날 밤 동맥을 끊고는……. 젠장, 나만 그랬던 건 아니었다구!

그녀는 놀라지 않았다. 그저, 얼굴에 핏기가 몰리도록 새되게 소리를 지른 후 곧바로 숨이 넘어갈 듯 키득키득 웃어 대던 S의 등을 쓸어 주며 괜찮다는 말만 되뇌었을 뿐이다. 어느 순간 마주 보게 된 S의 눈동자는 젖어 있었다. 이제 다시는 S와는 헤어질 수 없는 자신의 미래를, 그리고 그녀는 조심스럽게 예감했다. S의 곁으로 바짝 다가앉은 그녀는 S의 손을 끌어 와 자신의 스웨터 속에 집어넣었다. 추위로 인해 까칠하게 터져 있던 S의 손에는 이내 땀이 차 왔다. 그날 이후 주절거림과 침묵, 까칠한 손과 젖은 가슴이 전부였던 S와의 연애는 꽤 오랫동안 유지됐다.

그리고 많은 시간이 흘러갔다.

시간이 어떤 방식으로 S를 치유한 건지 정확히 알 수는 없지만, 어쨌든 이제 S는 오로지 악몽 속에서만 과거와 조우할 뿐, 타인의 손길에서 위로를 얻는 나약한 짓은 하지 않는다. 함께 잠을 잔 후 맞게 되는 아침이 오면, S와 그녀는 분주히 출근 준비를 한 후 한 줌의 진심도 얹혀 있지 않은 인사를 나누고 각자의 직장으로 떠났다. 가끔은 편한 자세로 누워 텔레비전을 보거나 신문을 읽는 S의 등 뒤에 서서 사람을 죽였잖아, 말하고 싶은 욕구를 그녀는 참기 힘들었다. 아직까지, 그녀는 잘 참아 왔다. 생각보다 크고 관대한 인내심으로. 그 말만 하지 않는다면 S가 먼저 그녀

곁을 떠나는 일은 일어나지 않을 것이다.

그러니까 3년 전 호프집에서의 예감대로, 그녀와 S의 하루하루는 언제나 보잘것없고 쓰라린 미래로 대체되고 있는 셈이다. 하지만 그건, 사실 그 누구의 잘못도 아니다.

4

점심시간 전인 데다 흐린 날씨 탓인지 아이들은 수업 내내 다른 생각에 빠져 창문 밖을 흘끗거린다. 종 치기 10여 분을 남겨 놓고 그녀는 선심 쓰듯 아이들에게 자율 시간을 준다. 몇몇 학생들은 벌써부터 운동화 끈을 여미며 카운트다운에 들어간다. 몇몇은 책상에 고개를 파묻고 또 다른 몇몇은 어제 방영됐던 드라마나 최근 스캔들이 난 연예인들에 대해 떠들기도 한다. 그녀는 창가에 기대서서 일몰 직전처럼 시시각각 어두워지는 운동장을 뚫어지게 내려다보다가 종이 치자마자 조용히 교실을 빠져나온다.

대부분의 교사들이 점심 식사를 하러 갔는지 교무실은 한적하다. 처음 입덧을 시작한 이후로 그녀는 학교에서는 식사하지 않는다. 허기를 견딜 수 없으면 매점에서 빵과 우유를 산 후 빈 교실로 찾아들어 허겁지겁 먹곤 했다. 사이사이 밀려오는 구토감 때문에 그마저도 제대로 먹어 본 적은 별로 없다.

— 종말이 오려나.

책상에 앉아 출석부를 정리하는데 등 뒤에서 교감의 낮은 목소리가 들려온다. 슬쩍 뒤를 돌아본다. 창가에 서서 뒷짐을 진 교감은 정말로 거대한 불행을 엿본 늙은 점술가처럼 길게 한숨을 내쉰다. 이제 창밖은 완연히 어두워졌다. 교무실 벽에 걸린, 정오를 알리는 벽시계의 시침과 분침이 거대한 거짓말처럼 여겨지고 운동장 너머의 주택가는 재앙을 앞두고 일제히 전기가 끊겨 버린 도시처럼 적막하고 스산해 보인다.

— 교감 선생님! 우리 모두 회개나 할까요? 자, 자, 회개하세요. 그래야 천당 갑니다.

교무실 구석, 개수대에서 이를 닦고 있던 1학년 주임이 여기저기 치약을 튀기며 그렇게 말하자 몇몇 교사들의 웃음소리가 교무실을 잠시 헐겁게 채운다. 창밖에선 종말 전날의 사실적인 효과음 같은 메마른 각목 소리가 아까부터 스산하게 울려 퍼지고 있다.

그녀는 출석부를 도로 덮고 자리에서 일어나 창가로 걸어간다. 열 명 정도의 아이들이 축구 골대 근처에서 체벌을 받고 있었다. 아침에 지각을 했거나 학교의 사소한 규율을 어긴 아이들일 터이다. 엎드린 아이들의 엉덩이에 각목을 휘두르는 K의 허름한 체육복이 바람에 너울대는 것을 그녀는 말없이 내려다본다. 누구보다 선량하게 웃을 줄 아는 K지만, 각목을 휘두를 때의 K는 간혹 근원을 알 수 없는 어떤 광기에 사로잡힌 사람처럼 보이기도 한다.

그 새끼가 자꾸 목을 졸라.

S는 악몽에서 깨어날 때마다 같은 말을 반복했다. 그럴 땐, 아침마다 깔끔한 슈트를 차려 입고 은행으로 출근하는 S의 일상적인 모습이 상상이 되지 않았다. 게다가 S는 친절한 미소를 잃지 않은 채 고객들과 상담을 하는 역할을 배당받은 사람이다. 예전처럼 괜찮다는 말을, 그녀는 해 주지 않았다, 단 한 번도. 다만 아주 조용히 S의 고통을 비웃어 주었을 뿐이다, 여동생들과 함께, 오랫동안.

다행히 일찍 점심을 먹고 교실을 나선 아이들이 하나씩 둘씩 운동장으로 모여들면서 S의 잔영도 자취를 감춘다. 아이들은 메마른 각목 소리에도 아랑곳하지 않고, 눈발이 날리기 시작한 운동장 한가운데를 쏘다니며 알에서 갓 부화한 새끼 새들처럼 깔깔거리고 있었다.

— 여기 있었네?

N이다. N이 곁으로 다가와 그녀 곁에 선다. 창문엔 이내 창백한 얼굴빛의 두 여자가 갇힌다. 마치 부조리극의 여배우들 같다. 창문에 반사되어 비치는, 교무실의 희미한 형광등이 침묵하는 두 배우를 비춘다. N이 흘끗 그녀를 본다.

— 근데 자긴 웬 식은땀을 이렇게 흘려? 그래 가지고 어

디 자율 학습 감독하겠어?

손을 뻗어 그녀의 이마를 만져 보려는 N으로부터 그녀는 한 발 물러선다. 이럴 때, N의 이마는 불쾌감으로 붉게 젖는다. 얼떨결에 그녀는 웃는다. N이 고개를 갸웃한다. 그녀는 입가를 아프게 올려 더 크게 웃는다. 불필요한 이유로, 불필요한 에너지를 쏟으며 누군가와 불편한 관계를 만들고 싶진 않다. 그런 사람은 어머니 한 명으로도 충분했다.

— 역시 애들은 애들이야. 저렇게도 좋을까.

다행히 기분이 풀렸는지 N이 그새 창밖으로 고개를 돌리며 혼잣말처럼 중얼거린다. 그녀도 N의 시선을 따라 어느새 함박눈이 되어 버린 눈송이를 맞으며 뛰어다니는 아이들 쪽을 바라본다. N의 말대로 서로를 밀치고 잡아당기다가 허리를 끌어안고 웃어 대는 아이들 한 명 한 명은 천진해 보인다. 하지만 저 잿빛 교복의 긴 행렬 속에 M은 없다. M은 영원히, 절대로 저 행렬에 끼어들 수 없을 것이다.

어머니는 먼저 막내를 버렸다. 두 동생들이 각각 소파와 거실 바닥에 누워 숨넘어갈 듯 울던 날이었다. 소파에 누워 있던 막내를 베란다 창밖으로 먼저 버린 후, 어머니는 침착하게 돌아와 식탁 쪽으로 도망가던 둘째를 끌어 와서는 역시 아무렇지도 않게 베란다 너머로 버렸다. 군인이었던 아버지는 몇 번이나 벽장 속 금고에 숨겨 놓았던 리볼버를 꺼내서 뚫어지게 내려다보곤 했지만 실탄 없는 총이 변화시킬 수 있는 건 아무것도 없었다. 막상 일곱 살의 그 녀가 울면서 그 얘기를 하면 그는 건조하지만 애정 어린 눈빛으로 마지막 남은 딸의 머리를 쓸어 주며 꿈을 꾼 것에 지나지 않는다고 말해 줬다.

그건 사고였다. 모두들 그렇게 말했다. 실제로 베란다의 낮은 창살 난간은 사고 이후 밖으로 휘어진 채 끊어져 있었다. 심지어 앞 동에서는, 동생들이 장난을 치다가 부실한 베란다 난간을 부수며 한꺼번에 떨어지는 것을 보았다는 증인이 나타나기도 했다.

그래, 꿈이었을 것이다. 아니, 확실히 그건 꿈이었다. 막내 이모에게서 어머니의 유산 시도에 관한 얘기만 듣지 않았어도 결코 상상할 수 없었을 한심한 꿈이었다. 그럼에도, 그 모든 것이 꿈이고 상상인 줄 알면서도, 그녀는 오랫동안 그런 공상 속으로 들어갈 수밖에 없었던 자신의 마음을 이해할 수 없어 괴로웠다. 그 일 이후 어머니는 텔레비전에서 2미터 남짓 떨어진 지점에서 남은 인생의 9할 이상을 보냈다. 연약한 폐로부터 번지기 시작한 암 덩어리를 소중하게 키워 가며. 가끔은 안방 문을 걸어 닫고 오랫동안 울기도 했지만 그 울음을 아버지도, 그녀도 위로해 줄 순 없었다.

열여섯 살 이후, 아버지의 새 가정으로는 들어가지 않았다. 그곳은 그녀가 들어갈 수도 없고, 들어가서도 안 되는 세계였다. 아무리 세월로부터 부지런히 도망가도 그런 세계는 늘 주변에 존재했다. 가질 수도 없고, 갈 수도 없는 세계에 그녀는 결코 동경이나 호기심을 품지 않았다. 그것이, 그녀가 터득한 삶의 진리였다.

언젠가는 M에게도 유일하게 터득한 이 명쾌한 삶의 진리를 말해 줄 것이다. 그것이 너의 인생이라고, 그 어디에도 함부로 편입될 수 없는 삶이, 잔인할 만큼 고독한 인생이 바로 너의 것이라고, 그녀는 침착하게 얘기해 줄 생각이다. 물론 그때는 M의 눈을 똑바로 바라볼 것이며 말을 더듬는 어리숙한 행동 따위는 절대로 하지 않을 것이다. 그 생각만으로도, 그녀는 가슴이 뛴다.

어느새 수업을 알리는 기계적인 차임벨이 학교 전체에 울린다. 운동장을 가득 메웠던 아이들이 학교 건물 안으로 빠르게 숨어들기 시작한다. M은, 여전히 보이지 않는다.

— 한 선생! 수업 안 가?

N은 이미 교무실 출입문 근처에 가 있다. 이제 검은 창문에 갇힌 사람은 그녀뿐이다. 종말 직전의 마지막 남은 하루, 전기가 끊긴 어두운 도시를 겁 없이 헤매다 온 사람처럼 유리창에 비치는 그녀는 몹시 지쳐 보인다. 그녀는 두 동생들이 손을 흔들며 제발 자신들을 봐 달라고 외치는 창밖의 세상으로부터, 아주 천천히 돌아선다.

5

정규 수업이 끝나고 청소 시간마저 지나가면 학교는 공포 영화의 세트장처럼 쓸쓸하게 남겨지기 마련이다. 불이 켜지는 곳은 건물 5층에 자리한 열람실과 복도, 화장실뿐이다. 자율 학습을 신청한 아이들은 반에서 다섯 명 남짓이었으므로 한 층 전체를 터서 만든 열람실은 단 한 번도 꽉 찬 적이 없다. 좌석표와 자율 학습 일지를 들고 열람실로 들어가니 50명 정도의 학생들만 군데군데 띄어 앉아 공부를 하고 있었다. 수학 능력 시험이 끝나 3학년 학생들이 빠져나간 데다 정기적으로 자율 학습을 빠지는 학생들로 인해 열람실은 더더욱 헐거워 보인다. 어차피 자율 학습 1교시가 끝나면 이들 중의 절반 이상이 학교 근처의 게임방이나 노래방으로 자리를 옮길 것이다.

그녀는 김이 올라오는 머그잔을 교탁에 올려놓고 조용히 열람실을 빠져나온다. 컴컴한 복도를 걸어가는 동안, 구두 굽 소리는 긴 메아리를 만들며 복도 뒤편으로 물러났다가 이내 그녀의 긴 그림자 쪽으로 바짝 쫓아오기를 반복한다.

— 선생님!

3층 복도에 다다른 순간, 익숙한 목소리가 방향을 가늠할 수 없는 어딘가에서 들려온다. 놀란 얼굴로 그녀는 주위를 둘러본다. 그 목소리가 M이라는 걸 알고 있었으면서도 복도 끝에서 그녀에게로 천천히 다가오는 M의 얼굴을 확인한 순간, 그녀는 반사적으로 한 발 물러선다.

— 아, 아직 집에 안 간 거야?

어느새 앞으로 바짝 다가온 M을 난생처음 보는 사람처럼 낯설게 쳐다보며 그녀는 조심스럽게 묻는다. M이 머리를 긁적이며 고개를 끄덕인다. 희미하지만 M의 목덜미가 붉게 변해 가는 것을, 그녀는 괴로운 듯 얼굴을 찌푸리며 건너다본다.

— 참, 선생님! 그건 맛있었어요?

짐짓 쾌활하게 웃으며 M이 다시 묻는다. 그녀는 애써 M의 시선을 피한 채 맛있었다고, 정말 맛있는 초콜릿이었다고 주섬주섬 말한다.

— 에이, 우리 선생님 거짓말도 하시네.

— 뭐, 뭐?

— 제가 직접 만든 건데…… 왜 안 드셨어요?

— ……!

그녀는 벌어진 입을 다물지 못한 채 두 눈만 끔뻑이며 M을 바라본다. 화장실 휴지통에 버리고 온 보라색 포장지와 상자, 엽서 등이 하나하나 떠오르면서 이 상황에 어울릴 만한 대사들은 모두 자동 삭제된다. 괜찮아요. M은 이미 다 알고 있었다는 듯 어른스럽게 미소를 지어 보이며 한 발 더 가까이 그녀에게로 다가선다.

— 괜찮아요, 선생님. 담번엔 더 잘 만들어 볼게요.

스스로에게 다짐이라도 하듯 한마디 한마디에 힘을 주어 M은 속삭인다. 마침 자율 학습실에서 몰래 빠져나가려는 두 명의 여학생들이 계단을 내려오는 게 보인다. M이 다급하게 꾸벅, 인사를 하고는 아래층으로 잽싸게 뛰어 내려가기 시작한다. M이 시야에서 완전히 사라질 때까지 그녀는 그 자리에서 꿈쩍도 하지 않는다.

영어 왜 저래? 뭘, 원래 저러잖아. 여학생들은 아무렇지도 않게 그녀에 대해 떠들며 그녀 곁을 스쳐 간다. 그녀는 그들을 잡지 않는다. 잡아서 반과 이름을 확인한 후 출석부에 표시를 하지도 않는다. 그녀는 다만 자신이 왜 여기에 이렇게 가만히 서 있는가만을 생각하고 또 생각할 뿐이다.

한참 후에야, 두 명의 여학생들까지 모두 사라진 후에야, 그녀는 계단을 통해 1층 로비로 내려간다. 로비의 열린 현관문을 통해선 눈송이가 휘날려 들어오고 있었다. 미끈거리는 시멘트 바닥을 통과해 눈길로 접어든다. 발목까지 차오르는 눈 때문에 이내 복사뼈 부위가 시려 온다. 길은 완벽하게 타인의 흔적을 가리고 있었다. 건물 뒤편으로 돌아가 조리실과 이어지는 작은 공터 쪽으로 걸음을 옮긴다. 공터엔 잔반통 역할을 하는 주황색 플라스틱 양동이들이 눈발을 피하기 위해 길게 차양을 낸 그늘 아래로 빼곡하게 줄지어 있었다. 점심과 저녁 급식 후에 남은 음식물 쓰레기는 체에 걸러 수분을 뺀 다음 저 양동이에 버려진다.

타인의 토사물 같은 음식물 쓰레기가 비위에 거슬렸지만 지금 이 시간에 학생들과 맞닥뜨릴 위험이 없는 곳은 이곳뿐이었다. 그녀는 벽에 기댄 채 코트 주머니에서 핸드폰을 꺼내 S의 번호를 누른다. 그에게, 아직 하지 못한 얘기를 한다 해도 나쁘지 않을 밤이다.

S는 전화를 받지 않는다.

그녀는 스르르 주저앉는다. 핸드폰이 힘없이 바닥으로 떨어진다. 구토의 욕구는 너무도 강렬해서 이럴 땐, 아직 형체도 만들어지지 않았을 이 작은 생명체와의 근원적인 불화를 예감하는 듯하다. 여보세요? 놓친 핸드폰에서 S의 목소리가 흘러나온다. 소매로 입가를 문질러 닦으며 서둘러 핸드폰을 주워 온다. 하지만 그녀가 무슨 말인가를 하려던 순간 전화는 허무하게 끊어지고 만다.

내 얘기도 좀 들어 볼래? 이렇게 말을 꺼내려 했다. 기억이 안 나, 말했을 때 뭐가? 그가 되물으면 그때가, 라고 대답하려고도 했다. 동생들이 난간 밖으로 떨어졌을 때 내가 어디에 있었는지 뭘 하고 있었는지 기억이 안 나, 말하며 가엾은 동생들이 사는 곳이 바로 내 등 뒤편이라는 말을, 사실은 지금껏 그 누구에게도 밝힌 적 없는 이 얘기를 해 주려고 했다. 진짜 고통은 이런 거야. 도대체가 생각하려야 생각이 나지 않는 이 상태. 그러니까, 아픈 척 좀 그만 해,

응? 타이르듯, 그의 어리석음을 일깨워 주려고도 했다. 나는 더 이상 당신의 공범자가 되고 싶지 않아, 덧붙이며.

핸드폰을 다시 주머니 속에 집어넣고 무릎을 끌어와 두 팔로 끌어안는다. 은행에서 돌아와 옷을 갈아입고 있었을 S는 끊어진 핸드폰을 내려다보며 고개를 갸우뚱거리고 있을 것이다. 두 시간여가 지나면 S가 잠자리에 들 시간이다.

그 미결수 군인은 오늘 밤에도 S를 찾아올까. 어린 군인은 아직 모르고 있다. 자신의 성실한 방문이 지금의 S에겐 그저 통증 없는 고통에 지나지 않는다는 걸, 심지어 S의 일상을 완성하는 작은 습관이 되기도 한다는 걸 눈치조차 못 채고 있다. 규칙적인 생활을 하면서 평균 수면 시간을 유지하고 있는 지금의 S에게서, 자꾸만 모든 것을 포기하고도 남을 깊은 괴로움을 찾으려고도 한다.

하지만 S는, 어린 군인의 바람과 달리 미치지도 않을 것이고 유리 조각으로 손목을 긋는 짓은 시도조차 하지 않을 것이다. 어린 군인은 섭섭해하겠지만 S는 등 뒤편의 세상을 본 적도 없었다. 어린 군인은 밤마다 헛걸음을 하고 있는 셈이다.

두 번째 구토는 식도가 아니라 심장에서 시작되었다.

그녀는 아랫배를 감싼 채 상체를 앞으로 깊이 숙인다. 이러지 마. 하얗게 번져 나오는 입김에는 희미한 목소리가 섞여 있다. 나한테, 이러지 좀 마. 그녀는 제발 동생들이 이

번만큼은 그냥 지나쳐 가길, 분명 그들의 미래가 되었을 이 보잘것없고 쓰라린 현재를 더 이상 질투하지 않기를 바란다. 그럼에도, 그녀의 짐작대로, 따뜻한 습기의 감촉은 금세 그녀의 몸을 휘감는다. 재빨리 몸을 움직여 자신이 앉았던 자리 쪽을 내려다본다. 그곳에서, 너무 하얘서 눈이 멀 것 같은 눈길 위에서, 핏물은 적요하도록 붉었다.

뒤를 돌아보지 말자. 그녀는 스스로에게 말한다. 지금 내 등 뒤에선 우리가 모두 가야 하는 곳, 갈 수밖에 없는 그곳으로 이제 막 떠밀려 버린 한 영혼이 나를, 생에 대해 불가해한 집착을 보이는 한 사람을 조용히 응시하고 있을 지도 모르므로.

코트 주머니 속에서는 핸드폰이 울린다. S였다.

S에게는 아주 오랜 시간이 흐른 후에야 이 모든 것에 대해 말하는 게 좋겠다고 그녀는 생각한다. 하지만 지금은 그에게 해 줄 수 있는 얘기가 아무것도 없다. 그녀는 침착하게 핸드폰의 파워 버튼을 누른 후 눈으로 덮인 공터에 눕는다. 잠시만, 아주 잠깐 동안이라도 쉬고 싶었다. 등 뒤에서는 아까부터 동생들이 무언가 시끄럽게 떠들고 있었지만, 오늘 밤만은 그들의 이야기를 해석하기 위해 애쓰지 않기로 한다.

기념사진

I

엘리베이터의 문이 닫히기 직전, 남자는 재빨리 열림 버
튼을 누른다. 다른 한 손으로는 바지 주머니 속에 들어 있
던 녹음기를 작동시키는 것을 잊지 않는다. 너무 힘을 주
었는지 열림 버튼을 누르고 있던 오른손 검지엔 피가 몰렸
다. 하지만 머릿속으로 다섯을 셀 때까지도 여자는 아파트
출입구에서 엘리베이터에 이르는 짧은 거리를 다 걷지 못
한다.

　남자 뒤에 서 있던 중년 여자의 짜증스러운 시선을 의
식하지 못한 듯, 삼림욕을 하는 사람처럼 느릿느릿 걸어온
여자는 엘리베이터 앞에서 걸음을 멈춘다. 안 타요? 중년

여자의 날 선 목소리에 여자의 얼굴이 오른쪽으로 살짝 틀어진다. 누군가 말을 걸 때면 나타나는 여자의 버릇이다. 수위 아저씨가 어디 나가느냐고 물을 때나 통장 아주머니가 아파트 주민 회의에 참석하겠느냐고 말을 걸 때에도 여자는 꼭 그렇게 오른쪽으로 고개를 돌리곤 했다. 그러나 여자의 반응은 그게 다였다. 살가운 대답은커녕 건성으로라도 알겠다는 말 한마디 하지 않았다.

총 96가구가 살고 있는 두 동짜리 이 소규모 아파트 단지에서 여자를 모르는 사람은 없었다. 본때 없고 안하무인이라고 사람들은 여자를 평했다. 하긴, 이 아파트 사람들은 누가 몇 동 몇 호에 사는지, 그 사람의 성향은 어떤지 죄다 조목조목 파악하고 있다. 늘 야구 모자를 깊게 눌러쓰고 있는 데다 한밤중에도 짙은 색 선글라스를 끼고 다니는 남자 역시 영화배우야? 라는 비아냥을 자주 듣곤 했다.

아파트는 익명성이 보장된다며 방을 내주었던 고향 후배 김의 말은 적어도 이 한라아파트에는 통하지 않았던 것이다. 아니, 익명성만 보장될 뿐 정작 그 이름의 주인들은 보장되지 않았다. 물론 익명성을 떠들어 댄 김은 시세보다 비싼 값에 A동 610호를 남자에게 떠넘길 수 있었다.

여자의 오른발이 조심스럽게 엘리베이터의 문턱을 넘는다. 자신 때문에 열림 버튼을 누른 채 기다렸다는 것도 모르는지 엘리베이터 안으로 들어선 여자는 남자와 중년 여자에게 눈인사 한번 하지 않는다. 쯧쯧, 등 뒤편에서 시작된 혀끝 차는 소리가 폐쇄된 엘리베이터 안을 샅샅이 휘돈다.

엘리베이터가 올라가면서부터 남자는 야구 모자의 챙을 은근슬쩍 아래로 끌어 내린다. 자리도 잘 지키지 않는 수위가 제때 제때 CCTV 화면을 확인할 리는 없다. 비디오 테이프는 끊어질 때까지 되돌려 녹화하기를 반복할 것이다. 아니, CCTV 카메라는 이미 고장 났거나 어쩌면 처음부터 아예 장착되지 않았는지도 모르겠다. 그러나 엘리베이터가 쉭쉭거리며 작동할 때마다 어디선가 테이프 돌아가는 소리도 쉭쉭, 들리는 듯했다. 혼자 식당에 들어가 밥을 먹을 때나 길을 걸을 때에도, 의뢰인을 만나거나 모텔에 잠입할 때에도 그 소리는 들렸다. 그럴 때마다 남자는 야구 모자 챙을 더욱 아래로 끌어 내렸고 선글라스를 바짝 끌어당기곤 했다. 가끔은 야구 모자를 쓰고 선글라스를 낀 채 잠자리에 들기도 했다.

여자가 돌연 오른쪽으로 살짝 고개를 튼다. 당혹스러운 표정이 역력하다. 여자의 손가락은 그때까지도 점묘화의 표면을 매만져 보듯 버튼들이 모여 있는 부분을 조심스럽게 더듬고 있었다. 남자는 여자 뒤에 가까이 서며 최대한 작은 목소리로 속삭인다. 저도 6층입니다. 그 말에, 여자는 아주 천천히 고개를 끄덕여 보인다.

6층에 도착하자 남자는 먼저 엘리베이터를 나선 후 밖

에서 열림 버튼을 누른다. 여자가 예의 그 조심스러운 걸음으로 얇은 막을 헤쳐 나오듯 엘리베이터를 빠져나온다. 고맙습니……. 마침 엘리베이터의 육중한 문이 닫히면서 여자의 목소리는 끝부분에서 뭉툭하게 잘려 나간다.

의도와는 달리 남자는 이번에도 대답 한마디 없이 휙 돌아서서 오른쪽 복도를 향해 휘적휘적 걸어가기 시작한다. 610호 현관문에 열쇠를 꽂고 나서야 슬쩍 반대편 복도를 훔쳐본다. 또각또각. 여자의 구두 굽 소리는 정확히 서른다섯 번 울리다 멈춘다.

남자는 조심스럽게 가방에서 카메라를 꺼내 파워 버튼을 누르고 LCD 화면에 여자의 전신이 모두 들어오도록 줌을 맞춘다. 여러 각도에서 일곱 번 정도 셔터를 누르는 동안, 여자는 한 번도 이쪽으로 시선을 보내지 않는다. 여자는 누군가의 녹음기와 카메라에 자신의 목소리와 모습이 저장되고 있다는 것을, 그 녹음된 목소리를 듣고 사진 파일을 열 때가 오늘이 어제 같고 내일이 오늘 같은 그 사람에겐 자신의 살아 있음을 느끼게 해 주는 유일한 순간이라는 것을 짐작도 못할 것이다.

LCD 화면에서 여자는 어느덧 601호 네모난 안식처로 천천히 스며들고 있었다. 마치 이상한 나라로 이어지는 거울 속으로 들어가듯 여자의 동작에서는 현실감이 느껴지지 않는다. 남자는 카메라에서 눈을 떼고 선글라스를 벗는다.

저녁 햇살이 섬세하게 물결치며 선글라스를 끼지 않은 눈가에 어린다. 이내 눈머리가 시려 온다. 여러 번 눈두덩을 비벼 보지만 먹빛의 바탕색이 사라진, 그제야 제 컬러를 찾아가며 가지각색으로 빛을 내는 6층 아래 세상은 낯설다. 황급히 선글라스를 찾아 낀다. 서서히 시야를 채워 오는 먹빛은 마음을 편안하게 이완시켜 주었지만 쉭쉭, 울려 대는 필름 돌아가는 소리는 남자의 귓바퀴를 떠나지 않았다.

2

현관 앞에 선 여자는 크게 숨을 들이쉰다. 실외에서 실내로 들어갈 때, 혹은 실내에서 실외로 나올 때 시야는 가장 혼탁해진다. 머릿속으론 쿵짝짝, 쿵짝짝 왈츠 박자를 떠올려 본다. 담당 의사는 사물이 분별되지 않아 당혹감을 느끼게 될 때면 아는 노래의 박자를 머릿속으로 떠올려 보라고 충고했었다. 의사의 충고가 아니더라도 여자에 겐 자신만의 박자가 필요했다. 뚜렷하지 않은 형체로 붐비는 거리에서나 잰걸음으로 버스를 타는 승객들 속에서 여자는 쉼 없이 쿵짝짝, 쿵짝짝, 속으로 박자를 맞췄다.

세상이 조금씩 어두워지면서, 조금씩 그 형체를 거두어 가기 시작하면서 여자가 듣는 모든 소리는 그대로 공포가

됐다. 소리는 어디서나 총알처럼 빗발쳤고 빗발치는 소리는 여자의 몸을 관통하면서 세상을 조각냈다. 자신만의 박자를 놓치는 순간, 극도로 낮아진 시력에 사람들과 사물은 패닝 기법으로 촬영된 화면처럼 마구 흔들려 보이다가 어느 순간 부옇게 이지러지곤 했다.

식탁 위에 매달린 펜던트 조명만 켜 놓은 채 냉장고를 열어 생수를 꺼내 놓는다. 욕실로 걸음을 옮기는 동안 식탁 모서리와 장식장에 허벅지와 옆구리가 차례로 부딪힌다. 한 달 전에는 장식장에 정면으로 몸이 부딪히면서 책과 유리잔, 사기 접시들이 마룻바닥에 떨어지는 소동이 있었다.

문제는 시력이 좋은 사람도 집중을 해야 찾을 수 있는, 거실 구석구석에까지 튀었을 유리 조각이었다. 올봄 군대로 떠난 남동생을 부를 수는 없었다. 남동생은 할 만큼 했다. 졸업반이었으므로 영장을 미룰 수도 없었다. 휴가 기간에 전화 한번 하지 않았던 것에 대해서도 전혀 원망하지 않는다. 남동생에게, 아니 그 누구에게라도 무거운 존재가 되지 않겠다는 것이 여자의 마지막 신념이었다. 그렇다고 그저 몸이 좋지 않아 잠시 연극을 쉬고 있는 거라고만 알고 있는 고향의 아버지에게 거실의 유리 조각을 치워 달라는 이유로 연락을 할 수도 없었다.

여자는 그날, 새벽이 이울 때까지 현관 앞에 쭈그리고

앉아 있었다. 자신이 울고 있다는 것을 알게 된 건 전화벨 소리가 들린 직후였다. 엉금엉금 기어가 수화기를 들자 한 때 같은 무대에 선 적이 있던 최 선배의 목소리가 들렸다. 그저 안부 전화였는데도 여자는 아침 볕이 드는 거실에 주 저앉아 꺼이꺼이 소리 내어 울었다. 30분 후에 도착한 최 선배의 표정을 읽을 수는 없었다. 그저 널브러진 책들과 깨 진 유리 조각, 사기그릇 등을 한데 모으는 소리만 들을 수 있을 뿐이었다.

아파트를 나서며 최 선배는 말했다. 이 지경이 될 때까 지 왜 미련하게 알리지 않았니? 언제든지 필요하면 불러. 알았어? 여자는 힘없이 고개를 끄덕였지만 최 선배의 호의 에 섣불리 기대서는 안 된다는 것을 모르진 않았다. 이후 로 최 선배를 부른 적도 없었고 최 선배가 먼저 전화를 해 준 적도 없었다. 어두워지고 좁아지는 건 시야만이 아니었 다. 여자가 30년 동안 쌓아 온 모든 관계와 그 관계를 지탱 해 주었던 믿음도 원래의 컬러와 깊이를 잃어 가고 있었다. 그리고 단 한 번도 잊은 적이 없었던 나의 무대들…….

다시 식탁으로 돌아와 연달아 생수를 두 컵 마신 후 손 으로 더듬어 가며 비디오 장 앞으로 다가간다. 두 번째 줄, 세 번째 칸에서 비디오테이프를 꺼내 데스크에 집어넣는 다. 익숙한 음악이 지나고 나면 검푸른 화면 속엔 3년 전 의 여자가 나타날 것이다. 멜빵 청바지를 입고 부스스한 파마머리를 하고 있는 화면 속, 또 다른 생을 배당받은 낯선 여자……. 조용하지만 적당히 반항적이면서도 절정의 순간엔 온몸으로 광기를 표현해야 했던 쉽지만은 않은 역할이었다. 그 작품[8]은 여자가 처음으로 주연으로 출연한 연극이었다. 여자도 그 연극 이전엔 하녀 2나 이웃집 여자, 마부나 유모 역할만 했을 뿐이었다. 가끔은 주연을 제외한 잡다한 조연들을 한꺼번에 도맡아 하기도 했었다.

누구나 데뷔 5년 만에 주연을 맡는 건 아니었으므로 여자는 목숨이라도 저당 잡힌 사람처럼 죽을힘을 다해 무대에 섰다. 출연 배우는 단둘뿐이었으므로 조금이라도 흐름을 놓치면 극 전체의 분위기는 회복할 수 없을 만큼 헝클어질 수밖에 없었다. 같은 주연급으로 출연한 또 다른 배우는 연극계의 살아 있는 대모라는 수식어를 안고 다니던 하늘 같은 선배였다. 매스컴에서도 관심을 가졌고 대선배의 이름 덕인지 연일 매진이 이어지기도 했다. 이례적으로 케이블 채널 중 한 곳에서 극을 풀타임으로 촬영하여 방송해 주기도 했다.

지금 돌아가고 있는 테이프는 그때 녹화해 둔 것이었다. 셀 수 없이 돌려 본 탓에 음질은 대사를 겨우 알아들을 수 있는 수준이 됐고 여자는 대사뿐 아니라 대사 사이에 끼

---

8 마샤 노먼의 「잘 자요, 엄마(Night, mother)」.

어드는 음향효과와 관객들의 기침 소리까지 모두 외우게 됐다. 외우지 못한 것은 무대의 분위기나 조명의 위치, 자신과 상대 배우의 표정 연기뿐이다.

무대에서 여자의 자리는 10회를 마지막으로 사라지고 말았다. 자살을 앞둔 딸이 한평생 자기 욕망에만 충실했던 어머니에게 분노를 터뜨리며 클라이맥스에 도달하려는 순간, 여자는 무대 소품이었던 탁자에 발이 걸려 넘어지고 말았다.

그리고 곧, 무대는 암전되었다. 세상 전체가 암전된 순간이기도 했다. 차곡차곡 머릿속에 저장해 놓았던 대사들이 낱낱의 글자들로 변해 눈앞에서 떠돌았고 정중앙에서 퍼져 나오던 스포트라이트는 수백 개의 불빛으로 갈라져 섬광처럼 빛났다. 술렁거리는 객석과 선배 배우의 당혹스러운 목소리를 귀가 아니라 몸으로 들으며 여자는 그대로 주저앉고 말았다. 느낄 수 있는 거라곤 손바닥으로 전해지는 무대 바닥의 쓸쓸한 먼지뿐이었다.

평형감각을 잃은 사람처럼 손으로 바닥을 더듬어 가며 쉴 없이 무대를 기어 다녔던 그날, 무대가 그토록 차가운 곳이란 걸, 그토록 적막한 곳이란 걸 여자는 처음 알았다.

정신을 차렸을 땐 응급실이었다. 간단한 검사 후에 여자는 곧 안과 병동으로 옮겨졌다. 또다시 여러 검사를 마치자 의사는 허브 향의 비누 냄새를 풍기며 여자 앞에 앉았다. 안과 의사는 여자가 연극배우이고 공연 도중 쓰러졌다는 말을 듣자 미친 짓이라며 고개를 저었다.

환자분은 망막색소변성증이에요. 아르피라고도 하죠. 암순응이나 명순응이 잘 안 됐을 텐데 어떻게 연극배우를 한 거죠? 시야가 좁아서 관객들도 다 보이진 않았을 텐데요.

몇 번이나 미친 짓이라며 고개를 젓는 의사 앞에서 알고 있었다는, 어느 날부턴가 시야가 조금씩 좁아지고 있다는 걸 알고 있었다는 그 말을 여자는 하지 못했다.

전봇대에 이마를 부딪히거나 날아오는 공을 피하지 못해 정면으로 얻어맞은 일은 사춘기 때부터 흔했다. 밤에 버스에서 내려 집으로 갈 땐 자주 길을 잃었고 혼자서 영화라도 보러 간 날엔 좌석을 찾지 못해 상영 시간이 끝날 때까지 극장 구석에 서 있었던 적도 많았다. 대본의 글씨가 찌그러져 보이고 무대조명이 흔들려 보이기 시작한 것도 언제부터인가 일상적인 일이었다.

알고 있었음에도 여자는 무대를 떠날 수 없었다. 불현듯 거대한 불안이 가슴속에서 올라올 때가 없진 않았지만 차마 병원을 찾을 수도 없었다. 정말로 미쳤기 때문에, 무대에서 쓰러져 죽고 싶을 만큼 연극에 미쳐 있었기 때문에 그저 작은 불편에 지나지 않는다고, 참고 견디면 좋아질 거라고 스스로에게 최면을 걸었는지도 모르겠다.

현재까지 치료 방법이 없습니다. 게다가 합병증인 백내

장 초기 증세가 보이는군요. 운이 좋으면 노년이 되어서도 실명은 오지 않습니다. 하지만 운이 좋지 않으면 수년 안에, 짧으면 일이 년 안에 완전한 실명 상태가 올 수도 있어요. 수술과 간단한 약물 치료를 할 순 있지만 완치는 불가능합니다. 익숙해지는 방법밖에 없습니다.

의사의 말에 따른다면 여자는 운이 좋지 못한 경우에 속했다. 그날 이후 수술과 입원, 약물 치료가 이어졌지만 시야는 점점 좁아졌고 시력도 계속 내려가기만 했다. 언제부터인가 병원 진료 날짜가 다가오면 무작정 고속버스를 타고 속초나 경주, 여수 등으로 여행을 갔다가 일주일이나 보름 후에 돌아오는 일이 반복됐다. 무엇보다 여자는 그 무엇에도 익숙해지려 하지 않았다. 아침 햇살에 눈이 부실 땐 힘주어 두 눈을 부릅떴고 햇빛이 강렬한 오후엔 꼭 집을 나가 거리를 걸었다. 일부러 형광등을 켜 놓은 채 잠을 자기도 했고, 사람들을 만나면 눈 한 번 깜박이지 않고 뚫어지게 그들의 얼굴을 들여다보며 사소한 고민들을 들어 주곤 했다.

아무도 여자의 상태를 몰랐다. 더 이상 무대에 설 수 없다는 절망 앞에서 하루에도 수십 번씩 마음속으로 스스로의 목을 졸라 댔던 고통을 알지 못했고, 고향에서 택시 운전을 하고 있는 아버지에게 생활비와 병원비를 타 쓸 때마다 가슴에 금이 가던 소리를 듣지 못했다. 여자의 병명을 유일하게 알고 있었던 남동생은 술을 마시고 온 날이면 친구에게 전화를 걸어 누나가 가엾지만 무겁기도 하다며 울먹이곤 했다. 아버지에게 더 이상 돈을 받지 말자는 다짐도, 남동생의 마른 어깨에 다시는 기대서는 안 된다는 의지도 언제나 혼잣말로 그쳐야 했다.

그 누구도 알아주지 않는 그 시간 동안, 시력은 사물의 실루엣 정도만 겨우 식별할 수 있을 만큼 나빠졌고 햇빛과 조명을 향한 여자의 소리 없는 반항도 막을 내려야 했다.

텔레비전 화면에선 어느새 연극의 클라이맥스에 해당되는 대사들이 쏟아져 나온다. 오랫동안 자살을 준비했던 딸은 어머니의 절규를 뒤로하고 방으로 들어가 방아쇠를 당긴다. 무대를 진동하던 그 강렬한 총소리가 지금도 가슴을 서늘하게 한다. 텔레비전과 식탁 위의 전등을 끈다. 거실은 이내 완벽한 어둠 속에 가라앉는다. 아무도 없는 컴컴한 공간에서도 소리들은 살아서 여자 곁을 휙휙 지나간다.

꽉 잠그지 않은 수도꼭지에선 물방울 떨어지는 소리가 들리고 벽시계에선 규칙적인 초침 소리가 들린다. 벽 너머에선 갓난아기의 울음소리가, 창밖에선 차들의 클랙슨 소리가 들린다. 물소리는 마음으로 흘러 강물을 이루고 초침 소리는 낯선 이의 발소리처럼 두렵고도 반갑다. 갓난아기의 울음소리는 비범한 능력을 갖고 태어난 영웅의 그것처럼 우렁차게 귓바퀴를 지나가고, 클랙슨은 영웅의 탄생을 축하하는 전령들의 잔치를 알리는 신호음처럼 신비롭게 머릿속으로 퍼져 들어온다. 여자는 소리들이 만든 무대 위에서 강을 건너 연인을 만나고 전령들과 함께 영웅의 탄생을 노래한다.

눈을 뜨지 말자. 여자는 혀끝에 힘을 주어 독백을 읊는다. 이제 눈을 뜨면 세상은 어제보다 조금 더 어두워져 있을 것이고 사람들은 어제의 어제보다 더욱더 멀어져 있을 테니. 하지만 여자는 이 극의 내용을 이미 모두 알고 있다. 내일도 오늘처럼 하녀 2나 이웃집 여자, 마부나 유모처럼 이름도 없고 감정도 없는, 그저 주인공 곁을 지나가는 사람들 중 한 명으로 이 도시를 배회하고 다닐 거라는 것, 다시는 주인공으로 무대에 설 수 없다는 것도. 그러니, 눈을 뜨지 말자. 제발, 뜨지 마라. 또 한 번, 관객 한 명 없는 캄캄한 무대 위로 여자의 독백이 나직하게 울려 퍼진다.

3

일련번호 35는 테이블 위의 사진을 뚫어지게 내려다보고 있다. 언제나처럼 시야의 바탕색은 먹빛이었지만, 남자는 35의 눈가가 붉게 물들어 가고 있다는 걸 알 수 있었다. 35가 들여다보고 있는 사진을 떠올려 본다. 그 사진을 얻기 위해 남자는 베란다 밖으로 이동식 사다리를 놓고 케이블 선을 잡아 가며 옆방 베란다로 넘어가야 했다. 방은 7층에 있었다. 조금만 정신을 놓으면 그대로 떨어질 터였고 7층이라면 즉사할 수도 있는 높이였다.

그러나 남자를 초조하게 했던 건 허술한 사다리가 아니었다. 그건 외려, 누군가 세상의 어느 허술한 틈새 사이로 자신을 지켜보고 있을지도 모른다는 실체 없는 공포감이었다. 그때도 귓가에서 울리던 테이프 돌아가는 소리가 가슴을 쾅쾅 내리쳤다.

35는 기어코 손바닥으로 얼굴을 가린 채 어깨를 흔들며 흐느껴 운다. 일반적으로 배우자와 배우자의 애인이 모텔이나 호텔로 들어가는 사진은 이혼 청구에서 유리한 입지를 다질 수 있는 증거물로는 불충분하다. 판사에 따라 다르긴 하지만 대부분은 그들의 실제 정사 장면까지 포착해야 확실한 증거가 될 수 있다. 사다리를 사용하여 옆방의 베란다를 타고 넘어가 조심스럽게 커튼을 들춘 후 카메라를 들이밀어야 하는 것은 그 때문이다.

그러나 불륜의 순간을 포착한 사진이란 법적 증거물이 되기 이전부터 예측할 수 없는 파장을 가져오기도 한다. 간혹 아무런 감정 없이 사진을 들여다보는 의뢰인도 있지만 대부분의 의뢰인들은 인생의 바닥으로 내동댕이쳐진 사람들처럼 울음을 터뜨리거나 미친 듯이 분노하곤 한다. 한 달 전에 만났던 남자 의뢰인은 덜덜 떨리는 목소리로 어딜 가야 총을 살 수 있느냐고 물었다.

감옥은 갈 만한 곳이 못 된다는 진심 어린 말로 충고하자 의뢰인은 남자의 멱살을 잡고 새된 음성으로 소리를 질러 댔다. 너 같은 녀석까지 날 무시하는 거냐! 침까지 튀기며 펄펄 뛰던 그 의뢰인에게 감옥은 정말 있을 만한 곳이 못 된다는 말을 다시 꺼낸 순간, 의뢰인은 남자의 턱을 두 번이나 내리쳤다. 이혼 청구나 간통죄 진정도 하지 않은 채 10층 아파트 베란다에서 뛰어내린 의뢰인도 떠오른다. 남편이 5년 동안 쫓아다녀 결혼한 여자였다. 여자는 사진을 받던 날, 이제 더 이상 잃어버린 퍼즐 조각을 찾아다니기 위해 애쓸 필요가 없어졌다는 이상한 말을 했었다.

자신이 찍은 사진 몇 장이 사람들을 미치게도 하고 죽음으로 몰아가기도 한다는 것을 남자는 한동안 납득할 수 없었다. 아니, 지독하게 괴로웠다. 그러나 당분간은 계속 이 일을 해야 한다.

10년 실형을 받고 2년째 교도소 생활을 하던 해 진범이 잡히면서 감금 생활은 끝이 났지만 2년이 지나가 버린 세상은 낯설었다. 결근도 없이 성실하게 다녔던 전 직장은 다시 남자의 자리를 마련해 주지 않았고 주변 사람들은 이런저런 이유를 대 가며 남자의 전화를 피했다. 처음엔 그저 애달픈 시선으로만 보아 주던 부모님도 무직자로 방 안에만 틀어박혀 있던 남자를 조금씩 부담스러워하기 시작했다. 게다가 여동생은 남자와 마주칠 때면 말을 얼버무리며 슬슬 뒷걸음을 치곤 했다. 세상은 너무 빨리 변해 갔고 너무 쉽게 남자를 잊었다.

하루 평균 18,200원으로 쳐서 받은 천만 원 정도의 형사 보상금으로는 손바닥만 한 점포 하나 낼 수 없었다. 그나마 절반 이상의 돈이 술값으로 나갔다. 신문 사회란의 토막 기사와 관보에 실린 남자의 무죄 판결 내용을 잘 읽었노라고 말해 주는 사람도 만날 수 없긴 마찬가지였다. 술에 취한 어느 날, 여동생의 머리채를 휘어잡고는, 내가 누구냐? 누구냐고! 윽박지르며 술주정을 부린 이후론 더이상 부모님 집에 얹혀살 수도 없었다.

대학 때 취미로 배웠던 사진 기술이 이렇게 쓰이게 될 줄은 남자도 몰랐다. 그때는 그저 먼 훗날 사랑하는 여자를 만나게 되면 가장 안정된 각도와 구도 안에서 그녀의 모습을 찍어 주고 싶다는 마음뿐이었다. 자신의 카메라에 낯선 남녀의 메마른 정사 장면이 찍히게 되고, 그 필름과 생존에 필요한 현실적인 돈을 치환하며 살아가게 될 줄 알았다면 애초부터 낭만적인 꿈에 젖어 카메라를 잡진 않았을 것이다. 하긴……

남자는 안으로 말을 삼킨다. 하긴, 사건 현장에선 장치가 복잡하고 셔터 소리와 플래시를 조절하기 힘든 수동 카메라를 사용할 수도 없었다. 모든 것을 기계가 알아서 처리해 주는 디지털 카메라를 사용하고부터 오랫동안 남자의 애장품이었던 수동 카메라는 캄캄한 장롱 속에 감금된 채 고물이 되어 가는 중이었다. 가끔이지만, 잠이 오지 않는 밤이면 남자는 장롱 속으로 들어가 카메라를 부둥켜안고 선잠을 자기도 했다.

35가 손수건으로 눈가를 닦으며 백에서 봉투를 꺼내 남자에게 내민다. 남자는 조급하게 봉투를 가져와 주머니에 구겨 넣은 후 명함 한 장을 테이블에 올려놓고 일어선다. 어디서 다시 만난다 해도 선글라스와 모자에 가려진 남자의 얼굴을, 의뢰인은 알아보지 못할 것이다. 명함에 새겨진 이름도 실명은 아니다. 그 이름은 A형무소에 있던 교도관의 것이었다. 무죄가 입증되면서 출소하던 날, 교도관은 자신의 사무실로 남자를 불러 모자와 선글라스를 선물로 주었다. 이젠 괜히 이상한 데 찍혀서 생고생하지 마쇼. 하루에도 수십 번 그 교도관은 온갖 경멸을 품은 시선으로 남자를 훑어보곤 했다. 그 시선에 찍혀 있던 남자는 세상에 해악만 주는 흉측한 벌레에 지나지 않았다. 제깟 놈이 점잖은 척은……. 교도소 생활 내내 묵언 수행을 하듯 말 한마디 하지 않던 남자가 지나갈 때면 교도관의 낮은 목소리가 귓등을 간질이기도 했다.

3년 전, 너무도 급작스럽게 찾아왔던 불행은 남자가 빠져나갈 틈 하나 없이 이미 완벽한 시나리오를 완성시켜 놓고 있었다. 방화로 인해 범인의 핏자국이나 머리카락은커녕 발자국조차 찾지 못했던 형사들은 사건이 일어난 집 근처에 설치된 방범용 CCTV 카메라에 찍힌, 사건 예상 시간 동안 필름에 담긴 사람들 중 유일하게 그 동네 사람이 아니었던 남자를 조금씩 범인으로 몰아가기 시작했다.

인터넷 회사의 AS 기사였던 남자는 위험한 공구들이 가득 들어 있는 상자를 들고 그 고급스럽고 고요한 동네를 헤매고 있던 중이었다. 사무실의 여직원이 메모를 잘못했는지 메모지에 적혀 있던 그린빌라는 아무리 걸어도 나오지 않았다. 쉼 없이 주위를 두리번거리며 길을 걷던 화면 속 자신의 모습은 남자가 봐도 범행 장소를 물색하는 범인처럼 수상쩍어 보였다. 3일 동안 숨어 있었던, 유일한 목격자라고 할 수 있는 그 집의 정원사가 나타나면서 상황은 더 나빠졌다. 정원사가 진술한 범인의 키와 체격은 하필이면 남자의 외모와 얼추 맞아떨어졌던 것이다. 심지어 정원사는 보호 창 너머로 남자의 얼굴을 보자 이제야 또렷이 기억난다며 무릎을 치기도 했다. 내심 희망을 걸었던 거짓말탐지기도 남자의 진술을 거짓으로 판명함으로써 남자를 배신했다.

전과도 없고 직장 생활도 멀쩡히 하던 20대의 평범한 시민이 원한 관계나 채무 관계도 없이 대낮에 고급 주택을 습격, 살인과 방화를 했다는 뉴스가 신문과 텔레비전을 통해 대대적으로 보도되었을 때, 남자는 철저하게 혼자였다. 아무도 남자의 얘기를 들어 주려 하지 않았고 남자와 눈을 맞추려 하지 않았다. 줄기차게 무죄를 주장했지만 돌아오는 거라곤 인격을 송두리째 흔들어 놓는 욕설과 매질, 그리고 사람들의 더없이 비정한 시선뿐이었다.

2년 후, 비슷한 수법으로 추가 범행을 저지르다 덜미가 잡힌 진범은 정원사의 증언과는 달리 작은 키에 왜소한 체격이었다. 출소한 후에도 사회에 적응하지 못한 범인은 부유층에 대한 이유 없는 분노로 즉흥적인 살인을 하게 되었노라고 자백했다. 그자의 얼굴이 나와 닮았습니까? 이미 경찰서와 재판장에서 침묵하는 법을 배웠던 남자가 감옥에서 교도관에게 했던 처음이자 마지막 질문이었다. 교도관은 쓰윽 한번 남자를 건너다보더니 불이 붙은 담배를 권하며 낮은 목소리로 말했다.

잊어요, 사람들은 아무것도 기억하지 못합니다.

말을 마친 교도관의 얼굴엔 너무 덤덤해서 잔인하게까지 보이던 웃음이 헐겁게 걸려 있었다.

남자는 그날, 교도관의 사무실에서 야구 모자와 선글라스를 착용한 채 A형무소를 빠져나올 수 있었다. 형무소 안엔 수십 개의 폐쇄 회로 카메라가 작동하고 있었고 24시간 불을 밝히는 중앙 감시탑에는 교도 대원들이 교대로 형무소를 감시하고 있었다. 그곳을 나온 후에야, 더 이상 되돌아갈 곳이 없다는 걸 깨달은 후에야, 남자는 살인범들의 마음을 조금은 헤아릴 수 있게 되었다. 지난 3년은 그 부잣집 정원사를 찾아가 수십 번씩 칼을 휘두르고 싶은 강렬한 욕망을 참고 견디는 자신과의 싸움에 지나지 않았다.

거리는 형무소를 나온 후 처음 맞닥뜨린 풍경처럼 지나치게 활기차고 지나치게 젊었다. 짙은 먹빛이거나 옅은 먹빛에 의해 그을려 보이는 화려한 조명들은 마치 중앙 감시탑에서 흘러나오던 눈부신 조명처럼 남자를 따라와 비춘다. 저마다 폐쇄 회로 카메라가 부착되어 있을 것만 같은 거리의 가로등들은 어디를 가도 쫓아와 남자가 걷는 길을 샅샅이 드러내기도 한다. 인파를 뚫고 한라아파트 쪽으로 향하는 남자의 걸음이 더더욱 빨라진다. 소파에 누워 다리를 쭉 뻗은 채 조용히, 아주 조용히 쉬고 싶은 마음만 간절하다.

아파트 입구에서였던가. 고개를 숙인 채 재게 걷고 있던 남자는 누군가와 부딪치며 휘청거린다. 죄, 죄송합니다. 너무도 익숙해서 귓바퀴를 매끄럽게 돌다 귓속으로 쏘옥 스며드는, 일부러 자신의 귀에 맞게 날카로운 모서리를 깎아 놓은 듯한 그 목소리에 남자는 선글라스 속에서 두 눈을 크게 뜬다. 땅바닥에 주저앉아 버린 여자는 양손으로 주위를 더듬으며 여전히 죄송합니다, 죄송합니다, 같은 말을 반복하고 있다. 술에 취한 것일까. 그러나 술 냄새는 나지 않는다. 초점이 없는 여자의 눈이 남자를 당혹스럽게 한다.

여러 장면들이 두서없이 머릿속을 스치고 있다. 항상 15도 정도 내리깐 시선, 누군가 말을 걸어와도 모른 척했던 모습, 엘리베이터의 버튼들을 더듬던 손길……! 단지 시력이 지독하게 나쁜 거라고만 생각했던 남자는 여전히 바닥에서 일어서지 못하는 여자를 내려다보며 갑자기 머릿속이 텅 비어 오는 것을 느낀다. 자신의 행동을 의식하기도 전에 남자는 뚜벅뚜벅 여자에게 걸어가 여자의 팔목을 잡는다. 남자가 지금 할 수 있는 일은 이것뿐이다.

여자의 가느다란 팔목에서 툭툭 불거져 나온 동맥이 남자의 손안에서 팔딱팔딱 경련을 일으킨다. 아파트 입구를 지날 때에야 남자는 자신이 여자를 붙잡고 있는 것이 아니라 여자가 자신의 팔목을 거머쥐고 있다는 것을 깨닫는다. 이쪽으로 몸을 기댄 여자의 발걸음은 지나치게 조심스럽다.

엘리베이터 안에서도, 복도를 걸을 때에도 여자는 남자의 팔을 놓지 않는다. 601호 앞에 도착하자 여자는 숄더백에서 허둥지둥 열쇠를 꺼낸다. 하지만 열쇠는 열쇠 구멍 주변만 거칠게 훑다가 힘없이 바닥으로 떨어진다. 곁에서 여자를 지켜보고 있던 남자는 그 순간만을 기다렸다는 듯 잽싸게 열쇠를 주워 여자 대신 601호 현관문을 연다.

현관문이 열리면서 드러난 601호는 이상한 나라가 아니었다. 그저 그 무엇으로도 씻어 낼 수 없을 것 같은 짙은 어둠이 단출한 가구 사이사이에 꽉 들어차 있을 뿐이다. 감사합니다. 오른쪽으로 살짝 고개를 비튼 여자가 여전히 남자에게 시선을 맞추지 못한 채 갈라진 목소리로 말한다. 남자가 무슨 말을 하기도 전에 601호 현관문은 닫힌다.

또다시 세상은 짙은 먹빛이거나 옅은 먹빛으로 어두워지고, 귓가에서는 카메라의 필름 돌아가는 소리가 잊은 적은 없다는 듯 쉭쉭 재생된다. 여자의 따뜻한 체온이 와닿았던 오른손에 열쇠 하나가 들어와 있다는 것을 남자는 그제야 깨닫는다.

4

얼마나 시간이 흐른 것일까. 귓가에는 냉장고 돌아가는 소리만 들린다. 냉장고 안에서 흘러나오는 소리는 섬뜩하고 간절하다. 위잉, 위위잉……. 머릿속에는 어느덧 위잉, 위위잉, 반복적인 리듬이 만들어진다. 위잉, 위위잉, 그 리듬을 따라 냉장고에 기댄 채 여자는 자다 깨다를 반복했다.

발목이 저려 간신히 눈을 뜨고 무릎 아래로 손을 더듬어 본다. 언젠가 사 두고는 제대로 신어 본 적이 없는 붉은색 세미 구두가 손에 잡힌다. 구두 뒤축이 발목을 옥죄어와 복사뼈 근처가 시큰거렸다. 어젯밤이었을까. 아니면 그제였을까. 어쩌면 까마득히 오래전부터 이 구두를 신고 있었는지도 모르겠다. 낯선 남자의 손에 온몸을 기댄 채 겨우 집으로 돌아온 날, 여자는 옷장을 열고 검은색 시폰 원피스를 꺼내 입었다.

언젠가 입을 거라는 꿈을 안고 무대의상으로 미리 구입해 놓은 옷이었지만 그런 기회는 결국 오지 않았다. 가슴과 등이 깊이 파이고 밑단에는 화려한 스팽글이 촘촘하게 박혀 있어 무대가 아닌 곳에서는 입기도 머쓱한 화려한 원피스에선 오래된 좀약 냄새가 났다. 원피스를 꺼내 입은 후에는 신발장에서 붉은색 세미 구두를 찾아 신고 화장대 앞에 앉았을 것이다. 무대 분장처럼 짙게 화장하고 싶었지만 거울 속에 비치는 얼굴은 자꾸만 흐려졌다. 마스카라를 쥔 손이 흔들렸고 립스틱은 매번 입술 밖으로 엇나갔다. 세상을 볼 수 없다는, 대사를 읽을 수 없다는 절망보다 자신의 얼굴을 제대로 보지 못한다는 절망이 훨씬 더 사실적인 고통을 강요하는 듯했다. 머릿속에서 울라는 명령을 내리지도 않았는데 아프도록 눈가가 뜨거워졌다.

다시 화장대 거울을 만져 보았다. 여전히 차가웠다. 여자는 눈물이 흘러내리는 뜨거운 얼굴과 차갑기만 한 거울의 표면을 번갈아 가며 더듬었다. 그러나 아무리 더듬어도 거울의 표면엔 따뜻한 기운이 느껴지지 않았다. 흐릿한 실루엣도 선명해지지 않았다.

어설픈 화장을 마친 후에는 오디오를 켜고 볼륨을 높였다. 스팅의 재즈 음악이 귀청을 때리며 아파트 내부를 울렸다. 여자는 발에 익지 않아 불편한 세미 구두를 신고 시폰 원피스를 휘날리며 춤을 췄다. 책장에 부딪치면서 책들이 떨어졌고, 식탁 위의 수저통을 밀쳐 숟가락과 젓가락들이 요란한 소리를 내기도 했다. 그릇들이 깨졌고 음악 시디들은 부서졌으며 바닥에 떨어진 자명종은 미친 듯이 벨소리를 내기도 했다. 떨어지고 깨지고 부서지는 소리는 여자에겐 무대 밖에서 미리 장치해 놓은 음향효과와도 같았다. 여자는 몇 번이나 넘어질 듯 휘청거리면서도 점점 더 격정적으로 춤을 추었다.

그러나 테마 곡과 적당한 음향효과까지 준비되었던 1막은 그리 오래가지 않았다. 음악 소리를 줄여 달라는 요구가 빗발쳤기 때문이다. 수위는 계속해서 인터폰으로 아파트 주민들의 불평을 대신 전했고 옆집과 아랫집에 산다는 사람들은 번갈아 가며 현관문을 두드려 댔다.

하지만 여자는 무대에서 내려올 마음이 없었다. 현관문 밖에서 더 이상 아무런 기척이 들리지 않은 후에야 오디오를 끄고 바닥에 납작 엎드린 채 냉장고까지 기어갔다. 냉장고가 내는 기계음이 2막의 무대를 만들어 줬다. 이상한 소리가 나는 마법의 상자, 호기심 많은 주인공은 그 상자를 열고 싶지만 신들이 눈을 멀게 할 거라는 예언자의 말

때문에 욕망을 눌러 참는다.

　냉장고에 기대앉아 여자는 수없이 대본을 각색했다. 어울리는 무대 디자인과 배우의 의상, 등장인물의 수나 무대 활용에 대해서도 생각했다.

　그렇게 가수면 상태가 지속됐다. 꿈속에서도 여자의 무대는 이어졌다. 끊임없이 꿈과 현실을 오가는 동안 대본 속 배우의 시야는 조금씩 어두워지고 있었다. 마법의 상자에 대한 호기심만으로도 신들의 노여움을 산 것일까. 천천히 세상이 어두워질 때까지 기다린다는 것은 더디게 오는 공포를 참고 견디는 것 외엔 아무것도 아니었다. 시간이 지날수록 공포는 커졌고 익숙해져야 한다는 체념은 멀어져 갔음에도 배우는 끝내 마법의 상자를 열지 못했다. 완벽한 어둠, 완벽한 적막, 관객도 없는 불 꺼진 무대를 여자는 경험하고 싶지 않았다.

　위잉, 위위잉, 냉장고 소리만이 아직 연극이 끝나지 않았다는 미세한 신호를 보내 오고 있을 뿐이었다. 왜 내게 이런 배역이 주어진 것일까. 꿈과 현실의 모호한 경계를 넘나들며 여자는 여러 번 같은 대사를 반복했다. 스스로의 얼굴조차 제대로 보지 못한 채 눈이 멀어 가는 인물이 자신에게 주어진 것에 대해, 여자는 누구에게라도 주먹을 휘날리며 따지고 싶었다. 그 고통을 표현하지도 못하면서 극복하려고도, 체념하려고도 하지 않는 인물의 유약한 성격은 더더욱 마음에 들지 않았다. 왜, 내, 게, 이, 러, 는, 거, 야! 어? 어!
악을 쓰듯 목을 내밀어 있는 힘껏 허공을 향해 소리를 질러
댔지만 절규에 가까운 그 외침엔 정작 목소리는 실려 있지
않았다.

　가끔 미치도록 허기가 졌고 극심한 외로움이 찾아왔지
만, 그것이 현실인지 꿈인지, 아니면 그저 대본에 나온 상
황에 지나지 않는 건지, 그것조차 판단하기 힘들었다. 요
의가 느껴지면 망설임 없이 아랫배에서 힘을 뺐다. 냄새
나는 끈끈한 오줌이 종아리와 손바닥에 느껴졌지만 그것
역시 꿈인지 현실인지, 그저 대본의 상황인지 판단할 수
없긴 마찬가지였다.

　그때 새로운 배우가 등장했다. 연극이 끝나고 무대를 향
했던 조명들이 일제히 페이드아웃되기 직전, 그 배우가 등
장한 것이다. 그는 누구일까. 가수면 상태에서 여자는 천
천히 생각해 본다. 새로운 배우의 실루엣이 조금씩 여자에
게 다가오고 있다. 어느새 바짝 다가온 그가 미세하게 떨
리는 손으로 이마를 짚어 주고 땀이 밴 머릿결을 뒤로 넘
겨 준다. 남동생일까. 그럴 리는 없다. 여자를 가엾은 짐으
로 생각했던 남동생이 소중한 휴가를 이곳에서 보낼 리 없
고 그래서도 안 된다고 여자는 생각했다. 그럼, 아버지일까.
그러나 남자의 실루엣은 왜소한 아버지의 형체와는 사뭇
다르다.

뜻하지 않은 배우의 등장이 불길하지만 여자는 제대로 눈을 뜰 수도 없다. 며칠이 지난 걸까. 달력의 숫자도, 시계의 바늘도 보이지 않는 불투명한 영역 속으로 사라진 지 오래이므로 시간의 지도를 그린다는 건 불가능하다. 어느새 바짝 다가온 새 배우가 여자의 귓가에 속삭인다.

— 저, 6층입니다.

그 순간, 남자는 여자의 입가에 어리는 한 줌의 메마른 미소를 본다.

5

여느 때처럼 남자는 녹음기를 옆에 두고 면도를 하고 있었다. 엘리베이터 문 닫히는 소리, 중년 여인이 혀끝을 차는 소리, 그리고 엘리베이터의 벨 소리……. 남자는 거품이 잔뜩 낀 일회용 면도기를 내려놓고 숨을 가다듬는다. 고, 맙, 습, 니……. 마침내 녹음기에서 흘러나오는 여자의 목소리를 남자는 눈을 감고 듣는다.

어느새 남자의 움직임에 속도가 붙는다. 칫솔을 문 채 머리를 감고, 드라이어로 머리칼을 말리며 양말을 신고 바지를 입는다. 준비를 마친 뒤엔, 마지막으로 장롱에서 수동 카메라를 꺼내 와 어깨에 멘다. 며칠 사이 세 명의 의뢰인들이 이메일로 사진을 부탁했지만 남자는 답장을 보내지 않았다. 다행히 통장에는 몇 달 정도는 버틸 수 있을 만큼 잔고가 남아 있다. 야구 모자와 선글라스를 챙겨 아파트를 나서는 남자의 손 안엔 두 개의 열쇠고리가 들려 있다. 뜨거운 바람에는 여름의 끝을 알리는 서늘한 공기가 묻어난다.

오늘 준비할 요리는 조개를 넣은 미역국과 계란찜, 그리고 감자조림이다. 후식으로는 치즈케이크와 끝맛이 새콤한 화이트와인을 사 갈 생각이다. 아직까진 여자가 좋아하는 음식을 알지 못한다. 여자가 즐겨 듣는 음악이나 선호하는 와인 상표도 묻지 못했다. 남자가 아는 것은 지금 여자에겐 누군가 필요하다는 사실, 그것뿐이었다. 3년 전, 살인 사건이 일어난 집 앞을 지나가다가 우연히 CCTV 카메라에 찍혔던 그날처럼, 그때 남자에게 절실하게 누군가가 필요했던 것처럼 지금 여자에게도 자신의 말을 들어 줄 누군가가 있어야 한다는 것, 남자는 그것만 알 뿐이다.

마트에서 나오는 길에 남자는 아파트 상가의 숙녀복 가게를 흘끔 쳐다본다. 여름에 어울릴 만한 민소매 원피스들이 세일이라고 적힌 팻말 아래 행거에 걸려 있다. 나흘 전, 여자가 입고 있었던 검은색 원피스가 떠오른다. 심하게 구겨져 있던 원피스에선 땀과 오줌 냄새가 났다. 게다가 밑단에 박혀 있던 스팽글은 드문드문 떨어져 나가고 없었다.

남자는 조심스럽게 선글라스를 벗고 노란색 민소매 원

피스 하나를 고른다. 값을 치르고 상가를 나서자 지하 주차장 입구 쪽, 은행나무 그늘 아래 앉아 있는 여자가 보인다. 카메라를 손에 쥔 채 조리개 조절 링과 초점 조절 링을 맞춘 후, 두어 번 셔터를 누른다. 뷰파인더 속 여자의 머리칼은 바람의 흔적을 담고 너풀거린다. 카메라를 다시 어깨에 메고 여자에게로 저벅저벅 걸어가는 동안 여자의 시선은 남자의 등 너머, 아주 먼 곳을 향해 있다.

여자 곁에 앉으며 휘파람을 분다. 그제야 여자는 남자를 향해 갸웃이 고개를 돌린다. 자신의 머리칼에선 사과 향기가 난다는 걸 여자는 알고 있을까. 여자의 아파트 욕실에서 찾아낸 샴푸에선, 그러나 사과 향기는 나지 않았다. 흔하고 밋밋한 화학 성분의 샴푸가 여자의 머리칼에선 사과나무를 키운다. 남자는 아주 오랜만에 모자와 선글라스를 벗고 여자의 머리를 감겨 주었다. 여자가 샤워를 하는 동안엔 혹시나 물건을 떨어뜨리거나 미끄러운 타일 바닥에 넘어질까 봐 욕실 문밖에서 귀를 곤두세우고 있었다. 물소리가 더 이상 들리지 않고 나서야 남자는 옷장에서 속옷과 얇은 트레이닝복을 꺼내 욕실 문밖에 놓아두었다. 샤워를 마치고 나온 여자에겐 미리 끓여 놓은 쇠고기죽을 내주기도 했다.

한낮의 햇살이 뜨거웠던 모양인지 여자가 눈가를 찌푸리며 눈두덩을 부비기 시작한다. 남자는 여자 곁에 더더욱 바짝 다가가 앉으며 선글라스를 벗어 조심스럽게 여자에게 끼워 준다. 오늘, 제 생일입니다. 남자의 말에 선글라스를 낀 여자가 남자를 향해 쓰윽, 웃어 보인다. 남자 역시 얼떨결에 여자처럼 웃어 보았다. 남자의 기억이 맞다면, 3년 만의 웃음이었다.

선글라스를 벗었음에도 저녁 햇살이 내리비치는 아파트 광장과 놀이터, 주차된 차량과 오가는 사람들의 모습은 여전히 짙은 먹빛이거나 흐린 먹빛이었다. 짙은 먹빛이거나 흐린 먹빛일 뿐인 세상 그 어딘가가 젖어 들고 있다고 느낀 바로 그 순간, 남자는 어디선가 플래시가 터지며 한 장의 흑백사진 속으로 여자와 함께 들어가고 있다는 착각에 빠져 들었다. 그건, 안정된 각도와 구도를 갖춘, 남자가 생에 처음으로 찍어 본 기념사진이었다.

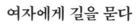

여자에게 길을 묻다

고속버스 터미널

여자는 플라스틱 간이 의자에 앉으면서 좀 전에 내가 자판기에서 빼 준 커피를 두 손으로 조심스럽게 보듬는다. 앞자리에 앉아 있던 남자아이가 홀쩍 뒤를 돌아본다. 아이는 소인국의 세계로 잘못 들어온 거인을 바라보듯 신기한 표정으로 여자를 위아래로 훑어본다. 앞자리에서 17인치 텔레비전으로 축구 경기를 보던 몇몇 사람들도 2미터는 될 법한 장신의 여자를 흘끗흘끗 건너다보고 있었다. 사람들의 시선을 의식하지 못한 듯 여자는 고개를 숙인 채 종이컵을 채운 커피만 내려다보고 있다. 나는 여자 옆자리에 배낭을 내려놓은 후 사람들의 시선을 뒤로한 채 매표

소 쪽으로 걸어간다.

속초행 막차는 11시 30분에 있었다. 표를 끊고 다시 여자가 있는 플라스틱 의자 쪽으로 돌아가자, 그새 축구 경기가 끝났는지 텔레비전 화면에는 밤 11시가 넘어야 시작되는 오락 프로의 배경음악이 흘러나오고 있었다. 축구 경기에는 별 관심이 없었던 여자는 오락 프로그램이 방영되는 화면에선 눈을 떼지 못한다. 브라운관 속, 두 명의 남자 개그맨과 세 명의 여자 가수들은 오래된 동요를 따라 부르다가 가사나 음정이 틀릴 때마다 쟁반을 맞는다. 쟁반이 떨어질 때마다 여자는 마치 자신이 쟁반을 맞기라도 한 듯 커다란 어깨를 안으로 모으며 인상을 쓴다. 긴 얼굴선에 턱과 이마가 튀어나오고 광대뼈가 불거져 나온 탓에 인상을 쓰는 여자의 얼굴은 더더욱 험악하게 보인다.

여자는 어제저녁에 대추나무 집을 찾아왔다. 종종 있는 일이었으므로 그리 놀라지는 않았다. 길 건너 덕은동에서 작은 슈퍼마켓을 운영했던 여자의 외할머니가 여자를 데리고 돌연 수색을 뜬 건 작년 여름의 일이었다. 그가 나를 떠난 지 한 계절이 지난 후이기도 했다. 그러나 여자는 수색을 뜬 지 한 달도 못 돼 다시 대추나무 집을 찾아오기 시작했다. 그때마다 나는 딱딱하게 굳은 얼굴로 여자를 외면했다. 혼자 집으로 들어와 김포로 전화를 걸면 여자의 외할머니는 한 시간도 안 되서 택시를 타고 대추나무 집까지 달려오곤 했다. 창문을 통해 가지 않겠다고 뻗대는 여자와 그런 여자를 택시 안으로 잡아끌려는 여자의 외할머니를 지켜보는 것이 내가 여자를 위해 해 줄 수 있는 것의 전부였다. 허리가 굽어 더더욱 왜소해 보이던 여자의 외할머니는 외려 여자의 앳된 손녀처럼 보이곤 했다. 가끔이지만, 주뼛거리는 거구의 여자에게 매달려 가슴을 치면서 통곡을 하는 여자의 외할머니를 목격하기도 했다. 그럴 때면 갖고 싶은 장난감을 사 주지 않는다고 떼를 쓰는 아이의 모습이 일흔 넘은 노파의 휘어진 등허리 위로 겹쳐지곤했다.

어제저녁, 붉은색 철제문 앞에 앉아 있던 여자는 회사에서 터벅터벅 걸어오던 나를 보더니 예의 그 함박웃음을 지어 보였다. 납작해 보이는 여자의 치아가 달빛을 받아 하얗게 부서졌다. 가을바람이 차가웠다. 나는 여자를 외면하는 대신 대문을 열고 여자에게 들어오라는 손짓을 해 보였다. 엉거주춤 대문으로 들어오던 여자는 환하게 웃고 있었다.

방으로 들어와 형광등 아래에서 보니 여자의 트레이닝복에는 잔뜩 흙먼지가 묻어 있었고 맨발은 새까만 때로 더러웠다. 여자는 이번에도 김포에서 수색까지를 단 한 번도 쉬지 않고 걸어왔던 모양이다. 무엇이 거인증에 걸린, 병 때문에 정신도 온전하지 못한 벙어리 여자를 김포에서부터 수색까지 걸어오게 하는 것인지 나는 알 수 없었다. 여자에게 그가 입던 초록색 니트 티와 베이지색 면바지를 내준 후 욕실 문을 열어 줬다. 니트 티는 꼭 맞아 가슴 선과 팔뚝, 어깨뼈가 그대로 눈으로 그려졌고 바지는 발목 위로 껑충하게 올라온 탓에 굵은 복사뼈가 훤히 드러났다. 여자가 그의 옷을 입고 잠든 사이, 나는 다시 욕실 문을 걸어 닫고 여자의 자줏빛 트레이닝복과 나달나달해진 운동화를 빨았다. 빨래를 하는 내내 지금이라도 당장 김포로 전화를 해야 한다는 생각을 안 한 것은 아니었다.

그러나 어젯밤, 나는 끝내 수화기를 들지 않았다. 대신 오랫동안 계획했던 속초행에 여자를 데려가기로 결심했을 뿐이다. 두려움 때문이었을까. 아니다. 내겐 그저 내게 주어진 이 길의 마지막을 지켜봐 줄 사람이 한 명쯤 필요했던 것뿐이다. 그 사람이 거인증에 걸린 벙어리 여자라 해도 상관은 없었다.

11시 20분, 여전히 텔레비전에서 눈을 떼지 못하는 여자의 한쪽 팔을 잡아끌며 승차장으로 향한다. 속초행 고속버스는 강릉행과 동해행 사이에 정차해 있었다. 버스에 올라 배낭을 선반에 올리는 동안, 여자는 창가 쪽으로 들어가 자리를 잡는다. 장거리 고속버스는 처음 타 보는 모양인지 여자는 호기심 가득한 눈으로 쉼 없이 창밖을 두리번거리고 있다.

시동이 켜지면서 버스의 촉수 낮은 조명이 꺼진다. 유리창에 반사되는 여자의 옆얼굴이 여러 개의 상(像)으로 흩어진다. 난시 때문이었다. 극심한 난시 탓에 내 눈은 피사체가 시야에서 조금만 멀어져도 착란을 일으키며 그 경계를 무너뜨리곤 한다. 지나가는 차들의 하이 빔에나 잠깐씩 윤곽을 드러내는 여자의 실루엣은 어느 각도에서 보아도 불투명하기만 하다.

나보다 다섯 살 정도 많다는 것과 거인증에 걸린 벙어리라는 것을 제외한다면, 불투명한 실루엣만큼이나 나는 여자에 대해 아는 것이 별로 없는 셈이다. 여자가 왜 늙은 외할머니와 단둘이 살게 되었는지, 그와는 대체 무슨 일이 있었는지도 나는 알지 못한다. 심지어 저토록 거대한 육체를 이고 어떻게 지난 세월을 견디며 살아왔는지에 대해서도 나는 아는 것이 없다.

고속도로 톨게이트를 지나면서부터 여자는 창가에 몸을 밀착한 채 잠이 든다. 그러나 아무리 여자가 창가로 몸을 밀착한다 해도 여자 곁의 자리는 비좁기만 하다. 여자도 좁은 공간이 불편한지 자꾸 몸을 뒤척인다. 여자에겐 이 세상의 모든 곳이 너무 좁거나 너무 딱 맞다. 너무 좁거나 너무 딱 맞는 곳에 맞추기 위해 여자는 저렇게 꾸부정하게 굽은 어깨를 펴지 못하고 있는 것인지도 모르겠다.

창밖의 풍경은 이제 내가 떠나온 도시의 흔적을 모두

거두었다. 빌딩도, 인파도, 네온사인도 없는 적막한 길만이 끝없이 이어지고 있다. 이제야 더 이상 되돌릴 수 없는 길을 가게 되었다는 안도감이 설명할 수 없는 두려움과 함께 밀려온다. 자세를 바로 하고 두 눈을 크게 떠 본다. 새벽의 고속도로를 채우고 있는 것은 가로등의 주황색 불빛뿐이다. 난시 탓에 그 불빛들은 폭죽처럼 화려하게 빛을 내뿜는 것처럼 보인다. 일이 분마다 나타나는 이정표만 없다면 쉼 없이 폭죽이 터지는 이 길은 현실을 빠져나가는 기이한 통로처럼 신비롭게 여겨질 수도 있을 것이다.

의자에 깊숙이 등을 기대며 왼손 약지에 끼워진 반지를 매만져 본다. 버스가 덜컹거릴 때마다 반지도, 내 머릿속의 기억들도 덩달아 덜컹거린다. 버스가 속초가 아니라 기억 저편, 10여 년 전 그를 처음 만났던 그곳으로 나를 데려간다 해도 나는 그리 놀라지 않을 것 같다. 그러니까 그곳은, 원주였다.

원주

그해 겨울, 우리는 생활용품 제조 회사였던 D사의 예비 사원들로 처음 만났다. 춥고 허름했던 원주의 콘도에는 그와 나 외에도 수십 명의 고졸 예비 사원들이 모여 있었다.

그때 우리는 모두 종로와 마포에 자리한 사무실의 사무 보조원이나 안양에 위치한 공장의 수습사원으로 채용된 상태였다. 정식 출근을 일주일 앞두고 회사에서는 특별히 고졸 신입 사원들만 모아 놓고 원주의 회사 콘도에서 2박 3일의 오리엔테이션을 가졌다.

술과 카드놀이로 채워진 첫째 날이 지나자, 다음 날은 본사에서 파견된 사원들의 지겨운 강의가 아침부터 저녁까지 연이어졌다. 강의실로 급조된 콘도의 지하 식당은 난방이 잘 되지 않았다. 같은 시간, 대졸 예비 신입 사원들은 저 먼 제주도의 특급 호텔에서 교육받고 있다는 사실을 나 역시 들어 잘 알고 있었다. 자주 끊기는 난방시설과 형편없는 식사에 불만이 많았던 동기들은 너나없이 모이면 그 얘기를 나누곤 했다. 매시간 강의는 산만했다. 전날 밤, 이미 충분히 친해진 고졸 예비 사원들의 잡담과 웃음소리 때문이었다.

마지막 쉬는 시간이었을 것이다.

누군가 뒤에서 내 등을 톡톡 두드렸다. 바로 뒤에 앉은 여학생이 별말 없이 딱지 모양으로 접힌 쪽지를 한 손으로 건넸다. 고개 좀 숙이시지. 메모의 내용은 그뿐이었다. 난처한 표정으로 뒤를 돌아보자 강의실 뒤쪽에서 와하고 웃음소리가 터져 나왔다. 고졸 취업자 중 인문계 고등학교 출신은 나를 포함해 단둘뿐이라는 소문은 벌써 수십 번은 내 귀를 통과하고 있던 터였다. 쪽지를 코트 주머니 속으로 구겨 넣으며 왼쪽 대각선 앞자리에 앉아 있던 스포츠형 헤어스타일의 그 남자를 바라봤다. 또 다른 인문계 출신은 의외로 쉽게 변별되었던 셈이다. 그는 오른팔에 얼굴을 묻은 채 잠든 체하고 있었다. 바짝 자른 머리칼 때문에 발갛게 언 귀가 숨김없이 보였다. 나는 남자처럼 팔을 뻗어 고개를 묻고는 다음 강의가 시작될 때까지 일어나지 않았다.

드디어 마지막 강의까지 끝나자 누군가 연단에 올라가 저녁 식사 후에는 콘도 근처에서 뒤풀이가 있을 거라는 말을 전했다. 예의 뒤쪽에선 와하는 웃음소리가 터져 나왔다.

그날 저녁, 네 명의 여자들이 이틀을 함께 묵었던 좁은 방에는 짙은 화장품 냄새가 손님처럼 방문해 있었다. 나는 우두커니 창가에 선 채 영원히 겨울만 찾아올 것 같은 콘도의 정원을 내려다보고 있었다. 정원의 마른 나무들은 쓸쓸한 연인들처럼 서로에게 기대며 부대끼고 있었고, 살아 있다고 겨우 신호만 보내는 듯한 새들의 울음소리는 추위로 아픈 정원을 한번씩 휘돌아 갔다. 콘도의 정원에 모여 하얀 담배 연기를 길게 내뿜고 있던 남자 동기들은 쉼없이 무슨 얘긴가를 주고받으며 킬킬 웃어 댔다. 처음부터 그들의 화장에 동참하지 않아서였는지 같은 방을 썼던 여자 동기들은 창가에 서 있던 나를 남겨 둔 채 그들끼리 서둘러 방을 나가 버렸다. 여자 동기들은 이내 정원에 모여 있던 남자 동기들 속으로 섞여 들어갔다. 텅 빈 방, 창문을 통해 들려오는 그들의 대화와 웃음소리는 내게는 해석되지 않는 암호처럼 들렸다.

시내로 나가 삼겹살로 저녁을 먹고 호프집에서 이차를 할 때까지도 나는 그들의 담배 연기와 화장수 냄새에 여전히 동참할 수 없었다. 야구 모자를 푹 눌러쓴 채 남색 코트의 깃을 세우고 있던 그 역시 아무런 말이 없긴 마찬가지였다. 나는 금세 투명해지는 그의 맥주잔을 자주 훔쳐보았다. 잔에 투영된 그의 손등과 손등의 푸른 혈관이 짐짓 과장되어 보였다. 처음 마셔 보는 맥주는 쓰고 찼다. 그의 손등을 바라보는 미간이 자주 좁혀졌다.

삼차는 촌스러운 알전구가 가득 달린 삼류 호텔의 나이트클럽이었다. 소도시의 호텔 나이트클럽에는 우리 무리를 제외하곤 손님 하나 없었다. 어지간히 마신 스무 살들은 소파에 드러누워 있거나 스테이지에 나가 느린 춤을 추었다. 나는 소파의 맨 구석 자리에 앉아 밀려오는 취기를 가까스로 내리누르며 두 눈을 깊게 감았다 뜨곤 했다. 어느 순간부터 맞은편에 앉아 있던 중년의 사내와 같은 방을 썼던 여자 동기 중 한 명이 내 시야를 가득 채워 오기 시작했다. 그건, 환시였을까. 사내의 손이 자꾸만 여자 동기의 짧은 스커트 속으로 기어드는 것을 나는 얼굴을 찌푸린 채 지켜보아야 했다. 입술을 반쯤 벌린 여자 동기는 더없이 피곤한 웃음을 짓다가도 나와 눈이 마주칠 때면 무서울 정도로 무덤덤한 얼굴이 되어 나를 빤히 쳐다보곤 했다.

갑자기 서로의 멱살을 움켜쥔 두 명의 남자가 화장실 문을 박차고 튕겨 나와 쿵, 하고 바닥으로 나뒹굴었던 건 자정이 훨씬 넘어서였을 것이다. 반사적으로 벌떡 일어난 나는 뚫어지게 그들을 내려다봤다. 다시 벽에 내던져진 남자는 맞은편에 앉아 있던 사내처럼 오리엔테이션 강사들 중 한 명이었고, 그 남자를 몰아세운 또 한 명의 남자는 바로 그 남색 코트의 야구 모자였다.

야구 모자가 슬쩍 내 쪽을 바라본 순간, 오리엔테이션 강사가 그의 턱을 주먹으로 내리쳤다. 내내 그의 얼굴을 가리고 있던 야구 모자가 힘없이 바닥으로 떨어졌다. 붉은 조명 아래 드러난 그의 이마엔 이제 막 스무 살이 되었다는 것이 믿어지지 않을 만큼 굵은 주름이 잡혀 있었다. 그의 입술에서 뚝뚝, 핏방울이 떨어지는 것을 지켜보면서도 나는 어떤 세월이 그의 얼굴을 그토록 나이 들어 보이게 한 건지에 대해서만 골똘하게 생각하고 있었다. 모자를 줍기 위해 허리를 굽히고 있던 그에게 오리엔테이션 강사는 또다시 발길질을 해 댔다. 모자를 눌러쓴 그가 오리엔테이션 강사의 한쪽 다리를 잡고는 테이블 쪽으로 밀어붙였다. 클럽 내의 음악이 끊기면서 유리잔과 술병 깨지는 소리가 요란하게 울려 퍼졌다. 무춤하게 서 있던 나는 그제야 주위의 몇몇 동기들을 흔들어 깨웠다. 졸음에 겨운 채 가까스로 일어난 동기 몇 명이 이내 하나같이 놀란 얼굴이 되어 그들을 말리러 달려들었다. 동기의 치마 속을 뒤지던 중년 사내는 맥주를 들이켜며 알아듣기 힘든 욕설을 지껄였다.

싸움은 곧 멎었지만 눈과 볼이 부어오른 오리엔테이션 강사는 허공을 향해 헛주먹질을 해 대며 버럭버럭 소리를 질렀다. 넌 해고야! 이 새꺄, 넌 해고라고! 나는 몇 발자국 떨어진 지점에서 방금 해고된 그 남자를 바라보았다. 그가 또 한번 내 쪽을 슬쩍 쳐다봤다. 그러나 그때의 내겐, 그의 어깨를 추슬러 주거나 다가가 핏방울을 닦아 줄 용기 같은 건 없었다. 그는 이내 의자에 걸쳐 놓았던 코트를 낚아채고는 그대로 출입문 쪽을 향해 저벅저벅 걸어갔다.

그제야 일어난 대부분의 동기들과 강사들은 무슨 일이냐고들 한마디씩 주고받았다. 아무도 사건의 연원엔 관심이 없는 듯했다. 다만 확실한 증거물이 되어 버린 오리엔테이션 강사의 찌그러진 얼굴을 바라보며 남색 코트의 해고를 묵묵히 받아들이는 눈치였다. 시간이 흐르자 그들은 어느덧 다시 술을 마시거나 느린 춤을 추거나 여자 동기의 치마 속을 더듬기 시작했다.

그리고 정말로 D사에서 해고된 그는 스무 살의 내가 그곳에서 전화를 받고 영수증을 모으고 복사를 하는 동안 무려 여섯 군데의 공장을 전전했다. 그의 일곱 번째 직장은 대추나무 집 근처에 있던 섀시 공장이었다. 그는 그 직장에서만 계절이 바뀌고 해가 바뀌는 것을 경험할 수 있었다.

그와 함께 살았던 대추나무 집에서의 8년은 그렇게 흘러갔다. 그 8년 동안, 나는 여전히 종로에 있는 사무실에서 전화를 받았고 영수증을 모았으며 복사를 했다. 술자리에서 상사들은 변함없이 동기들의 치마 속을 궁금해했고 가끔씩 남자 직원들 사이에서 고성이 오가기도 했다. 그러나 그 비슷한 장면이 끼여 있던 원주의 나이트클럽을 기억하는 사람은 아무도 없었다. 사회 경험이 없던 스무 살의 남자가 왜 해고를 감내하면서까지 본사 직원과 주먹다짐을 해야 했는지에 대해 궁금해하는 사람은 더더욱 없었다.

그해 겨울, 고졸 취업자들을 위한 오리엔테이션에서 만나 이 세상 끝에 집 한 채를 구한 인문계 출신들의 사연을 알고 있는 사람도 물론 없었다. 결혼식도 올리지 못했고 혼인신고도 하지 않고 살았던 탓에 18K 도금 반지를 제외한다면, 그와 함께 살았던 8년을 증명해 줄 수 있는 사진이나 서류 한 장도 내겐 남아 있지 않았다. 가끔은 나 자신조차 그가 내 곁에 있었다는 것을, 살아 있었다는 것을 잊

었다. 그는 내 마음속에서 그토록 수없이 사라졌고, 죽어
갔다.

얼마나 원주에서 멀어진 것일까. 그날로부터 나는 얼마
나 멀리 도망쳐 온 것일까.

환하게 불을 밝힌 차 내부의 조명 때문에 얼굴을 찡그
린 채 겨우 눈을 뜬다. 버스는 고속도로 갓길에 세워져 있
다. 버스 안의 사람들은 몸을 웅크려 졸고 있거나 하나둘
씩 일어나 기지개를 켜며 버스를 빠져나가고 있다. 등 뒤에
선 버스의 고장으로 30분 정도 이곳에 있어야 할 거라는
얘기가 들려온다. 창밖으로 시선을 돌리자 이미 버스를 빠
져나간 승객들이 도로변에 주저앉아 있거나 하나둘 모여
담배를 피우는 모습이 보인다.

나는 여자가 깨지 않도록 조심스럽게 일어나 버스 통로
를 걸어 나간다. 버스를 빠져나가자마자 뼈에 금도 낼 것
같은 차가운 새벽 공기가 훅, 끼쳐 온다. 여자와 앉았던 자
리 쪽을 살펴본다. 여자는 유리창에 어깨를 기대 놓은 채
잦게 고개를 떨어뜨리고 있었다. 여자의 숨소리가, 그 심장
박동마저 유리창 밖에 있는 나에게까지 들리는 듯하다.

천천히 등을 돌려 새벽안개가 비현실적으로 피어오르
는 고속도로 저편을 바라본다. 안개 때문인지 좌우로 뻗은
고속도로의 양끝은 하얗게 가려져 있다. 승용차들과 버스

들은 고속도로를 타고 온 것이 아니라 안개라는 소품 속
에서 툭 튀어나와 내 앞을 스쳐 가는 것만 같다. 버스 주변
에 모인 사람들조차 거칠게 그려 놓은 크로키처럼 윤곽이
흐릿하다. 이곳에도 산맥들은 목을 쭉 빼고 길게 이어지고
있다. 산의 거친 실루엣은 이곳이 경기도가 아니라 강원도
의 한 소읍이라는 것을 알려 준다. 아마, 원주도 지나왔을
것이다.

짙은 어둠 속에서 빛줄기가 뻗어 나와 나를 다시 세상
안으로 끌어들인다. 건전지가 다 닳아 가는지 버스 뒤쪽
에 서 있던 기사가 신경질적으로 손전등을 위아래로 흔들
고 있었다. 손전등 빛이 미치지 않는 곳으로 가기 위해 나
는 버스의 붉은 미등을 지나 갓길을 따라 걷는다.

미등이 붉은 반점으로만 남고 나서야 걸음을 멈춘다. 가
드레일 너머로는 열 가구가 조금 넘을 것 같은 강원도의
작은 마을이 보인다. 작은 샛길이 이 마을의 유일한 통로
인지 그 외에는 아무 길도 보이지 않는다. 오래된 지붕을
이고 있는 몇몇 가옥들은 낮게 엎드려 곤한 잠을 자고 있
었고 간간이 우람하게 서 있는 키 큰 전봇대에는 주황빛
조명이 흥건히 맺혀 있었다.

도로가 확장되고 개발이 이루어지기 전까진 수색도 이
곳처럼 논이나 밭, 농원과 비닐하우스 등을 쉽게 볼 수 있
는 곳이었다. 근처엔 그 흔한 시장이나 마트 하나 없어서

장을 보려면 버스를 타고 시내 쪽으로 나가야 했지만, 그와 나는 큰 불평 없이 그곳에서 8년을 살았다. 동네 사람들은 그와 내가 살았던 집을 대추나무 집이라는, 조금은 흔하고 촌스러운 이름으로 불렀다. 아마도 우리가 그 집 마당에 대추나무를 심고 나서부터였을 것이다. 뒤를 돌아보지만, 저쪽의 사람들은 그 누구도 내가 가는 길을 침범하지 않을 것 같다. 눈앞에는 손에 닿을 듯 닿지 않는 축축한 안개가 자꾸만 내가 떠나온 길에 대해 묻고 있었다.

대추나무 집

대추나무 집은 수색교에서 국방대학교를 가기 전, 오른쪽으로 뻗은 샛길의 가장 안쪽에 자리하고 있다. 2차선 도로 양옆엔 키 큰 가로수들이 빼곡했고 길옆으로는 저수지와 논, 밭이 있어 여름 무렵부터는 개구리들이 온 힘을 다해 울곤 했다. 날이 좋으면 훈련을 받는 군인들의 목소리가 국방대학교 담장 너머로 들려오기도 했다.

대추나무 집에 가려면 '깊은 집'이라는 간판을 내건 음식점을 지나쳐야 한다. 대추나무 집은 깊은 집에서 세를 놓은 별채이긴 했지만 대문과 마당이 따로 있었으므로 밖에서 보면 서로 별개의 집으로 보였다. 처음 수색에 짐을 내려놓던 날엔 조금은 의무적으로 깊은 집에서 늦은 저녁을 먹기도 했다. 고추장을 듬뿍 넣은 돼지고기볶음에 소금이 씹히는 도토리묵과 감자전을 먹으면서 그와 싸움하듯 번갈아 가며 물을 마셔 댔던 기억이 난다.

깊은 집에서 다섯 발자국 정도 더 가면 여기저기 녹이 슬고 칠이 벗겨진 붉은색 대문이 나타나는데, 그 문을 열고 들어가면 작은 마당이 있고 마당의 왼편, 흙으로 다져 놓은 곳엔 그와 나의 대추나무가 서 있다. 그 집에 사는 동안, 깊은 집 주인 여자는 2년에 한 번 꼴로 백만 원이나 이백만 원씩 전세금을 올려 받았지만 그와 나는 집을 옮겨야겠다는 생각조차 하지 못했다. 우리에게 그곳은, 더 이상 한 발자국도 뒤로 물러설 수 없는 이 세상의 맨 마지막 칸 같은 곳이었으니까.

여자가 찾아오기 전까지, 그곳은 그와 나 외에는 좀처럼 드나드는 사람이 없는 조금은 적막한 곳이었다. 가끔은 집 안의 모든 물건들이, 심지어 대추나무까지 우리처럼 견고한 침묵을 지키며 길고 긴 권태에 빠지기도 했다. 그럴 땐 물방울이 맺힌 수도꼭지도, 채널이 고정된 텔레비전도, 바람이 스쳐 간 대추나무의 잎들도 정지된 화면처럼 입을 다물었다. 소리 내어 웃는 법도 제대로 터득하지 못한 젊은 우리는, 우리를 닮아 과묵하기만 한 집 안의 물건들을 어떻게 하면 시끄럽게 떠들도록 조절할 수 있는 건지 알지 못했다.

여자가 처음으로 대추나무 집을 찾아온 건 그와 내가 그곳에 이사 오고 몇 달 정도 흐른 후였다. 퇴근 후 옷을 갈아입으려고 하는데 대문을 열고 들어서는 그의 뒤로 큼직한 체구 하나가 더 보였다. 여자는 거구의 몸과는 달리 잔뜩 겁먹은 얼굴로 그의 뒤를 따라다녔다. 이전에도 여자와 마주친 적은 물론 몇 번 있었다. 그가 가끔씩 여자의 집을 수리해 주고, 관절염을 앓던 여자의 외할머니에게 약을 사다 주기도 했다는 것도 깊은 집 여자를 통해 들어 이미 알고 있었다. 그런 말을 할 때마다 깊은 집 여자는 걱정스러운 표정을 짓고 있었지만 조금만 방심하면 곧바로 터져 나올 것만 같던 웃음기까지는 미처 숨기지 못했다. 이 희귀한 삼각관계가 재미있어 죽겠다는 듯.

나는 그날, 아무런 말 없이 거실에 앉아 있던 그와 여자에게 저녁상을 차려 주었다. 여자는 외로 몸을 튼 채 먹는 둥 마는 둥 젓가락으로 밥알과 나물들을 휘젓기만 했다. 거구의 여자가 그처럼 조신해하는 모습을 보니 나는 차라리 실소라도 터뜨리고 싶었다. 상을 치운 후 돌아가라고 현관문을 열어 주자, 여자는 몇 번이나 뒤를 돌아보며 선뜻 떠나려 하지 않았다. 여자의 부푼 듯한 눈동자 끝엔, 희미한 형광등 아래서 웃고 있던 그가 서 있었다.

나는 발을 쿵쿵 구르며 도로 부엌으로 들어가 소리 나

게 그릇들을 씻으면서 중얼거렸다.

— 지겨워. 지겨워서 정말 죽을 것 같아.

마루 쪽에서는 신경질적으로 신문 넘기는 소리가 흘러나와 틀어 놓은 물살을 가르며 귓가를 파고들었다. 그릇들을 정리한 후 부엌을 나왔을 때는 거실은 텅 비어 있었다. 그가 앉았던 자리엔 펼쳐 놓은 신문만이 초여름의 바람을 맞으며 펄럭이고 있을 뿐이었다.

그날도 마당 구석의 한자리를 차지하고 있던 대추나무는 소모적인 싸움으로 지쳐 있던 우리를 말없이 내려다보고 있었을 것이다. 그곳에 사는 동안, 그 집의 진짜 주인은 우리가 아니라 대추나무였다는 것을 나는 단 한 번도 의심한 적이 없었다.

8년 전 늦은 봄날의 이른 아침, 그가 짊어지고 온 대추나무에선 싱싱한 풀잎 냄새가 났다. 동네에 있는 농원에서 구입해 온 그 나무는 가지가 굵고 잎이 새파랗게 빛나는, 자신에게 주어진 청년을 살고 있던 건강한 나무였다. 앞마당에 쭈그리고 앉아 잔뿌리 하나도 조심하며 대추나무를 심던 그는 흙이 다닥다닥 엉겨 붙은 팔뚝을 드러낸 채 나를 향해 웃어 보이기도 했다. 아마도 대추나무는 그로부터 다섯 해까진 대추를 낳았을 것이다. 그가 대추나무를 흔들면, 내가 치맛자락에 떨어진 대추 알들을 주워 담았던 기억이 이국 풍경의 삽화처럼 낯설게 남아 있다. 겨울에는 말려 놓았던 대추를 생강과 함께 삶아서 꿀을 넣고 커피 대신 마시기도 했다.

그러나 다섯 해가 지나면서부터 나무는 더 이상 대추를 맺지 못했다. 깊은 집 여자는 토양이 맞지 않아서라고 했고 대추나무를 팔았던 농원의 김씨 아저씨는 병에 걸려서라고 했지만, 나는 혹여 애정 결핍이 아닐까, 가끔씩 혼자 생각해 보곤 했다. 그가 떠난 이후로 대추나무는 더더욱 메말라 갔다. 비가 오는 날이나 바람이 심하게 부는 날이면 이미 생명을 상실한 나무의 부대낌 소리가 스산하고 음울하게 번져 나왔다. 나무는 20년생이었다. 20년 동안 그런 소리를 만들기 위해 내내 기다린 것처럼 대추나무의 울음소리는 어딘지 모르게 간절한 데가 있었다.

슬픔을 슬픔이라 표현할 줄 알았던 그 나무도 그 집을 떠나 버린 사람들처럼 이제 서서히 잊히게 될 것이다. 그 집으로 새로 이사 오게 될 사람들은 분명 자리만 차지할 뿐, 열매도 맺지 못하는 메마른 나무를 가만두지 않을 테니까. 나무로부터 등을 돌린 후 내 머릿속에선 언제나 활짝 열려 있는 철제 대문을 닫고 나는 그곳을 나온다. 이제 다시는 돌아갈 일이 없을, 과묵하고 침묵을 좋아했던 그 집을 나는 이렇게 떠나왔다.

— 손니임!

강렬한 빛이 등 뒤에 꽂힌다. 뒤돌아보자 손전등에서 뿜어져 나오는 환한 빛이 눈가를 찌푸리게 한다.

— 아니, 왜 안 오는 거예요? 한참을 불렀는데 말이야.

더블 단추가 달린 구식 양복을 입은 기사는 하얀 면장갑을 낀 손으로 어서 오라는 손짓을 한다. 나는 엉거주춤 일어나 버스 쪽으로 걸어간다.

엔진 소리는 낮지만 고속버스 안엔 여전히 찬 바람이 불고 있다. 나를 찾기라도 했는지 의자에 앉아 흘끗 내 쪽을 바라보는 여자의 두 눈이 데꾼하다. 잠들어 있는 동안 악몽이라도 꾸었던 것일까. 땀에 젖은 숱 많은 머리칼이 여자의 양 볼에 몇 가닥씩 달라붙어 있었다.

버스는 다시 출발했지만 창밖은 같은 필름을 반복해서 돌리고 있는 화면처럼 여전히 똑같은 풍경만을 재생한다. 고속도로엔 변함없이 수백 개의 폭죽이 터졌고, 나는 또다시 속초가 아닌 원주로 가고 있다는 착각에 사로잡힌다.

곁에 앉은 여자에게선 여전히 거친 숨소리가 들린다. 거인증에 걸린 사람은 장기마저 비대해져 호흡에 장애가 오게 되고, 결국 한번 발병하면 단명할 수밖에 없다는 얘기를 들은 기억이 난다. 여자도 내가 버려두고 온 대추나무처럼 그 누구도 관심을 주지 않는 척박한 땅에 갇힌 채 안에서부터 천천히 메말라 가고 있는 중일지도 모르겠다.

갑작스러운 버스 고장으로 시간이 지체돼서인지 버스는

그 흔한 휴게소 한번 들르지 않고 앞으로만 달려간다. 버스는 어느덧 대관령 길로 들어서고 있었다. 1년 전 그는 이곳에서 나를 떠났다. 그날, 집을 나서던 그의 어깨를 기억한다. 기우듬하게 쳐져 있던 그의 어깨를 끝내 잡아 주지 못했던 내 초조함도 기억한다. 그 당시 그는 실업 상태였지만 집을 비우는 일은 잦았다. 그 와중에도 여자는 사나흘에 한 번씩 대추나무 집 대문 밖을 기웃거리곤 했다. 실업 상태였던 그가 왜 그토록 자주 집을 비워야 했는지 나는 미처 알지 못했고 알려고도 하지 않았다. 내가 만약 그때 그를 잡아 주었다면, 열리지 않는 그의 마음 밖에서 여자처럼 간절한 자세로 기다리고 있었다면, 그는 영원히 내 곁을 떠나지 않아도 되었을까.

고원 지역의 안개는 한 치 앞도 볼 수 없을 만큼 짙다. 짙은 안개 속에서 버스는 여러 번 급정거를 한다. 그 탓에 나는 여자와 자주 어깨를 부딪치고 시선이 엇갈린다. 어깨를 부딪칠 때마다, 여자에게도 그와의 집이 남아 있는지 나는 궁금하다. 여자와 시선이 엇갈릴 때에는 여자의 마음속 그 집엔 어떤 색의 대문이 있고 어떤 나무가 심어져 있는지도 궁금하다.

— 장시간 수고하셨습니다. 곧 목적지인 속초에 도착하겠습니다. 가시는 목적지까지 안녕히 가십시오.

운전석에서 흘러나오는 방송을 들으며 손목시계를 내려

다본다. 4시 30분이었다. 버스의 고장과 안개로 인한 정체로 예정된 도착 시간보다 한 시간 정도 늦은 시각이다. 자리에서 일어나 선반에서 배낭을 꺼낸 뒤 의자에 앉으면서 여자 쪽을 바라본다. 여자는 손바닥으로 창문을 닦아 내리더니 그곳에 얼굴을 묻는다. 속초 시내에서 쏟아지는 조명이 여자의 얼굴을 조심스럽게 조각해 가고 있었다.

버스는 곧 정차한다. 나와 여자는 승객이 다 빠져나갈 때까지 기다렸다가 가장 마지막으로 버스의 긴 통로를 빠져나온다. 속초의 새벽 공기는 8년 전과 다를 것 없이 내게 첫인사를 건넨다. 터미널 맞은편의 두 블록 정도 떨어진 곳엔 금성모텔의 낡은 간판이 보인다. 전기 배선에 문제가 있는지 금성모텔은 한 번에 불을 밝히지 못한 채 한 글자씩 한 글자씩 느리게 깜빡이고 있었다. 누군가 정성스러운 손길로 복원해 놓은 무대처럼 그 깜빡임조차 8년 전과 똑같았다.

금성모텔

내실에서 건네준 분홍색 플라스틱 패가 달린 열쇠를 집어 드는데 또다시 기시감이 밀려온다. 내실엔 바람을 억지로 불어 넣은 것 같은 펑퍼짐한 여주인이 노동하듯 껌을 씹고 있고, 내가 쥐고 있는 열쇠의 플라스틱 패에는 8년 전과 똑같은 방 번호가 새겨져 있다. 다갈색 양탄자가 깔린 계단 초입엔 분명 행운목 한 그루가 비좁은 화분 속에서 목말라 하고 있을 것이다. 나는 등을 오므려 숙박계에 낯선 이름과 낯선 주민등록번호를 써넣는다. 이 세상 어딘가에서 누군가가 이미 한 번은 썼을 법한 이름과 숫자에는 익숙하지 않은 필체가 어린다.

대추나무를 마당에 심었던 그해 가을날, 껌을 씹고 있던 여주인에게 값을 치르는 그의 등은 언제나처럼 굽어 있었다. 행운목을 지나 다갈색 계단을 오를 땐 힘없이 계단 하나하나에 오랜 시간을 두었던 나를, 그는 고개를 숙인 채 기다려 주곤 했다.

1층과 2층 사이의 계단참에 선 나는 쉽게 계단을 오르지 못하는 여자를 입술을 깨문 채 내려다본다. 여자가 첫 번째 계단에 오른쪽 발을 내딛는 것을 보고 나서야 2층으로 이어지는 계단을 오르고, 여자의 더딘 걸음이 힘겹게 2층 계단을 디딜 때에야 3층 복도를 걷는다. 등 뒤에서 들리는 여자의 발소리는 거구의 체격과는 어울리지 않게 사뿐사뿐, 조심스럽기만 하다.

방으로 들어서자마자 형광등 스위치를 올려다본다. 천장 가운데 매달린 둥근 등은 여러 번 깜빡거리다가 이내 촉수가 낮은 붉은 조명으로 방 안 이곳저곳을 비추기 시작한다. 등에 딸린 줄을 신경질적으로 잡아당겨 보지만 붉은 조명은 은백색으로 바뀌지 않는다. 여자의 기척이 등 뒤로 느껴진 건 내가 침대 모서리에 힘없이 걸터앉은 후였다.

말없이, 문턱에 선 여자를 되바라본다. 여자를 바라보는 눈가에 내 의지와 상관없이 저절로 힘이 들어가고 있었다. 세게 두 눈을 비비며 나는 다시 한번 여자 쪽을 힘껏 쳐다본다.

이제는 기억하는 것만으로도 힘에 부치지만, 내게도 저렇게 붉은 조명만이 비추던 때가 있었다. 그러나 그건, 불빛이 만든 가짜 멍이 아니라 진짜 멍 자국이었다. 허벅지에, 등허리에, 어깨와 목덜미에 붉은 멍뿐이던 그 시절의 내가 완벽하게 분리된 타인에게서 발견되는 이 순간을 나는 묵묵히 견딘다. 그 시절, 내 몸의 그 멍 자국들은 고개를 멀리하면 이내 윤곽이 흐려지면서 원래의 형체를 허물곤 했다. 난시 탓이었겠지만, 불을 끄고 자리에 누웠다가 그 상처가 꿈틀대는 벌레로 보여 공포감에 젖은 채 아악, 아아악, 소리를 내지르며 벌떡 일어난 적도 있었다. 시간이 지나면서 상처는 아물어 갔지만 상처가 있었던 흔적 자체가 사라지는 것은 아니었다. 이 세상 어디에도 완전히 소멸해 버리는 흔적 같은 건 없다는 것을 아버지는 아마 몰랐을 것이다.

— 나갈까요?

여전히 여자에게서 눈을 떼지 못한 채 혼잣말처럼 중얼거려 본다. 해가 뜨진 않았겠지만 새벽 동해 해안가엔 누군가는 서 있을 것이다. 점퍼를 다시 껴입고 방 열쇠를 챙겨 일어난다. 여자 역시 트레이닝복의 지퍼를 끝까지 올리고 나를 따라나선다.

해변은 예상대로 무서울 만큼 조용하다. 가끔씩 손전등을 들고 있는 군인들만 지나다닐 뿐, 손톱으로 그으면 금도 날 것 같은 새까만 어둠만이 해변을 꽉 채우고 있었다. 수평선 위엔 몇 개의 집어등이 넓게 사이를 둔 채 성성이 맺혀 있었고 가끔씩 먼바다에서 시작된 희미한 한 줄기 불빛이 해변을 훑고 지나갔다. 밀물이 빠져나가는 모래 더미 위에 앉으며 나도 모르게 앞섶을 여미고 무릎을 붙였지만 바닷가의 바람은 제법 차다. 한 뼘 떨어져 앉은 여자의 얼굴은 어둠 때문에 표정을 읽을 수가 없다.

무릎에 고개를 묻으며 버릇처럼 왼손 약지에 낀 반지를 매만져 본다. 어느 날부터인가 반지의 안쪽 부분은 녹이 슬고 있었다. 한 달에 한 번씩 거즈에 치약을 묻혀 닦아 냈지만 대추나무 집의 붉은색 철제문처럼 번지는 녹을 잡기는 힘들었다. 시간은 모든 것을, 심지어 사람조차 녹슬게 할 수 있다는 것을 나는 이 반지를 통해 알게 되었다.

언제부터인가 여자의 옆모습이 붉은빛으로 젖어 가는 것을 물끄러미 바라본다. 여자의 시선을 따라 눈길을 보내자 수평선 위의 낮은 구름들이 짙은 자줏빛으로 물들어 가고 있는 것이 보인다. 새벽의 문을 열고 들어오는 태양 빛에 조도(鳥島)도 조금씩 그 모습을 드러내고 있었다. 그동안 섬은 파도에 쓸려 가지도 않고, 거대한 새의 발톱에 찍히지도 못한 채 저곳을 지켰나 보다.

일출을 보러 나온 모양인지, 어느새 수런거리는 사람들의 음성이 해변 여기저기에서 들리기 시작한다. 어깨를 꺾어 뒤를 돌아본다. 띄엄띄엄 낯익은 사람들의 얼굴이 보였다. 터미널과 고속버스에서 한 번쯤 스치고 지나갔을 법한 얼굴들은, 그러나 나를 알아보지는 못한다. 그들은 대신, 내 곁에서 핏발 선 눈으로 뚫어지게 바다를 바라보고 있는 우람한 체격의 여자를 곁눈질하며 해변 쪽으로 에돌아 걷는다. 속달거리는 그들의 낮은 목소리로 나는 귓등이 간지럽다.

여전히 온정신을 집중하여 조도 쪽을 바라보고 있는 여자는 눈이 시릴 만큼 황금빛이 너울대는 햇볕 속에서도 눈 한 번 깜빡하지 않는다. 몹시도 진지해 보이는 그 옆모습이 나는 낯설다. 혹여 작년 여름, 섀시 공장에서 내가 했던 말들을 기억하고 있는 것일까. 이럴 때면 여자가 정말로 정신이 온전하지 못한 것인지 의심스럽다. 가끔씩, 여자가 태어날 때부터 벙어리였다는 사실이 거짓말로 여겨지는 것처럼.

일어나 여자를 남겨 둔 채 모텔 쪽으로 조심조심 걸어간다. 모텔의 현관문을 열 때까지, 여자는 언제까지고 그러고 있을 것처럼 조도 쪽으로 향한 시선을 거두지 않고 있었다.

원주에서의 오리엔테이션 이후 나는 종로에 있는 사무실의 보조 사원으로 배정되었다. 그 당시 퇴근 후 내가 돌아갈 수 있는 곳은 다섯 평이 채 안 되는 큰이모네 부엌 쪽 방뿐이었다. 그 쪽방에서 어머니와 남동생, 그리고 내가 함께 거주해야 했다. 식당과 이어진 큰이모네 부엌은 밤마다 참기 힘든 악취를 풍겼다. 무심코 장롱을 열어 보다가, 책장에서 책을 꺼내다가 사이좋게 모여 있는 바퀴벌레들을 발견하고는 기겁을 하며 뒤로 넘어진 날도 많았다.

그 방으로 가는 시간을 최대한 미루기 위해 스무 살의 나는 언제나 남들보다 두 시간 정도 늦게 퇴근하여 인파로 가득 찬 종로와 광화문 거리를 하염없이 걸었다. 종로 5가에서 광화문까지는 그리 짧은 거리가 아니었지만 나는 하룻밤 사이에도 대여섯 번은 그 거리를 왕복했다. 가끔은 그 긴 길을 빠져나온 횟수만큼 나이를 먹어 버린 것처럼 느껴지기도 했다. 지친 몸을 끌고 집으로 돌아가 자리에 누우면 몸 마디마디가 저리고 아파 눈이 잘 감기지 않을 때도 있었다.

그가 찾아온 날은 4월의 첫째 주 금요일이었다. 때가 긴 운동화가 제일 먼저 눈에 들어왔고 그다음에야 모자를 눌러쓴 그 작고 각진 얼굴이 조금씩 자세하게 보이기 시작했다. 나와 눈이 마주치자 그는 이내 피우던 담배를 바닥에 내던지고는 운동화로 짓이기며 어색하게 웃어 보였다. 나는 입술을 깨물며 차갑게 그의 앞을 스쳐 지나왔다. 그의 어눌하고 답답한 억양에 익숙해지는 날, 내 삶은 그 뿌리에서부터 흔들리게 될 거라고, 날마다 나이를 먹어 가던 그 당시의 나는 노련한 점술가처럼 스스로에게 말해 주었을 것이다.

그날도, 그다음 주 금요일도, 그리고 4월의 마지막 금요일까지 나는 그를 외면했다.

아버지의 부음 소식은 네 번째로 그를 외면했던 날 찾아왔다.

— 아버지가 돌아가셨다는구나.

역시나 종로와 광화문을 배회하다 집으로 돌아온 그날, 허리를 앓아 2년째 자리보전 중이던 어머니는 여전히 조율되지 않는 발음으로 그렇게 말하고는 돌아누웠다. 이가 모두 다섯 개나 빠진 탓에 어머니의 입술은 말할 때마다 주름이 잡혀 마주 보는 사람의 마음을 더없이 불편하게 만들곤 했다. 나는 피곤한 몸을 느리게 움직여 벽과 벽 사이의 모서리에 일생을 맞추고는 아버지의 죽음을, 아버지가 죽었다는 사실을 천천히 되새겨 보았다.

그날 밤엔 밤새도록 비가 내렸다. 바로 곁에서 뒤척이던 어머니처럼 쪽방에 누워 있던 나와 남동생 역시 한숨도 잠을 청할 수 없었다.

　삼일장을 치른 후, 아버지가 남긴 재는 평택의 납골당으로 옮겨졌다. 장례식 기간 동안 허리조차 제대로 펴지 못하던 어머니는 자주 바닥에 주저앉은 채 통곡을 하곤 했다. 생의 반절을 얻어맞고 살았으면서도 그토록 울 수 있다는 것에 나는 깜짝깜짝 놀라곤 했다. 남동생과 나는 울지 않았다. 오히려 약속이라도 한 듯 내내 말 한마디 나누지 않았다. 외가 쪽 친척들 틈에서 찬송가를 부르고 무리에 섞여 절을 하고 혼자 나아가 향을 피우는 모든 절차는 전화를 받고 영수증을 모으고 복사를 해야 하는 회사의 고단한 일과와 다를 것이 없었다. 어서 모든 것을 끝내고 음식 냄새 나는 큰이모네 쪽방일지라도 맨발로 기어 들어가 눕고 싶은 생각뿐이었다.

　그리고 그다음 주 금요일, 그는 채권자처럼 성실하게 나를 찾아왔다. 나는 로비에서부터 그의 뒷모습을 눈이 아프도록 뚫어지게 바라보고 있었다. 처진 어깨와 등뼈가 어림짐작될 만큼 형편없이 마른 등허리가 흔들려 보였다. 로비의 벽시계는 저녁 8시를 울리고 있었다. 금요일까지 늦게 퇴근하는 사람은 거의 없었다. 수위실에서만 초로의 수위가 꾸벅꾸벅 졸고 있을 뿐이었다.

　내가 먼저, 그를 불렀다.

　그날로부터 아주 오랜 시간이 흐른 후, 그때껏 들어 본

적 없는 가장 절망적인 목소리였노라고 그가 회상하곤 했던 목소리로, 나는 온 힘을 다해 그를 불렀다.

목이 쉬도록 그의 이름을, 원주의 호프집 앞에서 들은 이후 한 번도 잊은 적이 없던 그 이름을 연달아 부르는 동안 다리에 힘이 빠지면서 나는 그대로 주저앉았을 것이다. 세 번째로 그의 이름을 부르던 내 목소리는 나조차도 알아들을 수 없을 만큼 안으로 푹 꺼져 있었다.

그가 뒤돌아보았고, 수위실의 작은 창도 삐끗 열렸다. 그는 마치 난생처음으로 이름이 불린 사람처럼 놀란 얼굴로 나를 쳐다봤다. 일어나 그에게 달려가 내 아버지에 대해 하나도 빠짐없이 모두 얘기해 주고 싶었지만 내 몸은 내 뜻대로 움직이지 않았다. 복도에 주저앉아 온 힘을 다해 그를 올려다보고 있는 동안 그는 조심스럽게 내게 다가왔다. 그가 손을 내밀었을 때, 그제야 나는 그 손을 잡고 바닥에서 일어날 수 있었다.

그날 이후, 종로 5가에서 광화문까지 걷는 내 곁엔 자주 그가 있었다. 스무 살의 우리는 땅바닥에서 잃어버린 청춘을 찾기라도 하듯 고개를 숙인 채 한마디 말도 없이 걷기만 했다. 그때까지도 그는 야구 모자를 깊숙이 눌러쓰고 있었고 변변한 외출복이 없던 나는 무채색의 블라우스에 싸구려 면 스커트를 입고 있었다. 쉼 없이 우리 곁을 스쳐 지나가던 저녁의 행인들은 그때의 우리를 어떻게 보았을까. 비가 내리는 저녁이면 그는 내 어깨를 보듬어 주며 나와 함께 작은 우산 아래 서 있었다. 우산 안으로는 언제나 빗물이 튀어 들어오곤 했다. 그와 앞으로 함께할 곳도 우산 안처럼 허술하고 추울 터였다.

그러나 아버지의 죽음 이후, 나는 더 이상 이모네 부엌 쪽 방을 견디지 못하고 있었다. 그 네모난 방을 떠날 수만 있다면, 그 네모난 방에서 나와 함께 나이를 먹어 가고 있던 기억들을 잊을 수만 있다면, 나는 그 누구라도, 그때가 언제라 해도, 한순간의 주저도 없이 따라나설 준비가 되어 있었다.

나는 날마다 짐을 싸고 부리는 연습을 했다.

그러나 정작 그가 나를 데려간 건 다음 해 2월이 되어서였다. 그때까지도 내 월급은 통장째 차압되고 있었으므로 모든 살림 준비는 그가 도맡아야 했다. 결혼식이나 신혼여행은 우리에겐 수입 가구나 고급 혼수처럼 사치스러운 거였다. 몇 벌 안 되는 옷들이 든 배낭을 들고 이모네 쪽방에서 나오던 날, 어머니는 거칠게 포장된 상자 두 개를 나에게 내밀었다. 그즈음, 나는 내 쪽을 내려다보는 어머니의 무욕한 시선에 놀라 자주 잠에서 깨곤 했다. 어둠 속에서 어머니는 외려 훤히 빛났다. 구겨진 종잇조각 같은 입가의 주름만 아니라면 흡사 거울을 보는 기분이었을 것이다.

나는 두 눈을 힘주어 감은 채 등을 돌리는 것으로 그 거북한 대면을 외면하곤 했다. 상자를 받아 와 다시 배낭을 풀어 집어넣는 동안, 어머니는 내 오래된 습관처럼 방 모서리에 몸을 맞추고는 그 깊이를 헤아릴 수 없는 가슴 밑바닥에서부터 아주 천천히 눈물을 끌어 올렸다. 빚만 없었다면 결혼도 하지 않고 동거부터 하겠다는 딸을 그냥 보내지는 않았을 거라고 어머니는 젖은 목소리로 말했지만, 나는 아무런 대답도 할 수 없었다. 내내 방문 밖에 서 있었던 남동생이 불쑥 들어와 배낭을 낚아채 갔다. 나와 연년생이었던 남동생은 그해 겨우 스무 살이었지만 이미 영장을 신청해 놓은 상태였다. 이제 어머니는 아버지의 영정을 모셔 놓고 제사도 지낼 수 있을 터였다.

남동생이 마침 문밖에서 나를 부르고 있었다. 나는 그렇게 아무것도 가진 것 없는 빈 몸으로 이모네 쪽방을, 그 네모난 청춘을 겨우겨우 빠져나올 수 있었다.

그날 밤, 어머니가 장만해 준 같은 색의 겨울 잠옷을 사이좋게 나눠 입은 우리는 같은 천장 아래 누워 세상의 가장 마지막 칸 밖에서 들려오는 바람 소리를 들었다. 우리는 스물한 살이었고 그때는 2월 말이었다. 새 잠옷에는 아직도 옅은 석유 냄새가 배어 있어, 입술 사이로 스며 나오는 내 신음엔 잔기침이 섞여 있었다. 내 몸에 뿌리를 박은 그의 머릿결에선 우수수 잎들이 날렸고, 가끔씩 그 속에 숨어 있던 새들과 벌레들이 목청을 돋워 울기도 했다. 허약했으나 목질처럼 단단한 그의 등을 끌어안고 있는 동안,

228

그와 나의 신음 소리는 그렇게 온 우주를 돌아와 나무 그늘 아래서 조용히 사라져 갔다.

바람이 잦아들고 우주를 떠돌던 우리의 이야기도 끝나 갈 때쯤 고단한 표정으로 내 가슴에 얼굴을 묻고 있던 그는 봄이 오면 고향에 있는 어머니를 찾아가자는 말을 했다. 그러나 그 얘기뿐, 그는 더 이상 어머니에 대해 말하진 않았다. 내가 술 취한 아버지의 폭력을 말하지 않았듯 그 역시 아직 젊은 나이에 환갑이 넘은 노인에게 재가할 수밖에 없었던 어머니의 얘기를 가슴에 묻어 두었던 것이다.

지금의 나는 무엇이 그토록 우리를 침묵하게 했는지, 대체 누구를 위해 서로에게 그렇게 많은 것들을 감추어야 했는지 알지 못한다. 더디고 고통스럽게 시간을 되감아 봐도 우린 단 한 번도 서로의 밑바닥에까지 손을 짚어 본 적이 없다. 그것이 서로에 대한 배려였는지, 아니면 그렇게 해서라도 자신을 지켜야 할 무언가가 우리에게 있었던 건지, 이제 그 해답을 알고 있는 사람은 아무도 없다.

우리의 지난 8년이 이토록 그 무엇도 아니었음을 혼자서 되새겨야만 할 때 고통은 내 곁으로 바짝 다가와 묻곤 한다. 정말로 그런 시절이 있었던 게 맞는 거냐고, 그 모든 것이 한낱 너의 꿈이었던 건 아닌 거냐고. 그러나 그 질문에조차, 나는 해 줄 수 있는 얘기가 없다.

대포항

　대포항 입구에서부터 선착장까지 연결된 길목 양쪽으로는 각종 횟집과 어물전, 해산물 직영 판매장들이 올망졸망 이어졌고 고무 앞치마를 두른 상인들은 높은 목소리로 행인들을 잡는다. 군데군데 놓인 드럼통에서는 매캐한 화톳불이 뿌옇게 피어오르고 있었다. 몇 번이나 대포항 길가를 걸어 보지만 비슷비슷하게 생긴 횟집 중 그와 함께 회를 먹고 소주를 마셨던 그 가게를 나는 찾지 못한다.

　결국 내 발길은 화려하게 불을 밝힌 깨끗한 횟집 대신 도시의 포장마차 같은 허름한 천막 쪽으로 향한다. 간판이 따로 없는 천막 횟집이라는 것이 내가 가진 기억의 전부였으니까. 천막 입구에 나열된 플라스틱 대야에는 갖가지 생선들과 오징어들이 쉼 없이 서로의 꼬리를 쫓으며 파장 없는 원을 만들고 있었다.

　삐걱거리는 나무 의자에 앉자마자 나는 광어회 한 접시와 소주 세 병을 시킨다. 중년의 주인 사내는 아무 망설임 없이 광어 한 마리를 과도 하나로 잘게 회친다. 삶의 온갖 회한이 물고기 비늘을 벗겨 내는 반복적인 행위 속으로 수렴되어 버린 듯 주인 사내의 손동작은 거리낌 없이 빠르다. 여자는 내내 양미간을 모은 채 주인 사내의 과도 쪽을 흘끗거리고 있었다.

마침내 사내가 우리가 앉은 테이블에 회와 소주를 내려놓자 여자는 환하게 웃는다. 좀 전까지의 비위에 거슬린다는 듯한 표정은 이미 사라지고 없다. 배가 고팠던지 여자는 허겁지겁 회를 집어 먹는다.

돌이켜보니 여자와 나는 속초에 와서 한 번도 제대로 된 식사를 한 적이 없다. 나는 잔 하나를 가져와 소주를 가득 채운다. 여자가 소매로 거칠게 입가를 닦은 후, 내가 건네준 소주잔을 두 손으로 보듬는다. 소주잔에 투영된 여자의 손이 앙증맞은 아이의 손처럼 작게 비친다.

그 작은 손에 맥주잔 너머로 보였던 그의 손이 겹쳐진다. 앙증맞은 손과 굵은 혈관이 비쳤던 손등이 번갈아 가며 눈앞에 나타났다 사라진다. 나는 고개를 괴고는 밀물과 썰물처럼 밀려갔다가 되돌아오기를 반복하는 여자의 소주잔을 내려다보면서 내 잔에도 소주를 따라 마신다. 세 번째 소주병도 어느새 바닥을 보이고 있었다. 어둑한 불빛 아래에서 여자의 얼굴은 발갛게 물들어 간다.

미안하다고 했다.

8년 전, 그는 지금의 여자처럼 내 앞에 앉아 말없이 소주를 마셨고 언뜻언뜻 고개를 들어 나를 보다가 어느 순간, 미안하다고 말했다. 그때는 그 말이 이렇게 오랫동안 나를 괴롭히게 될 줄 몰랐기에 대체 무엇이 그토록 미안한 거냐고 묻지 못했다. 물어본 적이 없으므로 그가 준비해 놓았을 대답도 이제는 알 수 없다.

고개를 옷깃에 묻으며 나는 웃는다. 천막 안에 앉아 있던 사람들의 시선이 일제히 이쪽을 향했다. 끊임없이 혼자서 키득거리는 젊은 여자와 커다란 등을 안으로 곱힌 채 소주를 마시는 거인 여자가 그들에겐 그저 신기한 장면일 터였다. 내 웃음소리는 더더욱 커지고 여자의 얼굴은 점점 더 붉어진다. 어둠이 스민 밤바다의 파도 소리는 바로 옆에 있는 것처럼 가깝게 들려왔다.

나는 소주잔에 마지막 소주를 채워 한 번에 마셔 버린다.

여자가 먼저 테이블에 고개를 찧으며 쓰러진다. 나는 비틀비틀 일어나 여자의 한쪽 팔을 잡아 준다. 이제야 자기 몸에 딱 맞는 세상을 의식하게 됐는지 여자는 여러 번 몸을 비튼다. 사방에서 사람들의 수런거리는 목소리가 들려오고 있었다. 난시 탓에 횟집 안의 몇몇 사람들이 한 떼의 군중으로 번져 비친다. 나는 그 누구의 진심도 꿰뚫어 보지 못하는, 수많은 사람들의 수많은 시선을 무시한 채 여자를 부축하며 횟집을 나선다.

횟집을 나서자 하현달 하나가 여러 개로 이지러진 채 나를 비추기 시작한다. 달무리 때문에 경계가 흐트러진 달을 나는 고개를 꺾어 올려다본다. 그러니, 이젠 말을 좀 해 봐. 나한테 무엇이 미안했는지. 그러나 그는 여전히 대답하지 않았고 우리 사이엔 우리가 함께 살았던 시절의 어느 날들처럼 두터운 침묵만이 남는다. 대답을 들을 수 없는 거라면 나는 이제 미안하다는 말을 해야 했던 그 순간의 그의 아픈 마음 따위는 더 이상 헤아리려 해서는 안 될 것이다. 기억은 추억이 되지 못할 만큼 빈약했고 행복은 느끼지 못할 정도의 거리를 둔 채 다만 우리를 지켜보기만 했던 그 8년 동안 네가 유일하게 자주 말하곤 했던 그 미안함을, 지금의 나는 도저히 해석할 수가 없으므로.

여전히 중심을 못 잡은 채 앞서 걷고 있던 여자가 돌연 금성모텔 맞은편의 슈퍼마켓 쪽으로 방향을 바꾼다. 닫힌 슈퍼마켓 문 앞에 주저앉은 여자는 허리를 숙인 채 길게 구토를 한다. 옅은 안개 때문인지 여자의 실루엣은 자꾸만 불투명하게 흐려진다.

나는 천천히 여자에게 다가가 등을 토닥여 준다. 더 이상 토해 낼 것이 없는지 여자는 맑은 소주만 게워 낼 뿐이다. 입술에 묻은 토한 흔적을 소매 끝으로 훔쳐 주자 여자는 고르지 않은 숨을 내뱉으며 서서히 내 어깨에 몸을 기대 온다. 닫힌 슈퍼마켓 유리문에 비치는, 내게 기댄 여자의 모습이 나는 낯이 익다.

고개를 들어 본다. 눈앞에 펼쳐지는 거리는 이제 더 이상 해변으로 향하는 길이 아니다. 해변으로 향하는 2차선 도로는 그가 일했던 섀시 공장과 이어진 좁은 골목길이 되고, 나는 어느새 혼자서 그 길을 걷고 있다. 그가 떠난 이후, 혼자서 그의 고향을 찾아갔다가 돌아오던 날 맹목적으로 그 좁은 골목을 걸었던 내 뒷모습이 손에 잡힐 듯 점점 더 뚜렷해진다.

공장의 정문에는 낮은 바리케이드가 쳐져 있었다. 그러나 바리케이드는 차단막 몇 개가 허술하게 쌓여 있는 것이 전부여서 나는 힘들이지 않고 그 안으로 들어갈 수 있었다. 건물 안은 아직 해가 떨어지지 않은 시간임에도 어둡기만 했다.

나와 사는 동안, 그는 바지런한 수컷 철새처럼 그 공장과 대추나무 집만을 왕복했다. 상사의 얼굴을 패지도 않았고 홧김에 회식 자리를 박차고 나오는 일도 없었다. 그러나 그가 떠나기 석 달 전 공장은 문을 닫았고 그는 다섯 달치 체불임금을 받지 못한 채 그곳에서 쫓겨났다. 공장이 중국의 변두리 도시로 이전될 거라는 소문만 난무했을 뿐, 정작 공장주는 얼굴을 내밀지 않았다. 그와 함께 일했던 사람들은 하나둘씩 더 외진 공장을 찾아 수색을 떠나갔다.

천막으로 싸인 작동 멈춘 기계들에는 사람의 냄새와 체온이 빠져 있었다. 입주하겠다는 사람이 없어 그대로 방치된 공장은 도살장이 섰던 곳이라고 해도 납득될 만한 분위기였다. 작업장은 들어갈수록 어두워졌고 눅눅해졌다. 모서리를 찾아 깊숙이 몸을 파묻었을 땐, 도저히 밀어낼 수 없을 것 같은 지독한 피로가 몰려왔다. 아마도 그 한 주 내내, 나는 제대로 잠을 자 본 적이 없었을 것이다. 고개를 떨어뜨리자마자 자동으로 눈이 감겼다. 달콤한 잠의 유혹은 공포나 두려움도 잊게 했다. 잠결에 어렴풋이 들려오던 얇고 고통스러운 울음소리는 피곤함으로 인한 환청일 거라고만 생각했기에 나는 그 울음소리가 꿈 밖으로 나오지 못하도록 잠의 입구를 단단하게 밀봉해 놓았다.

한참 후 가까스로 눈을 떴을 때에도, 그러나 환청 같던 울음소리는 여전히 내 귓가를 떠나지 않았다. 그제야 나는 몸을 일으켜 시멘트 바닥에 발을 디뎠다. 한 걸음 한 걸음, 다가갈수록 누군가의 흐느낌은 점점 더 사실적으로 내게 와닿았다. 햇빛이 들지 않는 기계 뒤편, 마침내 누군가의 실루엣이 희미하게 보이기 시작했을 때 나는 잠시 내 눈을 의심해야 했다.

나는 손으로 눈을 부비며 다시 한번 여자 쪽을 쳐다보았다. 추위 때문인지 여자는 최대한 안으로 몸을 만 채 얼굴을 무릎 사이에 묻어 두고 있었다. 말할 줄 모르는 여자가 설명해 줄 수 있는 건 아무것도 없었지만, 적어도 여자가 그곳에서 그를 기다려 왔다는 것만은 분명해 보였다.

여자 곁으로 다가가 앉았다. 얼굴에 달라붙은 여자의 젖은 머리칼을 쓸어 올리자 붉은 실핏줄이 얽힌 두 눈이 보였다. 오지 않는 그를 기다리면서 여자는 울다 지쳐 잠들기를 반복했을 것이다. 여자에게도 그렇게, 그와 헤어지는 연습이 필요했을 테니까. 여자가 갑자기 내게서 돌아앉아 쿨룩거리며 잔기침을 해 댔다. 손으로 입술을 가린 채 조심스럽게 기침을 하는 여자에게선 더 이상 거인의 흔적을 찾을 수 없었다. 그제야 동네 사람들이 회상하곤 했던, 그저 무던하고 순한 성격에 아담한 체격의 여자를 상상할 수 있었다.

거인증에 걸리기 전까지, 여자는 자꾸만 계산이 틀리는 외할머니 대신 가게를 보기도 했고 동네의 여러 음식점에서 일당을 받으며 주방 일을 맡아 하기도 했다. 그 당시의 여자는 손해를 봐도, 화를 내는 사람 앞에서도 속 좋게 웃어 주기만 해서 때때로 모자란 사람처럼 보이긴 했지만 그 누구도 여자를 함부로 대하진 않았다. 여자가 거인이 되어 간 건, 그리하여 사람들이 여자를 함부로 대하기 시작한 건 그와 내가 그곳에 정착하기 삼사 년 전부터라고 했다.

뇌 어딘가에 혹이 생겨 수술을 받았는데, 그 수술이 잘못된 건지 이후 불균형하게 몸이 비대해져 갔다고, 그 후론 어찌 된 건지 정신마저 오락가락하게 되었다고도 했다. 쉽게 믿을 수 없는 여자의 과거를 회상하던 마을 사람들도 그나마 줄어들고 있었다. 여자의 아담했던 과거는 품이 남지 않는 남성용 트레이닝복을 걸친 채 마을 이곳저곳을 어슬렁거리는 뒷모습에 묻혀 조금씩 조금씩 하나의 전설이 되어 갔을 뿐이다.

처음 대추나무 집을 방문한 이후에도 여자는 종종 퇴근하던 그를 좇아 붉은 철제문 앞까지 나타나곤 했다. 여자가 그토록 그를 따랐던 건 그가 단지 집을 수리해 주고 약을 사다 주었기 때문만은 아니었을 것이다. 그러나 나는 벙어리 여자와 말주변 없던 그에게 자세한 얘기는 묻지 않았다. 닫힌 철제문 밖에서 담장 너머를 기웃거리며 독해하기 어려운 노랫말을 흥얼거리던 여자를 본 적도 있다.

빨래를 널고 있던 나는 물 묻은 손으로 뛰어가 소리 나게 대문을 닫아 걸었다. 닫히는 대문 사이로 한없이 순해 보이는 여자의 눈망울이 짤랑짤랑, 방울 소리를 냈다. 어느새 마당에까지 나와 있던 그는 대문에서 돌아서는 나를 차갑게 노려보고 있었다. 그대로 안방으로 뚜벅뚜벅 걸어 들어간 그는 그날 저녁 내내 다시는 나오지 않았다.

커다란 눈물방울을 커다란 손등으로 닦아 낸 여자는 이내 나를 향해 웃어 보였다. 무릎을 꿇은 채, 나는 조심스럽게 여자에게 안겼다. 여자의 가슴은 거대한 두 개의 산봉우리처럼 풍요롭게 나를 받아 주었다. 그는 동해에 있는 조도라는 섬으로 떠났노라고, 한 달 전에 내가 그곳으로 그를 데려다주었노라고, 공장 바닥을 물들이는 붉은 노을을 내려다보며 그리고 나는 말했을 것이다.

— 그러니까 기다리지 마. 그는, 돌아오지 않을 테니까.

— …….

크고 달기만 했던 여자의 박동이 잠시 빠르게 가빠지다
가 이내 잔잔해졌다. 여자의 가슴에 얼굴을 부비다 나는
다시 까무룩 잠이 들었다.

잠에서 깨어났을 땐, 여자는 없었다. 그곳에서 아무리
기다려도 그는 오지 않는다는 것을 눈치챘던 것일까. 내가
차마 말할 수 없었던 것, 그가 다시는 돌아올 수 없는 먼
곳으로 떠나 버렸다는 그 사실 역시 감지했던 것일까. 여
자가 앉았던 자리를 바라보며 나는 어쩌면 여자가 그때까
지 그저 모자란 척을 했던 건지도 모른다는 생각을 했다.
단지 그의 곁에 오래 머물기 위해 그토록 고독한 연기(演
技)를 감내했던 거라고.

여자가 외할머니와 함께 수색을 떠난 이후, 동네 사람들
은 한동안 그녀가 왜 낯선 김포로 이사를 갔는지에 대해
궁금해하기도 했다. 누군가는 무슨 자선단체가 김포에 새
거처를 마련해 주었다고도 했고 누군가는 김포에 사는 먼
친척이 여자와 여자의 외할머니를 거둔 것이라고 했다. 사
후에 시신을 기증하는 대가로 무슨 대학 병원에서 거금을
들여 집을 마련해 준 거라는 소문도 있었다. 그러나 그들
중 그 누구도 여자가 가 버린 길을 진심으로 궁금해하진
않는 듯했다.

그 누구도 입 밖으로 말하진 않았지만 사람들은 모두

알고 있었는지도 모른다. 여자는 수술 후유증으로 모자란 사람이 된 것이 아니라 너무 좁거나 너무 딱 맞는 세상에 혼자 버려진 외로움 때문에 그저 잠시 연기를 한 것에 지나지 않는다는 것, 어쩌면 모두 알고 있었는지도 모른다.

여자가 좀 더 가까이 내게 기대 온다. 술이 깨는지 조금씩 어깨를 떨고 있는 여자를 나는 조심스럽게 안아 본다. 여자와 나는 그렇게, 우리에겐 너무 좁거나 너무 딱 맞는 세상 속으로 사이좋게 문을 열고 들어간다. 우리 외엔 아무도 들어와 본 적 없는 그곳은 생각보다 춥지 않았다.

304호 붉은 방

침대에 누운 여자는 두 눈을 감은 채 옅게 코를 골고 있다. 언제나처럼 있는 힘을 다해 숨을 내쉬는 여자의 가슴 위로 가만히 고개를 얹어 본다. 이내 내 얼굴도, 방 안의 모든 물건들도 있는 힘을 다해 숨을 쉬기 시작한다. 화장대와 탁자, 텔레비전과 벽시계엔 내가 미처 찾아내지 못했던 심장 하나씩이 숨겨져 있을 것 같다.

벽시계가 자정을 알리는 것을 보고 나서야 여자의 가슴에서 얼굴을 떼고 천천히 자리에서 일어난다. 초가을의 파도 소리는 창문의 좁은 틈새를 통해 밀려 들어와 304호 붉은 방에서 객혈을 한다. 창가로 걸어가 커튼을 한쪽으로 밀어내고 창문을 활짝 열어젖힌다. 수평선 위엔 집어등이 빼곡하다. 빳빳한 고무 작업복을 입고 오징어를 건져 올리고 있을 사내들의 구령 소리가 여기까지 들리는 듯하다.

그에게 말한 적은 없지만, 나도 한때는 이곳과 같은 항구도시에서 산 적이 있었다. 아버지가 가족을 데리고 고향을 떠나 서울로 올라온 건 태풍 때문이었다. 태풍이 올라오던 날, 밧줄이 풀리고 용골이 내려앉으면서 파선되는 일만 없었다면, 아버지도 바다의 술수에 적당히 재주를 부릴 줄 아는 힘 좋은 바닷사람으로 남았을지도 모르겠다.

빚에 쫓겨 서울로 도망 온 아버지가 할 수 있는 일은 많지 않았다. 바닷바람을 맞고 자란 사내에겐 근거 없는 증오와 숙취 같은 폭력만이 남아 있었을 뿐이었다. 때때로 그 분노는 태풍처럼 기습적으로 어머니와 남동생, 그리고 나에게 찾아왔다. 아버지는 자신의 폭력 앞에서 소리 한 번 지르지 않던 나를 특히 못 견뎌 했다.

울며 잘못을 빌지 않은 대가로 나는 종종 속옷만 걸친 채 대문 밖에 서 있곤 했다. 사춘기 시절엔 남동생이 목숨을 걸고 외투를 내주기도 했다. 대문 밖에서 바라본 집은 언제나 믿기지 않을 정도로 따뜻하고 아늑해 보였다. 가끔이라도 내가 대문 밖에서 운 적이 있었다면, 그건 오로지 밖에서 올려다본 집의 아늑함이 너무도 쓸쓸해 보여서였을 것이다.

서울에서의 삶이 길어지면서, 출처를 알 수 없는 돈을 갖고 오는 날이 많아지면서, 아버지의 폭력도 주체하지 못할 만큼 나날이 지독해졌다. 아버지가 함부로 던진 장식품에 맞아 가슴 한가운데가 멍이 들던 날, 어머니는 앞니 한 대와 아랫니 두 대가 나가도록 얻어맞은 후 정신을 잃었다. 쓰러진 어머니와 나를 부엌 구석에 몰아넣고 시너를 뿌리기도 한 날이었다. 아버지의 검붉은 얼굴이 그날만큼 무서운 적은 없었다.

그즈음 아버지는 고혈압과 간경화증을 앓고 있었다. 두 눈은 노란빛으로 물들어 갔고 살결은 나날이 검붉은빛을 띠어 갔다. 아버지는 몸의 열기를 얼음으로 식혔다. 냉동실엔 늘 얼려 놓은 얼음판들이 가득했고 아버지 주위에선 시도 때도 없이 우두둑우두둑 얼음 가는 소리가 들렸다. 그날, 늦게 귀가한 남동생이 식탁 의자로 아버지의 뒤통수를 날리지만 않았다면 아버지는 다 타 버린 잿더미 위에서 얼음을 깨물며 하루를 마감했을지도 모르겠다. 늘 강인하게만 보여 외려 불안하게 느껴졌던 남동생은 결국 쓰러진 아버지 곁에 주저앉은 채 꺼이꺼이 어깨를 흔들며 울었다.

창가에 등을 기댄 채 욕실 쪽을 바라본다. 저 멀리 욕실 문은 두 겹, 세 겹으로 흐려지고 있다. 일어나 벽을 짚어 가며 한 발 한 발 욕실 쪽으로 걸어간다. 벽으로부터 새어 나오는 타인의 신음 소리는 경계가 무너지는 피사체처럼 애잔한 동심원을 만들고, 내 발걸음은 더더욱 무거워진다. 욕실 문의 쇠 손잡이를 두 손으로 그러잡은 순간, 나는 우두둑우두둑, 심장에서 올라오는 힘으로 입술을 깨문다.

불가해한 밤이었다.

함박눈 내리는 소리는 얼음 가는 소리만큼이나 섬뜩했고 눈발을 가르던 바람은 죽은 자들의 입김처럼 서늘한 울림을 만들며 집 주변을 에워쌌다. 마침 어머니의 겁에 질린 비명 소리가 방문 틈새를 헤집으며 나에게까지 들려왔다. 손에 잡히는 외투를 걸쳐 입고 방문을 열었을 때, 아버지는 낯선 사내들 앞에서 고개를 숙인 무력한 모습으로 서 있었다. 내 눈길은 자연스럽게 아버지의 양 손목에서 빛나고 있던 은빛 수갑으로 향했다. 남동생 역시 그제야 일어났는지 거실의 어둠을 가르며 이쪽을 향해 허청허청 다가오고 있었다. 나는 바닥에 엎드려 있던 어머니를 뒤에서 감싸 안았다. 그때 뒤돌아보던 어머니의 눈빛을 나는 기억한다.

네 짓이냐? 의외로 날카롭게 번뜩이던 그 눈빛은 내게 그렇게 묻고 있었다. 나는 대답하지 않았다. 그저 일어서려던 어머니의 어깨를 꾹 짓눌러 내리며 남동생이 서 있던 곳을 말없이 쳐다보았을 뿐이다. 남동생은 나를 향해 비참함인지 서글픔인지 알 수 없는 웃음을 지어 보였다. 일주일 전, 신고를 하고 경찰서를 나오던 나를 향해서도 남동생은 꼭 그런 웃음을 지어 보였었다.

사내들은 곧 아버지의 어깨를 현관 쪽으로 밀어붙였다. 아버지는 사채업자였다. 게다가 폭력배들과 결탁한 악덕 고리업자라 했다. 시시각각 비굴해지는 아버지의 굽은 어깨를 해석할 수는 없었다. 아버지의 손목에 채워진 수갑이 이제 곧 아버지를 다른 곳으로 데려갈 거라는 것도 선뜻 믿을 수 없었다.

사내들이 양쪽에서 아버지를 붙들고 현관을 나가 마당을 가로지를 때에야, 나는 어머니의 어깨에서 손을 내려놓고 거실 밖으로 뛰쳐나갔다. 딱 한 번만 아버지를 불러 보리라. 그래서 나약한 패배자 같은 그 얼굴만을 영원히 기억하리라. 머릿속에는 그 생각뿐이었다. 잠옷 아래로 드러난 종아리와 운동화를 구겨 신은 발등이 추위 때문에 단단하게 얼어 가고 있었다.

— 아버지! 아버지이!

잠시 멈춰 선 아버지가 내 쪽으로 고개를 틀었다. 뚜렷하지 않은 옆 콧날 위로 눈송이가 떨어지고 있었다. 멈추어 선 채 움직이려 하지 않는 아버지를 사내 둘은 거칠게 대문 쪽으로 끌고 갔다. 대문 앞에 이르자, 사내 한 명이 마당 안쪽에 캭, 침을 뱉고는 먼저 문밖을 나섰다. 남겨진 또 다른 사내는 아버지의 엉덩이를 구둣발로 힘껏 걷어찼다. 그 무엇도 놓치지 않겠다는 듯, 아버지의 몸이 대문 밖으로 밀려 나가는 것을 나는 뚫어지게 쳐다봤다.

대문이 닫히고서야, 아버지가 더 이상 보이지 않게 되어서야, 눈밭 위로 털썩 주저앉으며 나는 속으로 되뇌었다.

끝났어.

다, 끝났어.

— 세상에, 벌레 한 마리 잡지 못하던 제부가 돈 없는 사람 장기까지 팔아먹었다니, 믿을 수가 없다. 세상에, 천벌을 받은 게야, 천벌을.

아버지가 술에 취한 모습을 한 번도 본 적 없는 큰이모는 다음 날, 다리미에조차 붉은 차압 딱지가 붙어 있던 집을 둘러보고는 그렇게 말했다.

— 최소한 빚은 갚고 살아야지. 그게 도리다, 도리야.

큰이모는 어느덧 내 앞에 다가와 앉더니 도리, 라는 단어를 강조하며 덧붙이기도 했다.

이듬해, 나는 대학 진학을 포기했다. 다른 아이들이 자율 학습을 하거나 논술 학원을 드나드는 동안, 나는 집과 학교에서 멀리 떨어져 있는 피시방이나 호프집에서 아르바이트를 했다. 이모네 부엌 쪽방으로 이사 가기 전날에는 보일러실에서 그 누구도 차압 딱지를 붙이지 않은 시너 통을 꺼내 와 교과서와 참고서 위로 휘휘 뿌려 대기도 했다. 성냥을 그어 종이 더미에 던지자 순식간에 불길이 치솟았고 이내 집까지 태우려는 듯 활활 타올랐다. 태울 수만 있다면 모든 것을 태우고야 말겠다는 듯 맹렬하게 타오르는 불길을 바라보며 나는 그 집에서의 모든 기억도 타서 없어질 거라고 믿었다.

하지만 그 믿음을 지키기 위해 무엇을 해야 하는지 열여덟의 나는 알지 못했다. 그 누구도, 어머니와 큰이모조차, 기억은 때로 그 이후의 삶을 뿌리째 흔들어 놓을 수 있다는 것을 가르쳐 주지 않았다. 살아간다는 건, 제 몫의 시간을 견딘다는 건, 그저 가장 치명적인 기억의 한 장면으로 되돌아올 수밖에 없는 짧은 여행들에 지나지 않는다는 것을 가르쳐 준 사람도 내겐 없었다.

샤워기에서 흘러나오는 물줄기는 그런대로 따뜻했지만 욕실 안은 여전히 춥다. 옷을 입은 채 타일 바닥에 주저앉아 샤워기를 머리 위로 올린다. 여름날의 소나기처럼 뜨겁고도 메마른 물줄기가 온몸을 적신다. 물에 젖은 청바지와 회색 셔츠가 몸에 착착 감겨 오기 시작한다. 그러나 나른할 만큼 따뜻한 온기로 내 몸을 적셔 주는 물줄기 아래 나는 오래오래 앉아 있고 싶다. 오랫동안 이렇게 앉아 있으면 좀처럼 내 머릿속을 떠나려 하지 않는 낡고 녹슨 기억들도 아주 잠시 동안은 따뜻한 위로를 받을 수 있을 것 같다.

그새, 나는 깜빡 졸았던 모양이다.

욕실 안이 뜨거운 수증기로 가득 찬 후에야 가까스로

일어나 수도꼭지를 잠근다. 엉거주춤한 상태로 고개를 들자 뿌연 김이 서린 거울이 눈에 들어온다. 손을 뻗어 거울의 표면을 닦아 본다. 거울 속에선 이내 화장이 번진 낯선 얼굴이 욕실 문을 열고 걸어 나와 뚫어지게 나를 되바라본다. 이번엔 두 손으로 거칠게 거울을 닦아 내린다. 그러나 아무리 닦아 보아도 거울 속에 갇힌 내 모습은 그 어디로도 도망가지 못하고 그 자리를 지킨다. 어느새 거울 속 내가 웃기 시작한다. 열여덟의 내가, 스무 살의 내가, 그리고 스물아홉이 되어 버린 지금의 내가 접힌 과거의 어느 시간을 펼치고 빠져나와 함께 웃고 있다.

이제야 나는 1년 전, 그가 왜 빗발을 헤치며 이곳까지 오려 했는지 짐작할 수 있을 것 같다. 그는 붉은 조명이 깃든 304호에서 지나간 시절들을 기억하고 싶었을 터였다. 그 누구도 기억하지 않고 알려고도 하지 않는, 흔한 사진이나 서류로도 증명될 수 없는 시절들이 정말로 존재했다는 것을 확인하기 위해 속초로, 이 방으로 오려 했을 것이다. 집을 나서기 전, 언뜻 뒤돌아보며 그는 희미하게 웃어 보였다. 나는 그 웃음을 기억하고 있었다.

원주에서의 오리엔테이션 마지막 날, 호프집에서 맥주를 마시고 나오는 길에서도 그는 그렇게 웃으며 자신의 이름을 밝힌 후 내 이름을 물은 적이 있었다. 어쩌면 회사로 나를 찾아오던 스무 살의 어떤 날에도 그렇게 웃은 적이

있었는지 모르겠다. 오랫동안 시간을 들여 반복적으로 더
듬거리며, 그리고 그는 말했다. 어머니가 돌아가셨노라고,
겨울이 오기 전에 어머니를 만나러 정선에 함께 가 보자
고도. 내가 기억하고 있는, 그의 마지막 말이다.

조도(鳥島)

벽 너머에서 빗소리가 들려오고 있다.

정신을 차리고 눈을 떠 본다. 나는 어느새 욕실이 아니
라 방 안에 앉아 있다. 욕실에서 나온 이후, 텔레비전 탁자
와 화장대 사이의 모서리에서 무릎을 보듬은 채 선잠을
잤던 모양이다. 갑자기 한기가 느껴져 두 팔로 어깨를 엇갈
려 쥔다. 머리칼과 청바지, 셔츠에선 여전히 물방울이 뚝뚝
떨어지고 있다. 그대로 몸을 일으키려 시도해 본다. 그러나
의지와 달리 나는 금세 다시 주저앉고 만다.

손을 더듬어 가며 등 스위치를 찾아 올린다. 붉은 등이
들어오는 동안, 소금기를 먹은 바람이 다시 한번 거칠게
방 안을 휘돈다. 서서히 명순응이 되자 벽을 향해 누워 있
는 여자가 가장 먼저 눈에 들어온다.

이제는, 여자를 돌려보낼 때가 되었다.

배낭에서 펜과 종이를 꺼낸 후 붉은 조명에 기대 전화번

호를 꾹꾹 눌러쓴다. 여자의 외할머니라면 이번에도 이곳까지 택시를 타고 한걸음에 달려올 것이다. 전화번호 옆에 거인 여자, 라고 썼다가 이내 쓱쓱 지운 후에 304호라고만 쓴다.

고개를 들어 침대 쪽을 바라본다. 이상하게도 여자만의 거칠고 큰 숨소리가 들리지 않는다. 어쩌면 여자는 지금 꿈속에서 그를 만나고 있는지도 모르겠다. 언젠가의 여름 저녁처럼, 내가 차려 준 저녁상을 사이에 두고 그와 사이좋게 마주 앉아 있을지도 모른다. 꿈속에서 그를 만나는 중이라면 크고 거친 숨소리는 힘들더라도 잠시 안으로 삼키고 있어야 할 것이다. 침대맡에 던져두었던 점퍼를 집어 들고 방문을 연다.

방문을 닫기 전, 다시 한번 여자 쪽을 돌아본다. 잠든 것이 아니었던가. 침대에 웅크려 있던 여자가 돌연 이리저리 몸을 뒤척이기 시작한다. 나는 서둘러 문을 닫고 컴컴한 복도를 큰 보폭으로 걷는다.

내실은 예상대로 불이 꺼져 있다. 노동하듯 껌을 씹던 여주인도 보이지 않는다. 내실의 직사각형 유리창을 옆으로 밀고 그 틈새로 손을 집어넣어 재빨리 메모해 두었던 종이를 탁자 위에 놓아둔다. 바람에 날아가지 않도록 손목시계를 풀어 종이 위에 올려놓는 것도 잊지 않는다.

모텔을 나서자 찬 바람이 훅 끼쳐 온다. 새벽, 비가 내리는 바닷가엔 일출을 기다리는 연인들도 없을 것이다. 들고 나왔던 점퍼를 대충 걸쳐 입고 맨발로 해변가를 향해 걷는 다. 물은 어느 정도 빠져 있었다. 수분을 먹은 모래가 자꾸 발목을 잡아당기는 것 같아 나는 몇 번인가 넘어질 듯 휘청거린다. 부서진 조개껍데기들이 맨발바닥에 박히면서 날카로운 통증이 밀려오기도 한다. 어느덧 종아리와 허벅지, 목과 머리칼이 새벽 비에 젖어 간다. 점퍼는 빗물을 흡수하여 내 몸을 더할 나위 없이 조그맣게 축소시켜 놓는다.

드디어 빗줄기 사이로 희미하게 조도가 보이기 시작한다. 이곳에 오기로 결심했을 때부터, 아니 그가 내 곁을 떠난 날부터 나는 조도가 보이는 바닷가에 서 있는 내 모습을 상상하곤 했다. 조심스럽게 한 발 한 발 파도 쪽으로 걸음을 옮긴다. 차가운 바닷물이 이내 발목과 종아리를 적신다.

그 순간, 어디선가 들려오는 고함 소리가 새벽 바다의 적막한 어둠을 흩뜨려 놓는다. 하나하나 조각난 어둠에 그 고함 소리가 스며 있는 듯, 사방이 여자의 메마른 고함 소리로 가득하다. 뒤를 돌아본다.

여자가 고함을 내지르며 내 쪽으로 다급하게 뛰어오는 모습을 나는 얼굴을 찡그리며 지켜본다. 고함 소리에는 오랜 세월 안으로만 삼켜야 했던 여자의 외로움이 묻어 나오는 듯하다. 성대가 아니라 여자의 외로운 생애를 통해 뿜어져 나오는 것만 같은 그 절규에 나는 귀가 아프다. 다시 자세를 바로 하고 밀려오는 파도를 뚫어지게 내려다본다.

어느덧 허벅지에까지 파도가 닿는다. 그러나 두 발은 더 이상 앞으로 나아가지 못한다. 파도가 더욱 깊숙이 해안선 안쪽으로 밀려 들어 올 땐 오히려 뒷걸음을 치기도 한다. 파도는, 마치 여자까지 데리고 이곳에 와야 했던 내 비겁함을 비웃기라도 하듯 좀 전보다 가깝게 밀려와 또 한 번 내 몸을 적신다. 어디선가 젊은 남자들의 구령 소리가 들려온 순간, 벼르고 있던 또 다른 파도가 내 가슴까지 적시고 물러선다. 무릎을 꺾고 쓸려 가는 모래 위로 주저앉는다. 구령 소리 뒤로 호각 소리가 빗소리에 섞여 비현실적으로 들려오고 있었다. 무릎으로 나는, 파도를 향해 엉금엉금 기기 시작한다.

다시 밀려온 파도의 마찰력은 생각보다 컸다. 순간적으로 허리가 앞으로 고꾸라진다. 파도가 온몸을 휘감으면서 바닷물이 목 안에까지 흘러 들어온다. 뼛속에까지 찬 기운이 스미고 머리칼마저 물속에 잠긴다. 언제부터인가 외로운 고함 소리, 어쩌면 간절히 기다려 왔을지도 모를 낯익은 여자의 목소리가 조금씩 멀어져 가고 있었다. 어둠을 헤치고 나온 듯한 요란한 호각 소리도 더 이상 내게 닿지 않는다.

눈을 감는다. 이제 나는, 이 한적한 해변까지 나를 따라

온 가을비를 맞으며 조도까지 떠내려가게 될 것이다. 가슴 깊숙이 스며 든 바닷물이 나를 끌어내리고 있는 이 순간이 지금은 그저 위로가 된다. 더 이상 아무것도 기억하지 않아도 된다는, 어디로도 되돌아갈 필요가 없다는 그 꿈 같은 환상이, 밭은기침을 하며 현실적인 고통을 느끼는 내 의식을 천천히 지워 갈 뿐이었다.

꿈을 꾸고 있는 듯하다. 모든 것이 옅은 안개 속에 형체도 없이 묻혀 있다. 내가 가는 곳을 나 자신도 알 수 없다. 한참을 헤맨 후에야 내가 걷고 있는 곳이 인적이 드문 아주 좁은 길이란 걸 깨닫는다.

좀 전까지 나는 버스 기사 옆 좌석에 앉아 산들이 첩첩이 이어진 창밖만을 건너다보고 있었다. 정선에서 임계로 뻗은 42번 국도 중간 지점에서 버스는 멈추었고 버스 기사는 내가 보여 준 쪽지를 훑어보더니 가드레일 너머 야산 아래 턱에 위치한 그 집을 가르쳐 주었다. 외진 길의 끝에는 허름한 가옥 하나가 외롭게 서 있다. 그가 살았던 집은 시멘트로 대충 찍어 낸 듯한 인상을 준다. 나는 대문도 따로 없는 그 집으로 엉거주춤 들어선다. 그때, 누군가 나를 부른다. 아니, 내 흔적을 부른다.

저쪽에선, 이제 막 밭일을 끝내고 돌아오는 듯한 초로의 여인이 마른 수건으로 얼굴을 닦으며 나에게 다가오고

있었다. 조금씩 입술을 움직이며 겨우 그의 이름을 발음하
자, 여인은 격정에 휘말린 표정으로 달려와 덥석 내 손을
잡는다. 따뜻했다. 아마, 그 따뜻한 감촉 때문이었을 것이
다. 나는 내 가슴에도 닿지 못하는 여위고 작은 여인의 어
깨 위로 그만 고개를 묻는다.

　석양 무렵, 나는 여인을 따라 잡목 우거진 집 뒤편의 야
산으로 올라갔다. 내가 그의 어머니 무덤에 재배를 올리는
동안 여인은 가게에서 사 온 정종을 따서 무덤가에 휘휘
뿌렸다. 여인은 나에게도 종이컵을 건네고 정종을 따라 준
다. 종이컵에 담긴 투명한 정종엔 먹구름이 비쳤다. 금세라
도 소나기가 쏟아질 것 같은 그 먹구름을 나는 한 모금의
정종과 함께 마셨다. 옅은 안개가 산 정상에까지 이어져
하늘로 펼쳐졌다.

　그날 나는, 그의 어머니와는 친자매처럼 지냈다는 그 여
인에게서 많은 이야기를 들을 수 있었다. 그의 어머니는
태어날 때부터 말할 줄 모르는 입술을 갖고 있었다. 그녀
의 아들은 말을 배워야 할 시기에 침묵부터 배워야 했고
그것이 그녀에게는 큰 고통이었다. 하고 싶은 말을 손짓과
웅얼거림으로 대신해야 했던 그들의 허약한 시간을 상상
하는 내내, 나는 인상을 쓰고 있었다.

　아가씨를 꼭 한 번만은 보고 싶어 했지. 눈을 못 감았
다오.

정종 때문일까. 나는 점점 어지러워진다. 마침 파도가 와락 달려와 나를 다시 한번 세차게 치고 지나간다. 풍선처럼 부풀어 오른 나는 작은 새가 되고 싶다. 작은 새가 되어 저기 보이는 조도로 날아가 가벼운 입맞춤을 하고 싶다. 그곳에서 평생을 일출과 낙조를 기다리며 살고 싶다. 쌓여 가는 일출과 낙조의 수로 내가 살아온 날들을 알아가고 싶다.

좋아 보입니다.

모터보트를 몰던 중년의 사내는 웃고 있었다. 스물한 살이었던 나와 그도 뜻 없이 따라 웃었다. 조도를 돌 때 보트는 급커브를 했고 나는 그의 품속으로 힘껏 들어갈 수 있었다. 그가 입고 있던 구명조끼엔 그 무엇으로도 메울 수 없을 것 같은 작은 구멍 하나가 보였다.

시, 신혼여행 온 거, 거죠, 뭐.

그는 멋쩍어하며 중년의 사내에게 하지 않아도 되는 설명을 했다. 그러나 사내는 그의 말을 믿지 않는 듯했다. 원주로부터 1년의 시간을 우린 또 그렇게 지나쳐 왔지만, 화장을 하지 않은 나와 예전처럼 야구 모자를 쓰고 있던 그는 고등학생처럼 앳돼 보이기만 했을 것이다. 월급 통장이 여전히 그대로 차압되고 있던 때였다. 어머니는 가끔씩 전화를 걸어와 당장 그만두라고 다그쳤지만 어차피 누구라도 갚지 않으면 안 되는 돈이었다. 장기 하나를 빼앗긴 것도 모자라 자식들마저 몰매 맞는 것을 지켜봐야 했던 가장들은 이를 갈며 내 월급 통장을 낚아채 갔다. 그들의 아내들은 그 죄를 씻을 수 없을 거라고, 세상의 가장 더럽고 추악한 곳으로 팔아 버리지 않은 걸 두고두고 은혜라고 생각해야 할 거라며 나의 세계에 침을 뱉었다.

갈매기들이 모터보트를 따라와 나의 머리 위를 스치듯 지나간다. 철새가 찾아오는 섬이라 하여 이름 붙여진 조도였지만 아무리 보트가 조도 쪽으로 닿아 가도 철새는 보이지 않았다. 대신 굶주리고 늙은 갈매기들만이 내내 우리를 따라와 머리를 쪼았다. 스산한 바람이 불던 가을 한낮이었다. 타인의 타액으로 상처 입은 내 몸을 가슴에 보듬은 채 물보라를 삼키고 있던 그는, 보트가 잠시 섬 근처에 정박해 있는 동안 갈매기처럼 흔한 도금 반지 한 쌍을 주머니에서 꺼냈다. 내 유일한 혼수였던 겨울용 잠옷처럼 크기는 다르지만 똑같은 모양의 반지들이 곧 나와 그의 왼손 약지에 차례로 끼워졌다.

어느새 그 섬에서 나는 노래를 부르고 있다.

고개를 돌리자 오랫동안 나를 기다려 왔을 그가 저쪽에 가만히 서 있는 모습이 보인다. 1년 전, 사실 속초에 왔었다고 내가 먼저 말을 꺼낸다. 알고 있다고, 1년 전 너의 떨렸던 손끝을 기억한다고, 그는 더 이상 더듬거리지 않는 단정한 말투로 대답한다. 왜 그렇게 떨었냐며 타이르듯 묻기도 한다. 가을비가 내렸던 그날의 속초 바다는 추웠다. 떨려고 했던 것은 아니었다. 다만, 멀고 먼 태평양이나 대서양에서부터 응결되었을 바람이 내 손가락을 가만두지 않았을 뿐이다. 모터보트를 타고 조도까지 와서 유골 단지를 열었을 때, 그는 바람에 날려 한없이 높은 곳으로 날아갔다.

아가씨, 극락 갈 거요. 걱정하지 말아요.

다행히 모터보트를 몰던 사내는 검은 슈트와 우비를 차려입은 나를 알아보지 못했다. 혀끝을 차는 사내로부터 등을 돌려 앉아서, 나는 이유도 모른 채 반복적으로 고개를 끄덕여야 했다.

그의 유골 가루를 기억하는 내 손끝이 다시 떨려 온다. 그가 예전처럼 한없이 부드러운 얼굴로 나를 내려다보고 있다. 오래전, 삶의 모든 길목들을 상처도 추억도 없이 남들보다 빠른 속도로 지나쳐 버린 거인 여자를 바라보던 그 애틋한 얼굴이었다. 종로와 광화문을 거닐며 끊임없이 나이를 먹어 가던 스무 살의 나를 안아 주던 바로 그 다사로운 얼굴이었다. 알고 있었다. 그 시절 여자는 그가 바라볼 때만은 예전의 그 아담한 세상으로 돌아갈 수 있었다는 것도, 여자의 마음속엔 아직 녹이 슬지 않은 대문과 건강한 나무 한 그루가 들어 있었다는 것까지 나는 알고 있었다. 알고 있었지만, 모두 알고는 있었지만, 나는 오랫동안 그를 미워했다. 나는 여자처럼 그를 통해서만 세상을 볼 수도 없었고, 그의 어머니처럼 그를 위해 내 삶을 내던질 자신도 없었다.

나는 이내 그의 환영을 향해 두 주먹을 휘두른다. 지겨워! 지겹다고! 나는 여전히 허공을 향해 주먹을 휘두르며 울부짖는다.

아가씨, 그 앨 너무 미워하지 말아요. 생각해 보면 그 애도 불쌍하기만 한 놈 아니오? 어렸을 적부터 그 집 형제들에게 수도 없이 맞고 자랐더랬우. 피는 섞이지 않았어도 키워 준 자식들은 다들 나 몰라라 했는데, 기래도 그놈은 병원 보내고 수술도 받게 하고…… 기런 효자는 다신 없을 거래요.

저쪽에서 초로의 여인이 뜨거워진 눈으로 나를 바라보고 있다. 그 젖은 눈을 바라보며 나는 차마 내가 조도에 뿌리고 온 그 마지막 한 줌 재에 대해 말하지 못한다. 그가 그의 어머니를 살리기 위해 많은 빚을 졌고 그 빚 때문에 세상의 맨 마지막 칸에 갇히고 말았다는 것도 말할 수가 없다.

그인 중국으로 갔어요. 갑자기, 정말 갑자기 떠나게 됐어요. 당분간, 죄송해요. 찾아뵙지 못할 거예요. 그리고 저도…… 저도 가서…….

여인은 말끝을 채 맺지 못하는 내게 괜찮다고 말한다.

어디든 가서 잘 살면 그만이라며 등을 토닥여 주기도 한다. 나는 또 한 번 이유도 모른 채 고개를 주억거리며 여인이 따라 주는 술을 받는다. 반지를 매만지며 깊이 안으로 숨을 들이쉴 때마다 그가 걱정되지 않았던 것은 아니다. 추운 곳에서, 추운 바람을 맞으며, 사교성도 없고 말주변도 없는 그는 무슨 재미로 일출을 기다리고 있을 것인가. 나는 두 번째 잔을 비웠다. 검은 빗방울이 후두둑, 떨어져 다시 술잔을 채웠다. 한 번 떨어진 빗방울은 점점 거세게 살갗에 닿기 시작한다. 빗물인지 바닷물인지 알 수 없는 광포한 물결이 다시 나를 압박해 오고 있었다. 술 때문이야, 나는 조용히 속삭인다. 이 모든 것이 술 때문이야……. 이제 내일이면, 술에서 깨어나면, 내 몸은 조도 어귀의 잠잠해진 해면 위를 유영하듯, 천천히, 떠다니고 있을 것이다. 그곳에서, 새들과 벌레들이 한 뼘의 집 한 채를 지을 수 있는 나무 한 그루가 고요히 나를 기다리고 있다 해도, 나는 놀라지 않을 것이다.

나는 또 한 번 인상을 쓰며 이리저리 온몸을 뒤척인다. 외로 몸을 틀자, 그의 삶은 다시 하얀 재가 되어 한없이 높은 곳으로 날아가 버린다. 누운 채로 조금씩 눈을 떠 본다. 가물가물하게 윤곽을 드러내기 시작하는 시야의 끝과 끝이 소용돌이를 만들며 접혔다 다시 풀린다. 조심스럽게 상체를 일으켜 본다. 그때, 무언가 나를 붙잡고 있는 것이 느껴져 주변을 두리번거린다. 나를 붙잡고 있던 건 주삿바늘이었다. 팔뚝에 꽂힌 주삿바늘은 그대로 삼각대 끝에 매달린 링거와 연결되어 있었다. 투명한 관을 따라 링거액이 방울방울 떨어지고 있다.

— 일어나셨군요.

목소리가 들리는 쪽으로 찌푸린 얼굴을 돌린다. 그 순간 하늘색으로만 보이는 누군가가 내 이마 위로 손을 얹는다.

— 아직 열이 많아요. 체온기 좀 다시 끼울게요.

하늘색 간호사복을 입고 있던 중년의 여인이 내 겨드랑이에 딱딱한 체온기를 밀어 넣는 동안, 나는 마치 그래야 하는 것처럼 온순하게 두 눈을 감는다. 잠시 후, 나는 간호사의 가슴에 안겨 다시 침대에 누우며 희미하게 묻는다.

— 여기가 어디죠?

— 병원이죠. 기억 잘 안 나실 거예요. 혼수상태에서 실려 왔으니까.

간호사의 목소리는 생각보다 건조하고 사무적이다. 한 팔로 감싸고 있던 차트에 무언가를 적어 내려가는 간호사의 눈빛은 지쳐 있다. 그러나 나는 더 알고 싶은 것이 있다. 내가 어떻게 꿈에서 깨어났는지, 왜 이곳까지 실려 왔는지, 무엇보다 여자는 어떻게 되었는지 나는 묻고 싶은 것이 너무 많다.

— 운이 정말 좋았어요. 마침 그 근방에 환자분을 목격

한 사람이 있었나 봐요. 게다가 요즘엔 경비가 삼엄해서 군인들이 순찰을 돌고 있었다는군요. 환자분 살리려고 스무 명 장정들이 목숨 걸고 새벽 바다에 뛰어들었어요. 내일 퇴원하면 인사나 하세요. 그나저나 보호자 연락처 좀 알려 줘야겠는데요.

결국 아무것도 묻지 못한 채 나는 조용히 등을 돌린다. 내 몸에 걸쳐진 헐거운 흰 환자복이 이제야 눈에 들어온다. 등 뒤로 이쪽을 내려다보고 있을 간호사의 시선이 느껴져 나는 낮은 목소리로 속삭인다.

— 돈은…… 있어요.

잠시 후, 간호사의 발소리가 멀어지고 나서야 다시 눈을 뜨고 몸을 뒤척인다. 알싸하게 코를 자극하는 소독약 냄새에 또다시 현기증이 밀려온다. 나는 침대에서 벌떡 일어나 몸을 웅크려 앉는다.

해변의 연인들이 모두 동반 자살을 시도했다고 해도 믿을 수 있을 정도로 응급실에는 사람들이 많았다. 응급실 창문의 블라인드 틈새로는 한 줄기 빛이 스며 나오고 있었다. 그리 오랜 시간을 잔 것은 아닌 모양이다. 문득 이제라도 바닷가로 간다면 여자를 만날 수 있을지도 모른다는 데까지 생각이 미치자 마음이 다급해진다. 한순간의 주저도 없이 침대 아래로 두 발을 내려놓은 후 겨드랑이에서 체온기를 빼고 팔에 꽂힌 링거 바늘도 뽑아 버린다. 주사기가 꽂혔던 자리엔 이내 붉은 피가 맺혀 온다. 맞은편 침대에서 다리에 깁스를 한 채 귤을 까먹으며 누워 있던 중년 여자의 두 눈이 휘둥그레진다. 나는 피를 뚝뚝 흘리며 일어난다. 간호사의 눈을 피해 복도로 나서자 몸의 어느 한 부분이 빠져나가 버린 듯, 걸음을 옮기는 것조차 힘이 든다.

힘겹게 한 발자국씩 발을 내디디며 로비 쪽으로 걸어간다. 몇 발자국 떨어진 곳에선 회전문이 바람에 덜컹거리고 있다. 다만 꿈이 아니었다고 증명해 주고 있는 빗줄기가 유리 회전문을 타고 흘러내린다. 회전문이 돌아갈 때마다 아스팔트를 적신 비 냄새가 내가 서 있는 곳까지 한걸음에 달려왔다.

이제 나는 빨라진 걸음으로 회전문을 향해 성큼성큼 걸어가기 시작한다. 회전문 쪽으로 다가가면 다가갈수록 작은 탄성으로 나는 목이 메어 온다.

마침내 회전문에 두 손을 올려놓은 나는 빨려들 듯 여자를 바라본다.

내가 얼마나 찾았는데…….

정말…… 정말 얼마나 찾았는지 몰라.

여자를 다시 만나면 꼭 하고 싶은 말이 하나 있었다. 어쩌면 나는 여자에게 그 얘기를 하고 싶어 정선과 조도로부터 떠나왔던 건지도 모른다. 누구에게라도 그 얘기를 하지 않으면 안 되었기에 이곳까지 여자를 데려왔던 것인지도 모른다. 마른침을 삼키며 여자의 희미한 두 눈에 초점을 모은다. 여자는 나의 어떤 말이라도 포용해 줄 수 있을 것 같은, 이제야 진정 거인의 눈으로 나를 되바라보고 있다.

오래전, 스무 살의 봄, 한 달에 한 번씩 아버지가 수감 중인 구치소에 수건이나 양말, 이불 등을 보낼 때마다 나는 그 안감에 헝겊 하나를 박음질해 두었다. 헝겊 안에는 몇 번이나 친친 감아 뭉툭하기만 했던 제도용 칼심이 들어 있었다. 시간은 고통으로 수치화되고 과거는 악몽으로 되돌아오는 재소자에겐 여린 칼심 한 조각도 치명적인 유혹이 될 수 있다는 걸 알고 있었다. 수건을 펴고 양말을 신을 때마다, 자리에 누워 이불을 덮고 눈을 감을 때마다, 아버지는 무슨 생각을 했을까. 술 마시지 않은 온순한 아버지는 그늘진 교도소 한구석에 누워 몇 번이나 자기 삶을 후회했을까.

결국 아버지는 한 계절을 버티지 못하고 생을 버렸다. 다만, 내가 넣어 준 칼심이 아니라 지병이었던 고혈압과 간경화증을 택했을 뿐이다. 이른 아침 쓰러진 아버지는 다시는 일어나지 못했다. 쓰러진 아버지의 얼굴은 명상을 하다 잠들어 버린 사람처럼 몹시 평온해 보였다고도 했다. 마치 버스 전복으로 대관령 고속도로 위에 내던져졌던 그의 고요했던 표정처럼.

한 달 후, 집으로 돌아온 아버지의 유품엔 그 어디에도 바느질 자국은 없었다. 그의 조각난 몸에도 내가 봉인해 놓았던 불우한 기억 같은 건 보이지 않았다. 그때도 나는 그 지워진 자국들에 대해 어떤 행동을 해야 하는 건지 알 수 없었다. 이번에도 어머니와 큰 이모는 그 무엇도 가르쳐 주려 하지 않았다.

나는 그저 아버지가 거둬들였던 불법적인 이자와 그가 지고 간 빚을 월급과 전세금으로 갚아 주었을 뿐이다. 아버지에게 사기를 당한 채무자들의 분노와 그에게 돈을 빌려 주었던 은행 직원들의 협박은 그들이 떠난 후에야 잦아들 수 있었다. 그제야 그들의 이름을 호명하며 욕설을 퍼붓고 서류를 집어 던지던 사람들도 더 이상 나타나지 않았다.

여자가 웃는다. 뒤늦게 여자의 웃음을 알아차리고 여자처럼 웃어 본다. 여자처럼 몸을 떨다가 여자처럼 기침을 한다. 손가락 하나를 들어 유리에 맺히는 여자의 입김을 닦아 주자 옅은 빗줄기 너머로 여자의 둥근 입술이 비친다. 가는 빗방울이 여자의 볼을 타고 내려오고 있었다.

나는 여자의 볼에 맺힌 물방울을 손등으로 조심스럽게 닦아 준다. 여자가 나를 따라 주저앉는다. 나만큼 낮게 옴 츠려 나의 이마에 자신의 이마를 댄다. 여자와 나의 어깨와 두 손, 그리고 무릎이 닿을 듯 가까워진다. 차가운 유리 표면엔 이내 따뜻한 입김과 체온이 번져 간다.

— 이봐요. 이렇게 나와 있으면 어떡해요?

그때 누군가 뒤에서 내 등을 낚는다. 내 등은 이내 바늘에 찍힌 듯 둥실 떠오른다. 발버둥쳐 보지만, 여자와의 간격은 점점 더 멀어질 뿐이다. 멀어지는 여자에게 나는 묻고 싶다. 이제 나는 어디로 가야 하는지, 어디로 떠나가야 하는지 진심으로 물어보고 싶다. 덜컹거리는 회전문 너머, 수십 명의 여자가 나처럼 발버둥치는 모습을 나는 괴로운 눈으로 지켜본다.

다시, 대추나무 집

버스가 수색 검문소를 지나 수색교를 지나갈 때, 서둘러 여자와 함께 버스에서 내린다. 얼마 전까지만 해도 구름다리로 불렸던 수색교는 확장 공사로 인하여 마을의 초입을 두 배는 넓혀 놓았다. 버스에서 내려 집 방향으로 걸어가던 나는 주춤 멈추어 선다.

수색교 앞 버스 정류장 앞엔 마치 마중을 나온 것처럼 여자의 외할머니가 쭈그리고 앉아 있었다. 초점 없는 눈으로 지나가는 사람들을 올려다보고 있던 그녀는 나와 여자를 발견하자마자 자리를 툭툭 털고 일어난다. 노안 때문인지 눅눅한 물기로 젖어 있던 그녀의 눈가에는 황혼 녘의 붉은빛이 스며들고 있었다.

이쪽으로 걸어와 내 손을 부여잡는 그녀의 손길이 메마르다. 여자의 외할머니는 내가 여자를 나흘 동안이나 돌봐 주었다고 믿는 모양이다. 수없이 고맙다고 말하며 그 마디진 손길로 내 어깨와 등허리를 쓰다듬는 그녀 앞에서 나는 또다시 이유도 모른 채 고개를 주억거린다. 아마도 그녀는 집을 고쳐 주고 약을 사다 주던 그에게도 이렇듯 간절하게 고마움을 표현했을 것이다. 머쓱하게 웃으면서도, 돌아서면서 괴로운 표정으로 무언가를 골똘히 생각했을 그의 모습을 이제 나는 온전히 상상할 수 있다.

역시나 가지 않겠다고 뻗대는 여자를 여자의 외할머니가 잡아끈다. 나는 돌연 길가로 달려가 택시 한 대를 세운다. 지갑에서 만 원권 지폐 두 장을 꺼내 미리 택시 운전사에게 건네고 뒷좌석의 문을 연다. 여자가 문득 나를 향해 순진하게 눈을 깜박이더니 택시 쪽으로 걸어온다. 여자의 외할머니는 택시를 타기 직전까지 끊임없이 내게 가라는 손짓을 해 보인다.

택시는 출발했지만 여자는 여전히 뒷좌석 창문에 커다란 얼굴을 갖다 댄 채 말없이 작별 인사를 보낸다. 멀어지는 여자는 분명, 웃고 있었다. 떠나가는 여자를 바라보면서 그제야 나는 여자에게 내가 가야 할 그 길을 묻지 못했다는 걸 깨닫는다. 택시가, 여자의 얼굴이 보이지 않을 때까지 나는 자리를 뜨지 않는다. 다음에 만나게 될 땐, 여자는 어쩌면 떠듬거리는 어눌한 목소리로 내가 가야 할 그 길에 대해 알려 줄지도 모르겠다.

다시 혼자 남겨진 나는 사람들이 오고 가는 길 위에 서서 주변을 두리번거린다. 어느덧 어스름이 내려오는 거리엔 주황빛 가로등들이 하나둘씩 불을 밝히고 있었다. 한참 후에야 누군가에게 등이 떠밀린 듯 주춤주춤 수색교로 걸어가 기차들이 줄지어 서 있는 것을 내려다본다. 역사 앞, 야간 조명탑이 뿜어내는 빛줄기로 눈이 따갑다. 두 눈을 꾹, 감았다 떠 본다. 그제야 조명탑의 불빛은 현란한 폭죽으로 바뀌고 역사 주변은 아름다운 무대로 변한다. 이제 곧 저 아름다운 무대를 빠져나올 기차를 나는 숨죽여 기다려 본다. 폭죽이 터지는 길을 따라 기차는 또 어디로 가게 될까. 그러나 기다렸던 기차의 바퀴 소리는 들리지 않는다. 대신 어디선가 금속의 마찰음만 탕탕 울라올 뿐이다. 그때까지도 난간을 툭툭 치고 있던 내 손가락을 나는 물끄러미 내려다본다. 금속의 마찰음은 반지가 난간에 부딪히면서 나는 소리였다.

손바닥을 들어 약지에 낀 반지를 천천히 들여다본다. 거친 물살 속에서도, 장대비 속에서도, 반지는 내 몸을 떠나지 못했던 모양이다. 체중이 줄면서 손가락도 줄어들었다. 나는 두 해마다 한 번씩 액세서리 전문점에 가서 한 치수씩 반지를 줄여 나갔다. 더 이상 빠질 체중이 없었는지 언제부터인가 반지는 줄이지 않아도 내 손가락에 잘 맞았다. 군데군데 금테가 벗겨진 반지의 안쪽은 그동안 손가락 마디를, 아니 내 몸 구석구석을 야금야금 녹슬게 하고 있었을 것이다.

여덟 대의 기차가 지나가고 출발하는 것을 보고 난 후에야 발걸음을 돌린다. 근처에 월드컵 경기장이 생기고 구름다리가 수색교로 확장되면서 이곳 근처는 끊임없이 건물을 올리는 공사가 진행되는 중이다. 도시의 빌딩을 몸서리치게 낯설어 했던 그가 여태껏 이곳에 살았다 해도 어차피 더 이상 이 동네를 감당할 수는 없었을 것이다. 걸음은 자연스럽게 땅을 파헤쳐 놓은 공터 쪽으로 향한다. 그곳에서 한낮의 인부들이 두고 간 화물 트럭과 레미콘, 포클레인 등이 숨을 죽인 채 나를 기다리고 있었다. 오늘따라 큰 은행나무 아래 평상을 내놓고 담배를 태우며 슬쩍슬쩍 내 다리를 엿보던 동네 노인들도 보이지 않는다.

내가 찾던 톱은 벽돌 더미 뒤에 놓여 있었다. 톱을 가슴에 안은 채 공터에서 나와 대추나무 집을 향해 걸음을 돌린다. 집으로 가는 2차선 도로 양쪽엔 예의 은행나무 가로수들이 빼곡하다. 여자처럼 키가 큰 그 가로수들이 점점 더 속도를 내며 달려가는 내게, 내가 가고 있는, 아니 가야 하는 길의 방향을 알려 주고 있었다.

녹이 슨 붉은색 철제문은 여전히 그곳에 있었다. 문을

열고 들어가 배낭을 마당 한가운데 내려놓는다. 대추나무의 마른 가지들은 벌써부터 쉬이쉬이, 몸을 떨기 시작한다. 다가가 군데군데 껍질이 벗겨진 나무의 둥치를 한 손으로 매만져 본다. 너무 힘을 주었는지 톱을 쥐고 있던 다른한 손엔 땀이 배어 나온다.

잠시 후 나는, 이를 악물고 톱의 손잡이를 잡은 채 어색하게 톱질을 시작한다. 톱날이 안으로 들어갈수록 나무는 조금씩 속살을 보이며 기울어 간다. 이미 생명을 상실했음에도 나무는 가지들을 흔들며 고통의 신음을 외치고 있다. 마침내 나무가 맥없이 뚝 끊어진다. 나무의 꼭대기는 담벼락에 채였다가 이내 고꾸라져 철제문 입구를 틀어막는다. 톱을 내려놓고 잘려 나간 나뭇등걸 위에 앉아 이마에 맺힌 땀을 닦아 내리며 길게 심호흡을 해 본다.

그때였다. 어딘가 젖어 오고 있다는 것이 어렴풋이 느껴지면서 가슴이 쿵 내려앉는다. 조심스럽게 손바닥을 슬쩍 엉덩이 밑으로 넣어 본다. 그 순간, 심장 박동 소리가 쨀랑쨀랑, 귓속을 울린다. 나는 벌떡 일어나 평평한 나무의 등걸을 뚫어지게 내려다본다.

연갈색의 나뭇등걸 위로 뿌연 진액이 방울방울 솟아나고 있었다.

대추나무는 죽지 않았던 것이다. 다만, 죽은 척을 하고 있었을 뿐이다. 천천히 꿇어앉아 축축한 대추나무 등걸 위에 한쪽 뺨을 갖다 댄다. 힘껏 숨을 들이쉬자 대추나무 집 전체가 조금씩 내 안으로 들어와 아름다운 꽃을 피우고 건강한 대추 알을 맺는다. 나는 눈을 감은 채 오랫동안 살아 있는 나무의 숨소리를 듣는다.

어느덧 감긴 눈에도, 뜨거운 수액(樹液)이 차오르기 시작했다.

「천사들의 도시」:《문학과 경계》 2006년 겨울호

「그리고, 일주일」:《문예연구》 2007년 가을호

「인터뷰」:《21세기문학》 2007년 여름호

「지워진 그림자」:《문학나무》 2006년 여름호

「등 뒤에」:《내일을 여는 작가》 2007년 겨울호

「기념사진」:《세계의 문학》 2005년 가을호

「여자에게 길을 묻다」:《문예중앙》 2004년 겨울호

타자의 소설

신형철(문학평론가)

I

이 작가는, 지금 육체적으로 죽어 가고 있거나 이미 사회적으로 죽어 버린 사람들에 대해서만, 쓴다. 죽어 가고 있거나 죽은 이들이 못다 한 말을 대신하는 일이 곧 글쓰기라고 믿는 것이리라. 하나씩 나열해 볼까. 에이즈에 감염되어 죽어 가고 있는 여자(「그리고, 일주일」), 결혼한 한국 남자에게 버려진 우즈베키스탄 고려인 여자(「인터뷰」), 공금을 횡령하고 도피 중이지만 서류상으로는 자살자로 처리돼 버린 노숙인 남자(「지워진 그림자」), 죽은 동생들의 원혼에 시달리는 여자(「등 뒤에」), 시력을 잃어 가는 여배우와 사회적으로 매장당한 전과자 남자(「기념사진」) 등. 이 책은 이런 사람들에 대한 이야기다. 그 무슨 기획에 의해 만들어진 것 같지도 않은데, 일곱 편의 소설은 어쩔 수 없이 서로 닮아 있다. 함께 읽힐 때 더 튼튼해지는 이야기들이었다. 그래서 이 일곱 편이 흩어지지 않도록 이름을 붙여 줘야겠다는 생각을 했다. 내가 찾아낸 이름은 '타자의 소설'이다. 이를 조해진의 소설을 읽는 코드 중 하나로 제시하려고 한다.

2

'타자의 소설'에 대해 말하기 위해서는 '타자' 자체에 대해 먼저 말해야 한다. 가라타니 고진은 비트겐슈타인을 읽으면서 기왕의 철학들에는 엄밀한 의미에서의 타자가 존재하지 않는다는 것을 깨달았다. 철학은 내성(內省), 즉 자기 성찰의 산물이다. 그래서 철학은 독백이다. 예컨대 플라톤의 『대화편』에는 '말하고 듣는' 대화가 있지만 그것은 거의 자기와의 대화에 가깝다. 내가 말하고 또 다른 내가 듣는다. 요컨대 '말하고 듣는' 상황에서는 타자가 나타나지 않는 것이다. 반면 '가르치고 배우는' 상황에서는 타자가 나타난다. 내가 말해도 알아듣지 못하는 사람, 가르쳐서 배우게 해야 하는 사람, 그러나 그 사람이 배우지 않겠다고 버티면 나로서는 아무것도 할 수 없는 사람, 그런 존재가 타자다. 같은 언어(규칙)를 공유하고 있지 않은 존재, 그렇기 때문에 "나 자신의 '확실성'을 잃게 하는"(『탐구 1』) 존재. 말이 통하지 않는 외국인이나 어린아이 혹은 정신질환자를 생각해 보면 된다. 이런 논법으로 가라타니는 철학을 비판하고 있는데, 조금 느슨하게 말해 본다면 문학은 이미 오래전부터 같은 방식으로 철학을 비판해 온 것이 아닐까. '말하고 듣는' 폐쇄성을 전복하고 '가르치고 배우는' 장을 여는 일, 타자를 출현시켜 주체의 독백에 제동을 거는 일, 본래 이것이 소설의 일이다.

가라타니가 언어(규칙)의 차이를 이야기할 때 이것은 어쩌면 다소 정적이고 평온한 모델처럼 보일 수 있다. 그러나 타자와의 관계란 확실히 그보다 더 불편한 어떤 것이다. '언어(규칙)의 차이'는 실제적으로 '욕망과 그 충족 방식의 차이'로 나타날 것이기 때문이다. 정치적 올바름(political correctness)이라는 측면에서 보면 오늘날 우리는 인류 역사상 타자를 가장 훌륭하게 배려하는 사람들이다. 그러나 슬라보예 지젝 같은 이는 이것이 '죽은 자에 대한 사랑'과 다를 바 없다고 냉소한다. 우리는, 타자를 타자로 만드는 그 타자성을 지우고 그들을 '욕망과 그 충족'을 모르는 투명한 백치 같은 존재로 가정할 때에만, 즉 그들이 마치 '죽은 사람' 같을 때에만 그들을 사랑한다는 것. 이것은 오히려 타자와 거리를 유지하기 위한 알리바이에 불과하다는 것이다. 타자들의 욕망과 그 충족 방식이 우리를 불편하게 함에도 불구하고, '바로 그것 때문에' 그들을 사랑하는 것이 진정한 사랑이다. 예컨대 '장애우'라는 위선적인 호칭을 사용하면서 그들을 예의 바르게 무시하는 사람과 '이 병신 새끼'라는 말을 서슴지 않으면서 그 '병신'과 함께 낄낄대고 함께 울 수 있는 사람 중 누가 진짜인가. 누군가를 모욕할 용기가 있는 사람만이 그 누군가를 사랑할 수 있다고 지젝은 말한다. 그렇다면 공격적 분풀이와 사랑의 행위를 어떻게 구별할 것인가. "사랑은 자체의 기준을 설정한다. 따라서 사랑의 관계 안에서는 이것이 사랑인지 아닌지가 금방 분명해진다."(슬라보예 지젝·블라디미르 일리치 레닌, 『지젝이 만난 레닌』, 정영목 옮김, 교양인, 2008)

이제 '타자의 소설'이 어떤 것인지 정리해 볼 수 있겠다. 그것은 단지 우리가 항용 배제해 온 사회적 타자들을 등장시키고 그들의 삶을 재현하는 소설만을 뜻하는 것이 아니다. 그것은 필요조건일 뿐이다. 두 가지 요소를 더 갖춰야 한다. 첫째, 타자가 출현할 수 있는 공간을 창출하기. 우리는 타자가 주체의 시선 안에 포박되어 그 생생하고 이물적인 타자성을 잃어버린 많은 경우를 알고 있다. 예컨대 타자를, 언어와 규칙을 따질 필요 없는 '풍경'처럼 섭렵하고 돌아오는 여행은 여행이 아니다. '타자의 소설'에서 타자는 존재하지 않고 출현한다. 공동체의 언어와 규칙이 무너지는 곳에서, '내부의 외부'가 열리는 곳에서, 타자는 사건처럼 나타나야 한다. 둘째, 타자와의 진정한 소통에 도달하기. 이것은 위선적인 배려와 따뜻한 무시에서 멈추지 않고 타자와 더불어 가장 민감하고 고통스러운 영역까지 함께 나아가는 일이고, 그곳에서 타자의 타자성을 타협도 포기도 없이 긍정하는 일이다. 한 편의 소설이 '죽은 자에 대한 사랑'의 위선을 깨고 들어가서 '자체의 기준을 설정하는 사랑'에까지 도달할 때 우리는 그것을 '타자의 소설'이라 부를 수 있다. 조해진의 소설을 읽으면서 정리해 본 생각들이다. 이제 이런 시각으로 이 책을 읽어 보려 한다.

3

「그리고, 일주일」은 4년 전 타국에서 충동적인 성관계를 통해 에이즈에 감염된 34세 직장인 여성의 일주일을 따라간다. 에이즈 바이러스 보균자는 현재 한국 사회 내부에서는 거의 '존재하지 않는 존재'라고 해도 과언이 아닐 타자다. 불행한 가족사, 일방적인 짝사랑 등이 이 조용한 비극을 보조하고 있지만, 역시 독자에게는 이 "치명적인 바이러스를 품은 독신자"(57쪽)의 삶과 베일에 싸여 있는 그 삶의 디테일들이 더 압도적인 힘을 발휘할 것이다. 이 소설은 과연 이 타자의 삶을 과유불급의 위험을 유려하게 피하면서 아프게 전달하는 데 성공한다. 인물의 입을 빌려 작가는 아마도, 하나의 비극이 역설적이게도 얼마나 조리 정연하게 닥쳐오는가를 말하고 싶었던 것 아닐까. "그때의 내 행동을 나는 지금도 감히 후회하지 못한다. (……) 그 당시의 내 인생으로 들어와 한 달, 아니 일주일만이라도 살아 본 사람이 있다면 그가 누구든지 그 선택을 이해해 줄 거"(56~57쪽)라는 숨 막히는 독백이 뜻하는 바가 그것이다.

유사한 미덕이 「지워진 그림자」에서도 발견된다. 평범한 은행원이었던 사내는 어떤 "목마름" 혹은 "허기" 때문에 고객의 돈을 횡령한다. 범죄 사실이 발각되자 한강 둔치에 차를 버리고 위장 자살을 시도한다. 공교롭게도 보름 뒤 한강 하류에서 제삼자의 시체가 발견되면서 사내의 자살은 사회적으로 공인돼 버린다. 사내는 이제 돌아갈 곳이 없다. 죽은 사람보다 더한 타자가 있겠는가. "한 사람이 자취도 없이 삭제되어 버린 차가운 우주가 남자의 식도를 넘으며 수없이 많은 별들을 탄생시킨다."(126쪽)라는 아름다운 문장 뒤에 작가는 이렇게 적고 있는데, 이 대목에는 타자의 삶을 함께 사는 이 작가의 통찰이 서늘하게 배어 있다. "사람이 죽으면 별이 된다는 허황된 거짓말을 가장 처

음으로 퍼뜨린 자는 누구였을까. 그자를 만나면 자신 있
게 말해 줄 수 있을 것 같다. 사람은 죽으면 시체가 된다고.
아니, 먼지가 된다고. 아니다. 그저 소문이 될 뿐이라고. 그
래서 죽은 자가 감히 소문을 뚫고 나오면 그는 곧 살아 있
는 사람을 몸서리치게 만드는 소름 끼치도록 괴기스러운
유령이 되는 거라고."(126쪽)

이 두 작품에 (「등 뒤에」까지를 포함하여) 아쉬움이 없
는 것은 아니다. 앞에서 '타자의 소설'은 타자가 출현하는
공간을 창출해야 한다고 지적했다. 여기서 '공간'은 소설의
배경을 뜻하는 것이 아니다. '이미 거기에' 있는 장소가 아
니라 '사건'을 통해 비로소 열리는 공간이어야 한다. 그 사
건이 공동체 내부의 질서를 찢고 '내부의 외부'를 상처처
럼 열어젖힌다. 그리고 그 순간 독자는 타자의 '출현' 앞에
서 불편한 윤리적 책임감을 떠안게 될 것이다. 그러나 이
두 작품에서 타자는 '이미 거기에' 존재한다. 작가는 인물
들이 본의 아니게 '타자화'되는 계기가 된 사건(사건 1)을
공들여 구축하고 있으되, 그 타자가 공동체 내부에서 불
현듯 '출현'하는 사건(사건 2)을 설정하지는 않는다. 그래
서 이 소설들의 서사는 현재의 시점에서 사건 1을 회고적
으로 재구성하는 데 바쳐져 있기 때문에 출발점에서 ('사
건 2' 없이) 출발점으로 되돌아오는 구조가 되었다. 더불어
생각해 볼 만한 것은 서술자의 위치다. 「그리고, 일주일」은

일인칭시점이다. 「지워진 그림자」와 「등 뒤에」는 삼인칭시점이지만 '그(녀)는'을 '나는'으로 고쳐도 무방하다. 이를테면 '주관적 삼인칭시점'이라고 할까. 이 일인칭시점과 주관적 삼인칭시점은 소설의 타자가 자기 바깥에 있는 인물들과 부딪쳐 비로소 '출현'할 수 있는 기회를 얼마간 막는다. '타자의 타자'가 없다는 뜻이다. 이는 또 다른 의미의 '내성(內省)'이다. 「그리고, 일주일」의 카드 영업 사원 사내, 「지워진 그림자」의 후반부에 사내와 옥상에서 부딪치는 인물, 「등 뒤에」의 왕따 학생 M 등이 어쩌면 그 '타자의 타자' 역할을 더 정교하게 해낼 수도 있지 않았을까.

앞서 타자는 '말하고 듣는' 상황이 아니라 '가르치고 배우는' 층위에서 나타난다고 했다. 이 논법을 활용하여 타자의 소설을 다시 '내성의 소설'과 '소통의 소설'로 분류할 수 있을까. 타자의 소설이 내성의 소설이 아니라 소통의 소설로 나아가기 위해서는 '타자의 타자'가 존재해야 한다. 그리고 '타자'와 '타자의 타자'가 '가르치고 배우는' 상황에서 조우할 때 타자의 소설은 더 큰 힘을 얻을 것이다. 여기서 표제작 「천사들의 도시」를 읽자. '나'는 32세의 한국어 강사다. 유일한 "동양인" 남학생이 '나'의 눈길을 끈다. 그는 한국 태생이지만 5세 때 입양되었고 미국 중서부 미네소타주의 작은 마을에서 15년을 살다가 고국에 돌아온 것이었다. 32세의 '나'와 19세의 '너'는 과연 사랑이라 불러야 할지 알 수 없는 어떤 감정의 이끌림 때문에 동거를 시작한다. 그러나 나와 너는, 설명하기 어렵고 이해받기 난망한 상처들을 각자 품고 있었고, 그 상처를 한국어로 의사소통할 수 없었기 때문에, 각자 서로에게 타자일 뿐이었다. 두 개의 사건을 연이어 겪으면서 동거는 끝나고 너는 한국을 떠난다. 그리고 3년 뒤, 네가 보내온 엽서는 네가 그토록 꿈꾸던 '천사들의 도시(Los Angeles)'에서 지금 살고 있다는 것을, 그리고 네가 나를 사랑하였고 지금도 여전히 사랑하고 있다는 것을 말해 준다.

소통이 불가피한 이유와 그것이 불가능한 이유를 동시에 다독이는 작가의 섬세함이 작정한 듯 발휘된 소설이다. 여기에는 타자가 있고, 그 타자의 타자가 있다. 이 둘은 말 그대로 '가르치고 배우는' 층위에 존재한다. 이 때문에 이 소설은 앞서 언급한 세 편의 소설보다 더 개방적인 텍스트가 되었다. 그러나 아직도 충분해 보이지는 않는다. 그럴 수밖에 없었다, 는 어떤 처연한 분위기는 있으되 두 사람 사이에서 감정들이 쌓이고 흩어진 맥락이 잘 잡히지 않는다. 그 이유를 어디에서 찾아야 할까. 너의 이야기를 너에게 들려주고 있는 이인칭 소설이다. 이 소설에서 이인칭은 불가피한 선택일 수 있다. 나는 너와 몇 달의 시간을 보냈지만 너를 안다고도 모른다고도 할 수 없다. 그러니 이인칭 소설의 근원적인 질문, '내가 알고 있는 너는 진짜 너였을까?'라는 아픈 물음이 썩 어울리는 상황이다. 이인칭 소설은 '내가 알고 있는 너'와 '네가 알고 있는 너'의 간격을 좁히려는 서술의 안간힘과 그 서술의 틈을 빠져나가 조용히 고이는 나와 너의 진실이 길항하면서 서사의 품격을 얻는다. 그래서 이인칭 소설 독자의 마음은, '나'는 모르는 '너'를 알게 될 때, 비로소 움직인다. 그러나 이 소설에서 이인칭은 양날의 칼이 아니었을까. 이 소설에서 '너'는 '내가 알고 있는 너'의 층위에 갇혀 버린 것 같다. 이 소설에서 '천사들의 도시'라는 기호가 그렇듯이, '너' 역시 어떤 분위기로 존재한다는 뜻이다. 조해진의 가장 매력적인 성취를 찾으려면 다른 작품을 읽어야 한다.

이번 책에서 가장 인상적인 두 작품 「인터뷰」와 「기념사진」에 대해 말하자. 「인터뷰」를 두고, 내용과 형식이 잘 조화를 이루었다고 말하는 것은 충분하지 않다. 형식이 곧 내용이라는 말에 어울리는 사례라고 해야 한다. 우즈베키스탄 고려인인 29세의 여자 나탈리아 쪼이는 한국 남자 조와 결혼해 이주했으나 남편에게 버려졌다. 어느 사이 우리에게 익숙해져 버려 더 이상 관심을 끌지도 못하는 타자다. 이 소설은 이 타자를 뷰파인더 앞으로 데려온다. '인터뷰'라는 제목에 걸맞은 이 형식은 결코 사소한 의장이 아니다. 소설 안에서 '타자의 타자' 자리에 있는 인터뷰어의 역할은 크지 않다. 그러나 중요한 것은 그 '타자의 타자'의 말이 아니라 그 자리가 존재한다는 사실 자체다. 그 자리가 곧 독자의 자리이기도 한 것이어서 이 소설에는 숨통이 트였고, 형식적으로 확보된 그 '거리' 덕분에 이 소설은 일인칭 독백의 자기 순환 구조, 즉 내성에서 빠져나올 수 있었다. 이 소설이 전체적으로 깊은 울림을 갖게 된 것은 나탈리아 쪼이의 삶을 섬세하게 구축하는 데 기여한 그 디테일들 때문만은 아니라는 얘기다. 앞에서 타자의 소설에는 타자가 '출현'하는 공간이 필요하다고 했는데, 예를 들어 쪼이가 분식집에서 "나! 는! (……) 한, 국, 사, 람, 입, 니, 다, 아!"(88쪽)라고 외치는 장면의 울림이 만만치 않은 것은 바로 그 순간 나탈리아 쪼이가 다시 한번 타자로서 출현하기 때문이다. 더불어 타자의 소설은 '자체의 기준을 설정하는 사랑'에 이르러야 한다고도 했는데, 소설의 후반부 파티 장면이 상투형으로 전락하지 않은 것도 이런 맥락에서 인상적이다.

비슷한 맥락에서 내가 이번 작품집에서 「기념사진」을 각별히 편애하는 이유를 말해야겠다. 서술의 초점이 두 인물에 분산돼 있다는 점에 주목하자. 같은 아파트에 사는 한 남자와 한 여자가 함께 등장한다. 먼저 601호 여자, 그는 연극배우였다. 3년 전에는 데뷔 5년 만에 첫 주연을 따냈다. 10회째 공연에서 여자는 큰 실수를 저질러 무대를 떠나야 했다. 일회적인 실수가 아니라 지병의 귀결이었다. 여자의 병은 망막색소변성증(아르피)이었다. 명순응과 암순응이 안 되어 조명에 적응할 수 없었고 시야가 좁아서 관객도 보이지 않았으나 사람들과 자신을 속이면서 연극을 해 왔다. 연극은커녕 일상생활조차 제대로 해낼 수 없는 그는 아직도 인생이라는 연극에서 "주인공으로 무대에 설 수 없다는 것"(177쪽)을 인정하려 하지 않는다. 다음 610호 남자, 그는 전과자다. 인터넷 회사의 성실한 AS기사였으나 억울한 누명을 쓰고 2년간 옥살이를 했다. 진범이 붙잡혀 누명을 벗고 출소했으나 세상은 그를 받아 주지 않았다. 불륜 현장을 찍으며 밥벌이를 하는 그 남자가 마침내 여자와 만난다. 두 사람은 각자 타자이고, 그들은 서로에게 타자의 타자 —— 여기서는 차라리 '타자의 동일자'라고 해야 하겠지만 —— 가 된다. 내성에 갇히지 않고 소통이 이루어질 계기가 마련된 것이다. 그 둘의 소통은 자연스럽고 아름답다. 이 소설에는 앞서 언급한 소설들에서 확인되는 조해진 소설의 강점이 십분 발휘되어 있으면서, 동시에, 「인터뷰」의 결말보다 더 진실하고 아름답게, '자체의 기준을 설정하는' 진정한 소통이 무엇인지를 설득한다.

4

"남자가 아는 것은 지금 여자에겐 누군가 필요하다는 사실, 그것뿐이었다. (……) 그때 남자에게 절실하게 누군가가 필요했던 것처럼 지금 여자에게도 자신의 말을 들어 줄 누군가가 있어야 한다는 것, 남자는 그것만 알 뿐이다."(192쪽)

「기념사진」에는 이런 문장이 있다. 맥락에서 떼어 놓으면 평범한 문장이지만, 「기념사진」을 읽은 독자라면 이 문장이 작품 안에서 발휘하는 힘을 알 것이고, 이 책을 다 읽은 독자라면 조해진 소설의 심장이 바로 이곳에서 뛰고 있음을 알 것이다. 무심코 만들어진 문장이 아닐 것이다. 이 문장을 적을 때 이 작가는 솔직했고 필사적이었을 것이라고 믿는다. 바로 저 남자의 마음으로 작가는 소설을 썼을 것이다. 이 작가가 아는 것도 그것뿐일 테니까. 지금 '그들'에겐 누군가 필요하다는 사실, 그들의 말을 들어 주고 그들의 이야기를 세상에 대신 전해 줄 그 누군가가 필요하다는 사실 말이다. 그 '누군가'가 되기 위해 애쓴 시간 동안 이 일곱 편의 작품이 만들어졌을 것이다. 그가 바로 그들이니까, 그가 타자이니까.

이 책이 독자의 손에 들릴 때쯤이면 이 작가는 머나먼

이국에 도착해 있겠다. 폴란드의 어느 대학에서 푸른 눈의 학생들에게 한국어를 가르치러, 그는 간다. 가라타니는 이렇게 적었다. "의심하는 주체는 공동체의 '외부'로 나가려고 하는 의지로서만 존재한다."(『탐구 1』) 공동체의 말 혹은 규칙을 의심하는 사람만이 공동체의 외부로 나갈 수 있고 타자와 만날 수 있다. 그래서 그는 떠나는가. 타자의 말을 듣는 주체, 타자를 이해하는 주체, 타자와 교감하는 주체가 되기 위하여. 그리하여 타자가 되기 위하여, 그러니까 작가가 되기 위하여. 1년 뒤에 다시 돌아온 그는 더 이상 우리가 알고 있는 그가 아닐 것이다. 진정한 작가들은, 이렇게 조금씩, '나는 타자다'의 상태를 향해 나아간다. 이 책은 조해진의 과거이고 우리의 미래다. (2008)

『천사들의 도시』는 등단하고 4년여 만에 출간된 나의
첫 소설집이자 첫 책이다. 출간을 준비할 때는 눈이 아파
올 만큼 원고를 들여다본 기억이 선명한데, 책이 출간된
이후에는 딱 한 번 정독한 다음 다시는 펼쳐보지 않았다.
아니, 그렇게 하지 못했다고 해야 더 맞는 표현일지 모르
겠다. 어색한 문장이나 단어를 발견하게 될까 봐 걱정됐고
더 잘 쓰지 못한 것에 회한을 품을 것 같아 두렵기도 했다.

무엇보다 부끄러웠다. 그것은 애정이라든지 애씀과는 무
관한 감정일 것이다. 아무리 순도 높은 열정으로 살아 낸
시간이라 믿어도 터널 같은 한 시절이 지나면 그때의 순수
를 의심하기도 하고 결함을 직시하기도 하는데, 소설의 문
장은 거짓을 품기 힘들다는 점(물론 의도적인 거짓을 가장

할 수는 있다.)에서 너무도 투명한 거울이 되곤 하니까.

그래서일 것이다.

내 진심과 감성과 문학적인 것에 대한 믿음이 15년의 세월 동안 당연히 변할 수 있다고 생각하면서도, 옛 소설집을 다시 들춰보는 건 그 자체로도 힘든 작업이었다. 무엇보다 수록작 「등 뒤에」를 다시 대면할 때 가장 괴로웠다. 「등 뒤에」는 내가 이십 대 때 쓴 습작 중에서 유일하게 살아남은 단편소설이다. 이십 대에 쓴 이 소설이 『천사들의 도시』에 실린 다른 작품들뿐 아니라 지금껏 써 온 수십 편의 단편소설들과 비교해도 압도적으로 차고 어둡다는 것이 잘 납득되지 않고 혼란스럽기만 했는데, 아이러니하게도 소설을 들여다볼수록 애틋한 마음도 커졌다.

애틋했다.

부끄러웠고 숨기고도 싶었지만, 결국 애틋함이 남았다.

15년의 격차를 두고 이 소설집을 처음 접하는 독자분들에게도 그 애틋함이 전달되기를 소망한다.

『천사들의 도시』의 첫 편집자이자, 이제는 소설가로 추천의 말을 더해 준 정세랑 작가님과 '타인(타자)'을 경유하는 우회로로 소설을 독해해 준 신형철 평론가에게 감사드린다. 민음사와 김화진 편집자에게도 늘 그렇듯 애정 어린 감사의 인사를 전하고 싶다.

15년 전과 달리 나는 더 이상 신인 작가도 아니고 청년도 아니지만 소설에 대한 간절함은 똑같다고 생각한다.

간절해서 계속 쓴다.

계속 쓸 수 있어서 살고 있다.

2023년 봄의 한가운데,
조해진

등단 소식을 듣던 날을 기억한다.

대학로에서 연극을 보고 집으로 돌아온 날이었다. 등단 소식을 알리는 뜻하지 않은 전보를 보고 또 보면서, 사 온 맥주를 아껴 마시면서 새벽을 맞았는데 꼭 구름 위에 앉아 있는 기분이었다.

그해 말, 내 등단작이 실린 문예지 주최로 축하 파티를 겸한 송년회가 있었다. 누군가 등을 떠밀어 마지못해 술자리 상석에 서서 딱 두 문장뿐인 아주 짧은 소감을 말하기도 했었다.

이상했다.

쑥스러웠지만 분명 유쾌한 일이었는데 다시 자리에 앉으려는 순간, 예상하지 못한 강렬한 슬픔이 밀려 들어왔다. 그 슬픔의 정체를, 나는 그 술자리 이후에야 조금씩 알게 되었다. 그리고 그 과정이 나에겐 사람들이 흔히 말하는 '골방의 시간'이었다는 것도.

괴로웠으나 행복했고 행복했으나 불안했던 서른 이후의 삶을 글쓰기와 함께 지나왔다는 것은 그래도 내게는 큰 위안이다. 더 큰 위안은 앞으로도 나는 글을 쓰면서 또 다른 골방들을 지나갈 수 있다는 것이다.

말해 주고 싶었다.

독자와 친한 작가가 되고 싶었다고, 문장과 문장 사이의 여백에서 뒤를 돌아볼 수 있게 해 주는 글을 쓰고 싶었다고도. 혹은 읽을 땐 즐겁고 읽은 후엔 단 하나의 단어로라도 남을 수 있는 그런 소설을 쓰고 싶었다고, 오랫동안.

그리고 오늘은, 이렇게 쓰려 한다.

감상은 덜어 내고 치기는 감추면서 깊이를 탐구하는 작가로 천천히 나이 들어 가고 싶다는 문장. 혹은 당신과 함께 세월을 가르며 늙어 갈 수 있는, 결국엔 그런 소설로까지 나아가고 싶다는 이야기. 그 첫발을 조심스럽게 지켜봐 준 민음사 가족들과 책을 내는 데 도움을 주신 많은 분들께 지금 이 순간의 내 마음을 모두 전한다.

2008년 9월
조해진

오늘의 작가 총서 41

천사들의 도시

조해진 소설

1판 1쇄 펴냄 2008년 9월 30일
2판 1쇄 찍음 2023년 5월 3일
2판 1쇄 펴냄 2023년 5월 19일

지은이   조해진
발행인   박근섭·박상준
펴낸곳   (주)민음사

출판등록   1966. 5. 19 제16-490호
주소   서울시 강남구 도산대로1길 62(신사동)
        강남출판문화센터 5층(06027)
대표전화   02-515-2000
팩시밀리   02-515-2007
홈페이지   www.minumsa.com

ISBN 978-89-374-2062-7 (04810)
ISBN 978-89-374-2050-4 (세트)

* 잘못 만들어진 책은 구입처에서 교환해 드립니다.

새로 잇고 다시 읽는 한국문학의 정수, 오늘의 작가 총서 시리즈